© 2017, Septime Verlag, Wien
Alle Rechte vorbehalten.


Umschlag und Satz: Jürgen Schütz
Umschlagbild: © fotolia – Alexandra Thompson
Druck und Bindung: Christian Theiss GmbH
Printed in Austria

ISBN: 978-3-902711-61-8
**www.septime-verlag.at**
www.facebook.com/septimeverlag | www.twitter.com/septimeverlag

Ute Cohen
# Satans Spielfeld
Roman

»*Die Einsamkeit ist Satans Spielfeld.*«
**Vladimir Nabokov**

# 1

Der Geruch des Wassers kroch die Nasenscheidewand entlang. Mit geschlossenen Augen sog Marie jedes einzelne Molekül ein. Die Faszination für ekelerregende Gerüche empfand sie nicht als beunruhigend. Wenn sie im Schulbus an den frisch gedüngten Feldern vorbeifuhr, kniete sie sich auf den Sitz und atmete durch das Kippfenster den stechenden Geruch von Ammoniak ein. Er füllte ihre Lungen mit einem Schauder, den sie in sich hütete, bis er sich davonschlich. Er erinnerte sie daran, wie sie einmal vor Jahren einen Urinschwall in das Stroh-Gülle-Gemisch eines Misthaufens ergossen hatte, vorsichtig darauf bedacht, das stinkende Gemisch nicht auf die Schenkel spritzen zu lassen. Die Bäuerin, eine griesgrämige Alte, hatte sie misstrauisch beäugt. Lachend war sie davongelaufen. An den schleimigen, mit einem Algenteppich überwucherten Schrägen des Beckenrandes rieb sie gedankenfern ihren Bauch, bis ein Schrei, spitz und grell wie der eines verletzten Tieres, sie erschrocken aufhorchen ließ. Unter tropfenden Wimpern suchten ihre Augen nach dem Opfer.

Vor den hölzernen Umkleidekabinen entdeckte sie ein blondes Mädchen. Zitternd vor Wut stampfte es auf und verzog das Gesicht zu einer schmerzverzerrten Grimasse. Sein flaches Gesicht mit dem breiten, geschwungenen Mund leuchtete rot neben einem Fahrrad, das, die Reifen in die Luft gereckt, mit glitzernden Speichen auf dem Sattelrücken im Sand lag. Mit dem Handrücken wischte es sich die Tränen von den Wangen und brüllte ein dunkelhaariges

Mädchen mit schulterlangen Locken an. Marie, die Hände an den Beckenrand geklammert, war froh über das Ereignis. Endlich hatte die Langeweile ein Ende. Das blonde Mädchen hatte sich wohl das Knie angeschlagen. Jammernd tupfte es die Wunde ab. Marie musste an den Boxkampf denken, den sie im Fernsehen gesehen hatte. Gebannt beobachtete sie das Treiben. Die Dunkle wirkte muskulöser, körperlich der anderen eindeutig überlegen. Die Blonde aber schien in ihrer Wut zu allem bereit. Ihre Augen verengten sich zu schmalen Schlitzen, sie griff nach dem Bein der Gegnerin und zog ihr dabei das Bikinihöschen herunter. Der Dunklen stiegen Scham und Zornesröte ins Gesicht, sie ballte die Fäuste und schnappte sich die Luftpumpe, die sie in hohem Bogen in die Luft schleuderte, bis sie auf der Wasseroberfläche aufprallte. Das Wasser spritzte kurz auf, bevor die Pumpe langsam schaukelnd in der Tiefe zu versinken drohte. Blitzschnell griff Marie nach der untergehenden Pumpe und hievte sich mit ihrer Beute über den Beckenrand. »Gehört die euch?«, fragte sie. »Hier!«

Das blonde Mädchen richtete sich auf und wollte die Luftpumpe entgegennehmen, sank jedoch vom Schmerz durchzuckt wieder auf den Rasen zurück. »Das tut verdammt weh!«, wimmerte sie.

Marie kniete sich nieder und beugte sich über sie. »Du musst Spucke auf die Wunde geben und dann ein Taschentuch um das Knie binden!« Sie spuckte in ihre Handfläche und verrieb den Speichel. »Ich bin Marie.«

»Sabine«, sagte das blonde Mädchen, lächelte sie aus grünen Augen an und spuckte auf sein blutendes Knie, »und das ist«, leiser Abscheu zeichnete sich auf ihr Gesicht, »meine Schwester Nicole.«

Das dunkelhaarige, sichtlich jüngere Mädchen verdrehte die Augen und wühlte in einem auf einer großen Bastmatte liegenden Stoffbeutel. Das zerknitterte Taschentuch, das sie zutage förderte, faltete sie zu einem Dreieck und band es um Sabines Knie. Damit hatte sie auch deren Wut gezähmt.

»Wie alt bist du?« Sabine hob den Kopf und sah Marie neugierig an. »Wieso haben wir dich eigentlich noch nie hier gesehen?«

»Gerade umgezogen. Ich kenne niemanden hier«, sagte Marie und schaute zu Nicole hinüber, die nun mit einem Mickey-Maus-Heft auf dem Handtuch lag. »Elf bin ich«, fügte sie hinzu.

»So alt wie ich!« Sabine strahlte. »Wir kommen bestimmt in eine Klasse!«

Marie nickte abwesend, beschäftigt damit, den an ihrem Körper klebenden Häkelbikini auszuwringen. Plötzlich sah sie ein weißes Mercedes Cabriolet mit quietschenden Reifen am Straßenrand anhalten. Ihr stockte der Atem. Verwegen stand er vor ihr. War sie in einem Film? Sein Anblick traf sie wie ein elektrischer Schlag. Wie damals, als sie den Finger in die Steckdose gesteckt und der Strom ihr Blut zum Rauschen gebracht hatte. Taumelnd und zitternd war sie auf dem Boden gelegen. Er lächelte. Sie lächelte, murmelte verlegen eine Begrüßung. Seine Schuhe wirbelten Staubwolken auf, in denen ihre Füße wie in Zuckerwatte versanken.

»Papa!«, riefen Sabine und Nicole und warfen sich ihm in die Arme.

Sah es nur so aus oder wollte er seine breiten, schwarzen Schwingen auch über sie ausbreiten? Sein Blick, umschattet von seiner tief ins Gesicht gezogenen Cabriomütze, schweifte über ihre staksigen Beine, die triefenden Haare, das verlegene, verwirrte Gesicht.

»Ein Eis?«, fragte er und hielt ihr ein Kilimandscharo unter die Nase. Ein fremdes Gefühl schlich sich unter ihre Haut, kribbelnder Appetit.

Natürlich war er verwunschen, der Garten. Vom Himmel ist er gefallen, als der Feuergott wild über die Wolken ritt und blutrote Mohnblüten hier, genau hinter dem Gelben Haus, aufplatzten. Unter dem Steintisch saßen sie und versteckten sich vor den glühenden Funken der eisernen Räder. Unzertrennlich waren sie seit dem Beginn der Ferien. Morgens, wenn die Mutter zur Arbeit fuhr und der Vater griesgrämig in seinem Zimmer saß, floh Marie in das Gelbe Haus. Dampfender Kakao auf dem Küchentisch, ein Klavier, aus dem der Flohwalzer hüpfte, ließen das Unwohlsein, die Bedrückung für einen Sekundenbruchteil verschwinden. Ein Sportwagen mit Flügeltüren, orange und saftig, lag auf dem in der Hitze flimmernden Kunstrasen des Balkons. Das Hausmädchen zählte die Fliegen auf dem klebrigen Band, das träge von der Decke baumelte. Unten saß Inge Bauleitner, schweigend in einem Raum, der, so ganz anders als der Rest des Gelben Hauses, einschüchternd, nüchtern, entzaubert wirkte. Mechanisch wie eine Aufziehpuppe griff sie in eine Schale mit Gummibärchen, den strengen Knoten im Nacken zusammengerollt wie eine verschreckte Katze. Sommersprossen, braune Tupfer, die sie scheinbar immer wieder mit ihrer Hand wegzuwischen versuchte, sprenkelten das helle Gesicht. Sie aß, als folgte sie einem detaillierten Plan. Mit Zeige- und Mittelfinger schob sie ein Gummibärchen zwischen die leicht geöffneten

Lippen. Ausgesaugt glitt es ihren schlanken Hals hinunter. Eine Schleife, penibel genau gebunden, verschloss die Wickelbluse über dem knielangen Rock, unter dem nervöse Beine wippten. Auf und ab bewegten sie sich und ließen violette Pumps wie Herbstlaub von den Füßen fallen. Als Marie mit Sabine und Nicole unter dem Carport hindurch an ihrem Büro vorbeistürmte, rief sie ihnen lächelnd nach: »Wartet! Was macht ihr? Wohin geht ihr?«

»Nirgendwohin!«, antworteten die Töchter und eilten über die Treppe hinauf in die Küche.

Marie rannte ihnen hinterher und setzte sich auf die Eckbank, die den Eichentisch einrahmte. Die Armseligkeit, das erdrückend Unveränderliche der elterlichen Wohnung, vergessen. Schlaraffenland. Sie ließ das Wort auf ihrer Zunge zergehen. Braun glänzende Würste hingen an dem Baum, unter dem rotwangige, dickbäuchige Jungen schlummerten. Zuckerkringel baumelten von den Ästen, die in den Himmel zu wachsen schienen. Frisch gebrühter Kaffee verströmte seinen Duft aus der wildrosenumrankten Tasse. War er hier? Sie versuchte jedes Anzeichen von Unruhe, Aufregung zu vermeiden, unterdrückte die kurze Atmung. Ängstlich versuchte sie, sich die Aufregung nicht anmerken zu lassen, das dunkelsüße Gefühl in sich zu schützen.

Sabine öffnete eine Dose mit Buttergebäck und leckte den zähen Marmeladentropfen von der Mitte des Spritzgebäcks. Nicole nahm sich einen Schokoladenkeks und stopfte ihn sich in den Mund. Brösel klebten an ihren Mundwinkeln. Sie wischte sie mit ihrem Handrücken ab und schob sich eine Vanillewaffel zwischen die Lippen. Sabine setzte sich zu Marie auf die Bank, straffte ihren Pferdeschwanz und öffnete eine mit Blütenranken bedruckte Schachtel, die neben der Kaffeetasse lag. Sie faltete den Karton auseinander und entfernte die Plastikfolie, die über mit Puderzucker bedeckten, geleeartigen Würfeln lag. »Lokum!«, rief sie, nahm sich einen Würfel und hielt ihn in das durch das Küchenfenster strahlende Sonnenlicht. Ein weißer Flaum aus Puderzucker schimmerte über dem rosa Würfel, den sie nach einem Moment der Verzückung mit kurzen Zungenschlägen ableckte, bis das pastellfarbene Fruchtgummi freigelegt war. »Das musst du probieren! Mein Vater hat es aus der Türkei mitgebracht!« Sie hielt Marie die geöffnete Schachtel hin.

Ein Duft aus Rosen und Orangenblüten kitzelte ihre Nase. Vorsichtig wendete Marie einen Würfel zwischen den Fingern und legte ihn auf ihre Zunge. Die geleeartige Masse fühlte sich pelzig an und betäubte ihre Papillen, während sich die Zähne widerstandslos in die süße Masse bohrten. Ihre Geschmacksknospen zogen sich zusammen, schockiert und überwältigt von der extremen Süße. Sabine lachte und zog Marie durch eine Schiebetür in das Wohnzimmer. Neugierig blickte Marie sich um, berührte im Vorbeigehen einen Samtsessel, den seidigen Vorhang. Wie träge Katzen schmiegten sich die Orientteppiche an das Parkett. Nur ein steinerner Kamin zeigte sein verkohltes Inneres. Schmiedeeisernes Kaminbesteck hing an einem Ständer, neben dem ein Weidenkorb mit Holzscheiten und Reisig lag. Sabine schnappte sich ein Pappschächtelchen vom Kaminsims und zog die nachtblauen Übergardinen des Esszimmerfensters zu. Die gedrechselte Rückenlehne des Sofas warf einen dunklen Schatten auf den verblichenen Gobelinstoff. Der Messingschlüssel bohrte sich tief in die Anrichte. Nur mehr schemenhaft konnte Marie

Sabine vor dem Steinkamin erkennen. Sabine öffnete ihre Hand, flüsterte, Gefahr heraufbeschwörend: »Das ist kein normales Streichholz. Es ist bengalisches Feuer. Wenn es entfacht wird, bricht die Hölle aus. Rauchschwaden umnebeln dich und Gase nehmen dir den Atem. Das Licht blendet deine Augen und …«

Ein Schauer lief Marie über den Rücken und der süße Belag ihrer Lokum-Zunge verschwand augenblicklich.

»Soll ich es nun anzünden oder kneifst du?«, fragte Sabine.

Marie, wieder gefasst und bemüht, ein vorschnelles Nicken zu unterdrücken, tat ihr den Gefallen und setzte einen furchtsamen Gesichtsausdruck auf.

Sabine quittierte Maries angstvoll geweiteten Blick mit einem gefälligen Lächeln. Der Kopf des Hölzchens näherte sich der Zündfläche. Ein zuckender Blitz tauchte vor ihren Augen auf und breitete sich zu einem gezackten Stern aus, der von bläulichem Licht eingekesselt war. Die Möbel lugten bösartig aus den Wänden und warfen bedrohliche Schatten, die wie gierige Zungen über die üppig entfalteten Baumkronen der Teppiche wanderten. Sabine warf das glimmende Streichholz in den Kamin. »Luzifer!«, rief sie mit tiefer Stimme und riss die Arme nach oben.

Flammen züngelten empor, Tentakeln schlangen sich um die dürren Ästchen, bis das unruhig flackernde Feuer nach heftigem Prasseln in beißendem Qualm aufging. Mit gekrümmtem Oberkörper klammerte sich Marie hustend am Kaminsims fest. Nicole war ganz plötzlich aus dem Rauch aufgetaucht, eine leere Wasserschüssel in den Händen, und lachte über ihre entgeisterten Gesichter. Übelkeit kroch aus Maries Magen die Speiseröhre entlang. Krampfhaft die bitter aufsteigende Flüssigkeit zurückdrängend, lief sie über den Flur in das Badezimmer. Der Toilettendeckel schlug gegen die Kacheln, ihre Hände suchten Halt am Rand der Kloschüssel. Saures Lokum erbrach sie. Benommen bespritzte sie ihr Gesicht mit eiskaltem Wasser. Ihre Augen brannten und tränten. Im Flur waberte ein harziger Duft über den knarzenden Dielen. War es ein Schatten oder hatte sie ihn wirklich gesehen vor dem Spiegel? Tief atmete sie den Gedanken an seinen lauernden Blick aus. Klare, kühle Luft erwartete sie. Trug! Kardamom und Zitrone sog sie ein, unwillkürlich, und folgte dem Duft bis zum Treppenhaus, wo sich seine schwülstigen Moleküle zersetzten und verloren.

Der Klang jedoch, das Echo seiner Schritte, blieb.

Marie bewegte sich wie eine Puppe mit lebendigen Gliedern. Sie fühlte das Blut in den Adern pochen, spürte, wie es unter der weißen Haut floss. Ihre Arterien verzweigten sich, verwandelten sich in ein feines Gespinst, das sich aus ihrem Körper in den anderen fortpflanzte. Die silbernen Fäden des Puppenkleides spannen sie ein in einen mild unter der Porzellanleuchte erglänzenden Kokon. Neben ihr auf einer niedrigen Klappleiter stand das Gift, scheinbar harmlos, getarnt als Cola und doch vernichtend. Wenn sie Sabines Befehl ausgeführt, die Flasche an ihre Lippen gesetzt hätte, fräße sich die ätzende Flüssigkeit jetzt durch ihre Speiseröhre und würde die Magenwände durchlöchern. Sabine hatte ihr die Flasche in letzter Sekunde entrissen. Gelacht hatte sie, offensichtlich selbst erleichtert über die vereitelte Tat. »Nimm du das Silberkleid«, hatte sie, wohl in einem Anflug schlechten Gewissens, gerufen und Marie mit großmütiger Geste das Kleid in die Hände gelegt.

Marie lauschte angestrengt, ob sie diesen Dämon endlich selbst einmal hören würde, der Sabine Dinge ins Ohr flüsterte, die sie unmöglich selbst denken konnte. Vergeblich. Also legte sie die Ohren an die Balken und glaubte Würmer fressen zu hören, die sich durch das Holz bohrten, Tunnel gruben, durch die sie mit ihren Schlitten sausten, immer schneller durch die dunklen Windungen. Dann erloschen die Bilder und die Dinge wurden wieder zu dem, was sie waren, Flaschen, Bilder, Balken, Barbiepuppen.

Sabine bauschte den weißen Tüllrock über dem Bauchnabel der Puppe. Nicole saß auf der Plastikschaukel, den Kopf nach oben auf die quietschenden Schaukelhaken gerichtet. »Seht doch mal!«, rief sie. »Sieht sie nicht aus wie die weiße Frau aus King Kong?«

Marie blickte sie fragend an.

»King Kong, der Riesenaffe!«

Sollte sie zugeben, dass sie noch nie von ihm gehört hatte? »Ja, ja, ich erinnere mich!« Maries Stimme klang dünn, ein wenig trotzig. Immer wenn sie in das Gelbe Haus eintauchte wie durch einen Wasserspiegel, selbst überrascht, dass er nicht in tausend Stücke zersplitterte, zog Sabine sie ans Ufer.

»Kong«, begann Sabine, »lebte auf einer unheimlichen Insel mit Monsterskorpionen und Menschenfressern mit Knochen auf dem Kopf.« Sie rollte mit den Augen und fuchtelte mit den Händen, während Nicole neben Marie kauerte, fiebrig und gelöst zugleich. »Eines Tages«, fuhr sie fort, »wurde eine wunderschöne blonde Frau von einem Schiff entführt. Ein Opfer für Kong!« Sie hielt die Barbiepuppe in die Höhe, als heische sie Mitleid. »Nicole, du bist King Kong. Du, Marie, die weiße Frau.« Brav folgten sie ihren Anweisungen und nahmen ihre Puppen in die Hand. »Doch wie sollten sie die weiße Frau aus dem Dorf heraus zu King Kong bringen, ohne selbst gefressen zu werden? Sie hatten sich etwas ganz Besonderes ausgedacht.« Sabine machte eine kurze Pause und blickte Marie und Nicole erwartungsvoll an. »Sie bauten ein riesiges Holzgestell, auf dem sie die weiße Frau festbanden.« Sabine bog die Arme nach hinten und bedeutete Marie, es ihr nachzumachen. Marie löste ihre Haare und befestigte die Puppe mit dem Haargummi an Mittel- und Ringfinger der rechten Hand. »Die weiße Frau zappelte und weinte.« Marie wimmerte und bewegte wild die gespreizten Finger. Nicole stampfte und schnaubte. »Mindestens tausend Kannibalen zogen am Seil und warfen die weiße Frau genau«, Sabine senkte die Stimme, »vor King Kongs Füße.« Maries Herz krampfte sich zusammen. Die Puppe hing an ihren Fingern. Sabine weidete sich ganz offensichtlich an ihrer Angst und flüsterte: »Nicole, du musst die weiße Frau jetzt überall anfassen. Am ganzen Körper.«

King Kong streckte seine Pranken nach Marie aus, drohte ihr die Kleider vom Leib zu reißen und sie zu zermalmen. Den Kannibalen zwar entkommen, würde sie nun im Maul eines zähnefletschenden Ungeheuers enden.

Mehr und mehr verspürte Marie eine Unlust, nach Hause zu gehen. Sobald sie ihre Hausaufgaben und den Abwasch erledigt hatte, schlüpfte sie unter die Bettdecke, hielt sich die Ohren zu, um den Streitigkeiten der Eltern, den endlosen Litaneien über Eifersucht und Betrug zu entfliehen. Hinter ihren geschlossenen Lidern tauchten der Vater, die Mutter auf. Marie kniff die Augen zusammen, versuchte die abwesende Miene des Vaters, den Blick der Mutter in das leere Portemonnaie zu übertünchen mit Farben und Gerüchen aus dem Gelben Haus. »Morgen! Morgen gehst du wieder hin!«, wiederholte sie immer wieder, bis die bittern Töne, die aus dem Schlafzimmer drangen, verklangen. Sie hörte sich atmen, anfangs unruhig, als ersticke sie unter dem Federbett, dann langsamer, gleichmäßig im Takt der Wimpernschläge. Das Schlaraffenland, sie wusste es nun, existierte und würde sie morgen schon retten.

Der Teufelsberg befand sich ein paar hundert Meter außerhalb von Heddesheim neben einem verlassenen Feldweg. Geheimnisvolle Legenden umwoben die Ruine. Auf unergründliche Weise verschwanden Säcke, Spaten, Äxte aus den umliegenden Erdkellern. Seltsame Geräusche hörte man nachts hinter den Toren einer Fabrikruine, klobige Würfel, die aus einem riesigen Knobelbecher auf die schwarzen Äcker geworfen schienen.

Keuchend zogen Nicole, Sabine und Marie ihre Schlitten den Hügel hoch. Klirrende Kälte kroch durch ihre Handschuhe. Schneekristalle setzten sich in den Pudelmützen fest und überzogen ihre Gesichter mit einer glitzernden Glasur. Nicole erklomm als Erste den Gipfel. Sie riss sich den Schal vom Hals und hisste eine Flagge. Marie stapfte ihre Initialen in den Schnee. Gipfelstürmer! Der Berg war bezwungen. Vor der Linde, die ihre schneebedeckten Äste über ihnen ausbreitete, positionierten sie ihre Schlitten. Eine Abfahrt, die sie direkt in den kochenden Schlund der Hölle führte, lag vor ihnen. Die Piste war harsch und gefroren. Am Ende des Abhangs befand sich dorniges Gestrüpp. Sanft zu landen war unmöglich.

»Bremsen verboten!«, rief Sabine. »Haribo für den Sieger!« Mit den Zähnen nestelte sie an ihrem Handschuh und zog mit klammen Fingern eine Tüte Schaumerdbeeren aus der Jackentasche. »Seid ihr bereit? Feiglinge haben hier nichts zu suchen!«

Marie spielte das Spiel mit, warf ihr einen herausfordernden Blick zu und schrie: »Darauf kannst du wetten!« Sie legte sich bäuchlings auf den Schlitten, umklammerte mit beiden Enden die Hörner und wartete auf das Signal.

»Auf die Plätze, fertig, los!«

Die Mädchen sausten den Berg hinab. Holzlatten stießen an die Hüften. Wind pfiff um die Ohren. Tränen gefroren auf den Wangen. Eine halbe Schlittenlänge lag Sabine vor Marie. Nicole war mit ihr auf gleicher Höhe. Marie musste gewinnen. Tapfer presste sie sich an ihren Schlitten und raste mit wild pochendem Herzen auf den Abgrund zu. Flammen loderten auf. Funken sprühten aus einem schmiedeeisernen Kessel. Eine schwarze Fratze mit gerillten Hörnern und peitschendem Schwanz starrte ihr wiehernd ins Gesicht.

»Marie, ist alles in Ordnung?«, fragte Nicole beunruhigt und rüttelte an ihrem Arm.

Maries Gesicht fühlte sich an, als hätte eine Katze ihre Krallen an ihr gewetzt. Eine süßliche Flüssigkeit rann ihr in den Mund.

»Warum bremst du denn nicht?«, fragte Sabine.

Maries Kopf dröhnte. Die durchnässten Wollhandschuhe waren von hellroten Blutspuren durchzogen.

»Hier, nimm!«, bot ihr Sabine an.

Sie öffnete die Lippen und ließ sich ein Bonbon in den Mund stecken. Die Zuckerkruste, harsch und süß, kitzelte ihre Zunge. Speichel quoll aus ihren Drüsen. Und da war er der Moment, so sehr ersehnt, der sie Kratzer und Dornen vergessen ließ, in den sie sich einschloss, weil ihre Zunge zuckte, wie sie wollte, und für kein böses Wort mehr zu gebrauchen war. Auch nicht für ein Nein.

Schaum schmiegte sich um Maries ausgekühlten Körper. Sie nahm einen Butterkeks aus einem Schälchen, das auf dem Waschtisch stand, und ließ ihn auf der Zunge mit einem Schluck Limonade zu einer breiigen Masse zerfließen.

»Die Hexe«, rief Nicole, »ich hab sie genau gesehen. Sie stand hinter der Linde und hat den Besen nach Marie geworfen.« Sie schlug mit der flachen Hand auf das Badewasser. »Deshalb ist sie gestürzt.«

»Der Nachtgiger war's! Er hatte Marie ins Ohr geflüstert: Nicht bremsen! Nicht bremsen!«, widersprach Sabine.

»Du bist doch blind!«, sagte Nicole. »Hast du den schwarzen Kater nicht gesehen? Die Haare haben sich gesträubt auf seinem fürchterlichen Katzenbuckel.« Sie krümmte den Rücken und fauchte ihre Schwester an, die nun fast die ganze Flasche Schaumbad in die Wanne entleerte.

Marie legte den Kopf ins Wasser und schloss die Augen. Nur ein auf- und abebbendes Blubbern nahm sie wahr, die Stimmen waren gedämpft, wie in Styropor gepackt. Noch einmal glitt sie den Abhang hinab, als das Badewasser plötzlich über ihr zusammenschwappte und sie nach Luft schnappte. Sie riss die Augen auf und sah ihn vor sich stehen. Bauleitner zwirbelte seinen Schnurrbart, lachte. Verschreckt versuchte sich Marie hinter dem Schaumberg zu verstecken, der jedoch zu einem mickrigen Häufchen zusammengeschmolzen war. Er kam auf sie zu, bis nur eine

Armlänge sie trennte. Marie verbarg sich hinter Sabines Rücken, Schutz suchend. Seine Hand griff in ihr nasses Haar.

»Was ist passiert, Marie? Dein Gesicht ist ganz zerkratzt!«, sagte er, es klang wie Mitleid. Mit Daumen und Zeigefinger hielt er ihr Kinn fest und betrachtete prüfend ihre Verletzungen. Sie spürte ihren Kopf in seiner Hand, die aufgeritzte Haut wie ein zerrissenes Tuch zwischen seinen Fingern, der Mund wie eine Tube, aus der er Farbe quetschen wollte. »Der Nachtgiger? Schnappt der sich nicht die bösen Mädchen?«

Er lachte und wuschelte kurz in ihren Haaren, braunen, glitschigen Büscheln. Dann trocknete er sich die Hand ab, öffnete den Verbandskasten und nahm eine Salbe heraus. Er kniete sich vor die Wanne, schraubte den Deckel auf und drückte Creme auf seinen Zeigefinger. Maries Gesicht wich zurück, als fürchtete es sich mehr als sie selbst. Behutsam tupfte Bauleitner es mit einem Handtuch ab. Jeder Tropfen, den das Tuch aufsog, brachte die Wärme in die Haut zurück und hob auch sachte die Angst. Er strich eine dünne Schicht Salbe auf jeden einzelnen Kratzer und verrieb sie mit seiner Fingerkuppe, bis sie ganz in ihren Poren verschwand. Schaum prickelte betäubend in ihren Ohren und zerfloss zu einem dünnen Strahl, der ihren Hals entlangrann.

»Und jetzt ein Foto!«, rief er plötzlich.

Wie aufgescheuchte Hühner sprangen die Mädchen aus der Badewanne und versuchten, sich ein Handtuch zu angeln. Doch schon stand er wieder im Türrahmen mit der Kamera in der Hand. Sie hüpften zurück in die Wanne, pressten den Bauch an den Rand und legten das Kinn auf die aufgestützten Hände. Er bewegte sich vor und zurück, das rechte Knie leicht gebeugt und das Objektiv nach links gedreht. Sein Auge verschwand hinter dem schwarzen Rohr, das sich immer mehr auf Marie zubewegte. Untertauchen wollte sie und starrte doch wie gebannt in die schwarze Öffnung. Das zerkratzte Gesicht und die nassen Haare reflektierten auf der spiegelnden Oberfläche der Linse. Sie musste hineinblicken, um ihre Augen nicht wie umherirrende Murmeln wegrollen zu sehen. Seine Wimpern aber robbten unaufhaltsam an ihre dampfende Haut heran und versanken in den eingesalbten Wunden.

»Intschu tschuna entblößte den Vorderarm seines Sohnes, um ihn mit dem Messer zu ritzen. Dann sagte Intschu tschuna: ›Die Seele lebt im Blute. Die Seelen dieser beiden jungen Krieger mögen ineinander übergehen, dass sie eine einzige Seele bilden. Trinkt!‹«

Im Schneidersitz saß Sabine auf der Wohnzimmercouch und las aus einem blauen Buch mit tiefer Stimme die Besiegelung der ewigen Freundschaft zwischen Winnetou und Old Shatterhand vor. Nicole, den geflochtenen Stoffgürtel um die Stirn, schwankte zwischen Häuptling und Squaw, verwandelte sich dann doch in Letztere, vermutlich weil ihr die Schwester ohnehin den Federschmuck entrissen hätte. Marie machte eine Pause, betrachtete die Freundinnen mit zärtlicher Verbundenheit und folgte schließlich einer plötzlichen Eingebung. Sie hob den Becher Früchtetee in die Höhe und deklamierte feierlich: »Mein Blut ist dein Blut! Eine für alle, alle für eine!«

Nicole blickte sie, nun ganz Abbild indianischen Edelmuts, fragend an: »Drei Musketiere?«

»Egal! Pech und Schwefel. Nur das zählt!«, winkte Sabine ab.

Marie nickte, klappte das Buch zusammen und täuschte einen Schnitt in ihren Unterarm vor, den sie fast schmerzhaft missempfand. »Blutsschwestern! Auf immer und ewig!«, flüsterte sie, den Arm mit Früchtetee befleckt.

Sabine und Nicole strahlten. »Auf immer und ewig!«, riefen sie wie aus einem Munde.

Sie schworen mit erhobener Hand, sich gegenseitig stets zu helfen im Kampf gegen Feinde und finstere Mächte. Geheimgehalten werde der Bund, kein Sterbenswörtchen komme über ihre Lippen. Einen Vertrag, mit unsichtbarer Tinte verfasst und rotem Kerzenwachs versiegelt, vergruben sie im Garten. Vergissmeinnicht würden aus ihm sprießen. Genug war es dennoch nicht. Winnetou hätte sich niemals damit begnügt. Sein Herzblut für Old Shatterhand! Blut musste fließen! Echtes, rotes Blut aus ihren Adern! Sabine sprang auf und lief in die Küche. Mit einem kleinen, spitzen Messer bewaffnet, kam sie zurück. Sie losten, wer beginnen sollte. Die Messerspitze ritzte weiße Haut. Hellrote Tropfen quollen aus den Armen. Marie drückte die kalte Messerschneide auf den Arm und befühlte die weißen Druckstellen. Die Klinge drehte sich. Das Muttermal franste aus wie rosa Tüll. Schmerzlos floss das Blut zu Blut, brandete aus der Wunde, zerstob und verlor sich in den Schwestern.

# 2

Inge Bauleitner öffnete das knisternde Butterbrotpapier und zeigte den Kindern die glänzenden, goldgelben Röhren. »Schillerlocken«, erklärte sie, als wäre nichts passiert, als wäre es ein Tag wie jeder andere, »das ist geräucherter Hai.«

Marie war nicht nach Essen zumute. Die Koffer standen bereits vor der Tür. Auf immer und ewig! Zerstört hatte sie ihren Bund.

»Es ist besser so. Ein Internat am Starnberger See. Weit weg von diesem Dorf. Weit weg von ihm«, hatte sie gesagt und geschwiegen.

Marie verzieh ihr nicht. Wie sollte sie überleben ohne die Blutsschwestern? Der Dachboden der Villa war ihr Zufluchtsort, der Garten ihr Paradies. Sie versuchte sich nichts anmerken zu lassen, zeichnete sich ein Lächeln auf das Gesicht.

»Mama«, Nicole machte noch einen letzten verzweifelten Anlauf, »können wir Marie nicht einfach mitnehmen?«

Die Mutter schüttelte den Kopf und vertröstete sie mit den Wochenenden und den Ferien. Noch einmal umarmten sie einander, versprachen unter Tränen, Briefe zu schreiben und anzurufen.

Sabine stapfte wütend auf und fragte ihre Mutter, jede Silbe hämmernd: „Jetzt sag es uns endlich! Warum müssen wir eigentlich ins Internat?«

Die Mutter schwieg, setzte eine letzte Unterschrift auf das Formular. Erledigt war das Thema. Äußere Umstände.

Bessere Lösung. Worte, die ungehört aus ihrem Mund fielen. Betreten blickten sie zu Boden, fast glücklich, wenigstens das Unglück teilen zu dürfen, als Bauleitner, einen Ordner unter den Arm geklemmt, ins Zimmer stürmte.

»Was soll das?«, brüllte er. »Gerade habe ich Gerd getroffen. Nichts ist eingegangen.«

Seine Frau blickte ihn fragend an. »Der Wettbewerb? Die Bank?« Sie fasste sich an die Stirn, begann zu stottern: »Ich ... ich ... Es tut mir leid! Ich muss wohl vergessen haben ... Das Internat, die Kinder ...«

Verächtlich schleuderte er ihr den Ordner vor die Füße. Sie zuckte zusammen, bückte sich, um die auf dem Boden verstreuten Papiere aufzusammeln. Er schüttelte den Kopf und stieß mit der Hand eine auf dem Schreibtisch stehende Schale um.

»Und diese Fresssucht!«

Er hatte völlig die Fassung verloren und bemerkte erst jetzt die Töchter und Marie. Blitzartig wandelte sich seine Stimmung. »He, ihr drei!«, rief er, die Arme ausgebreitet zu einer Umarmung, als hätte er soeben den Raum betreten. »Macht doch nicht so ein Gesicht! Heute ist der große Tag!«

Inge Bauleitner ordnete ihre Frisur und strich das Kleid über den Hüften glatt. Umständlich schlüpfte sie in ihren Mantel. Bauleitner zog seine beiden Töchter an sich. Lachend küsste er sie auf die Stirn. »Und was Marie betrifft. Kommt sie eben zu mir ins Büro und wir rufen im Internat an! Und wenn ich das nächste Mal nach München fahre, nehme ich sie einfach mit.«

Marie lächelte verlegen, war hin und her gerissen zwischen der aufsteigenden Sanftmut und seiner noch Sekunden vorher peitschenden Stimme. Flüchtig drehte sie sich nach Inge Bauleitner um, hoffte auf Klarheit, sah, wie ihre weiß hervortretenden Knöcheln den Autoschlüssel umklammerten. Sabine und Nicole schlangen sich um den Vater wie Kletterpflanzen, eine letzte Umarmung, ein letzter Kuss.

Rosen flogen in hohem Bogen in den Himmel. Ein langes Wochenende, drei ganze Tage würden sie zusammen sein! Maries Hände umklammerten die Haltestangen der Schiffschaukel. Mit aller Kraft beugte sie die Knie, schwang sich in die Luft, leicht und losgelöst. Nur ein einziger Gedanke krallte sich in ihr fest: Sie wollte den Überschlag schaffen, die Schwerkraft überlisten. Ein einziges Mal hatte sie erst gesehen, wie sich die Schaukel dem Zenit näherte. Der Junge neben ihr, die Wangen rot, die Haare an der Stirn klebend, ging noch einmal tief in die Knie und schaffte den Überschlag. Marie holte tief Luft, spannte die Muskeln an, versuchte, es ihm gleichzutun. Fast hatte sie es geschafft! Ein, zwei Schwünge trennten sie vom Ziel, als der Schaukelbursche abrupt die Bremse unter die Schiene schob. Blitzartig verließ sie die Euphorie, ihre Muskeln brannten von der Anstrengung und an den Händen zeigten sich Rötungen. Die beiden Schwestern, vor dem Gitter wartend, trösteten sie. Sie hakten sich unter und ließen sich treiben im ohrenbetäubenden Lärm der Kirchweih. Rotwangige Frauen in bayrisch blauen Dirndln trugen Bierkrüge durch die Gegend. Eine Blaskappelle spielte »Rosamunde«. Schweinshaxen, Bratwürste und Sauerkraut wurden im Akkord auf die in langen Reihen aufgestellten Bierbänke gestemmt. Die Mädchen suchten Bauleitner. Die Aussicht auf das Kirchweihgeld lockte sie. Kandierte Früchte wollten sie kaufen und in der Geisterbahn vor Skeletten und Totenköpfen zittern.

Als sie vor der Bühne stand, entdeckte sie ihn. Flankiert von einer Blondine mit Hornbrille und einer Brünetten mit Hibiskusblüte im Haar, redete Bauleitner auf zwei Männer ein. Marie spürte, wie sie in seine Richtung vorwärtsgeschoben wurde. War er es, der sie anzog? Oder doch nur die grölende, Bier und Schweiß ausdünstende Menge? Sie war nahe daran, zu stolpern, so sehr war sie damit beschäftigt, seinem Blick nicht zu begegnen. Sie konzentrierte sich auf den an einer Silberkette über dem Dekolleté baumelnden Anhänger seiner Begleitung. Das Gesicht konnte sie nicht erkennen, die dick getuschten Wimpern verschatteten die Augen. Übelkeit stieg in ihr auf. Warum hatte sie nur so hemmungslos geschaukelt und Zuckerwatte gegessen? Die andere war gebräunt, schön, kein Kind mehr. Es war nicht leicht, mit dem Gefühl der Unterlegenheit so zu tun, als wäre es ihr egal. Ihr Blick schweifte über die glatten Haare auf den nackten Schultern, ein leises Lächeln schlich sich auf ihre Lippen.

Bauleitner zog einen Zwanzigmarkschein aus der Brieftasche und hielt ihn an ein Feuerzeug. »Wenn ihr ihm den Auftrag gebt, dann könnt ihr euer Geld gleich verbrennen!«

Die Blondine neben ihm hob zweifelnd eine Braue über ihrer Hornbrille, während ihr kahlköpfiger Begleiter gemächlich den Rauch seiner Zigarre auspaffte. Die Flamme züngelte bedenklich nah an dem grünen Geldschein. In Maries Bauch begann es zu kribbeln.

»Das ist Staatseigentum! Du machst dich strafbar!«, warnte der Glatzkopf.

Ein Ausdruck von verachtendem Triumph huschte über Bauleitners Gesicht. »Mach dich nicht lächerlich! Ich kann mit meinem Geld machen, was ich will!« Es schien ihm Freude zu machen, dass er seinen Eindruck bei Menschen mit einer kleinen Bemerkung verändern konnte. »Und wenn ihr glaubt, das wäre eine gute Investition, dann zeige ich euch mal, wie schnell das Ding in Flammen aufgehen wird!«

Die Flamme nagte bereits am Papier. Höhnisch ließ er den brennenden Schein auf den Tisch fallen. Bauleitners Tischnachbarn schwiegen und starrten auf das dunkelgraue Häufchen Asche, das er lässig mit dem Zeigefinger zerstob. Er beugte sich vor, beobachtete Marie aus den Augenwinkeln. Sie wusste, dass er auf eine entrüstete Reaktion wartete. Einen Moment lang zögerte sie, blickte zuerst die Dunkle an, die ihn mit offenem Mund anstarrte, und entschied sich dann blitzschnell für ein Lächeln, nicht grinsend, nicht bewundernd, ein wenig gelangweilt. Marie sah, wie er die Hand vom Schenkel der anderen nahm und fühlte sich ein bisschen wie in einer Schaukel, ein klein wenig nur verlor sie das Gleichgewicht, elend war ihr nicht mehr, ein bisschen schwindelig vielleicht, so ganz weit oben in der Luft.

Gedankenverloren stand Marie am Herd und strich mit den Fingerkuppen über den Kochtopf. Die aufgemalten Karotten und Kartoffeln am unteren Rand des Topfes, so traurig und unscheinbar wie die Mutter. Jeden Tag erschien sie ihr ein wenig blasser, immer gleich am selben Ort, ohne Aussicht auf Veränderung. An den Henkeln blätterte das Email in fingernagelgroßen Schuppen ab und entblößte einen matten, angerauten Grund. Der Deckel klapperte, ein dünner Film bildete sich, in den sie mit dem Zeigefinger ein großes M malte. Sie wünschte sich, dass sie nicht so werden würde wie ihre Mutter, die kochte und herumhantierte, dass wenigstens ein M sie unterschiede. Die Herdplatte glühte, und die Suppe begann zu wogen, bis sich eine dicke Blase bildete. Mit einem Kochlöffel rührte sie in der sämigen Masse. Ein säuerlicher Geruch stieg aus dem Topf auf. Angewidert wandte Marie das Gesicht ab und legte den Deckel wieder auf den Topf. Die Kohlsuppe war vergoren. Der Vater hatte wohl vergessen, sie in den Kühlschrank zu stellen. Sie goss die Suppe in die Toilette, spülte, reinigte die Kloschüssel gründlich mit der Bürste und stellte ohne Verblüffung fest, dass sie jeden Schritt genau so ausführte wie die Mutter. Bürsten, schütteln, spülen, in derselben Abfolge. Von der Gleichheit der Bewegungen war sie so gerührt, dass sie beschloss, der Mutter am Abend von der köstlich nach Muskat und Petersilie duftenden Suppe vorzuschwärmen. Ekel verspürte sie keinen.

Der Vater lag auf dem Sofa und fragte mit gepresster Stimme nach dem Abendessen. Zwei Dosen Heringsfilets in Tomatensauce gab es noch im Kühlschrank. Sie hörte, wie der Schlüssel sich im Schloss drehte. Die Mutter legte ihre Handtasche an der Garderobe ab, band die Kochschürze um und begann Salzkartoffeln zuzubereiten. Jeder einzelne Handgriff war wie am Tag zuvor.

»Gibt's noch Fisch?«, fragte sie.

Wortlos reichte ihr Marie die Konservendosen. Nächstes Mal würde sie der Mutter die Wahrheit erzählen, den Vater nicht verschonen, seine Nachlässigkeit mit einer Lüge bedecken. Nächstes Mal. Jetzt sehnte sie sich nur nach Luft, einem Wind, der ihr die trüben Gedanken um den Kopf wirbelte, bis sie sich in grüne Funken auflösten, in Glühwürmchen verwandelten, die ihr tänzelnd den Weg wiesen.

»Ich geh noch schnell zum Spielplatz. Schaukeln«, sagte sie und zog die Wohnungstür hinter sich zu.

Sie rannte am Heidenbrünnlein vorbei zu seinem im alten Rathaus gelegenen Büro am Marktplatz. Das wuchtige Gemäuer wirkte wie ein fetter, roter Käfer, der über das Kopfsteinpflaster zum Marktbrunnen kroch und in langen, gierigen Schlucken Wasser schlürfte. Die Sprossenfenster mit den bleigefassten Butzenscheiben blinzelten in die Nachmittagssonne. Im ersten Stock hingen Spitzenvorhänge an den Bürofenstern. Marie drückte die schmiedeeiserne Klinke und stieß die Eingangstür auf. Sie nahm zwei Stufen auf einmal. Kam es ihr nur so vor oder verging die Zeit hier tatsächlich langsamer? Es war, als klebten die Minuten an ihren Füßen wie zäher, sumpfiger Morast. Dabei wollte sie doch nur weg oder doch eher hinein in das Schlaraffenland.

Als sie vor der Sekretärin stand, hörte sie sich kaum sprechen. Und wenn schon! Die wusste ohnehin, dass Marie kam, um mit Sabine und Nicole zu telefonieren. Stolz schwang ein wenig in ihren Schritten, als sie der Sekretärin zu Bauleitners Bürotür folgte an Zeichenbrettern und Plänen vorbei. Es roch bereits nach ihm, als drängte sich sein Körper aufgelöst in unsichtbare Partikel durch das Schlüsselloch. »Einen Moment, bitte!«, sagte er, sie hörte es klar und deutlich. Ungeduldig betastete sie den Saum ihres Kleides. Er öffnete die Tür. In seinen Händen raschelte Pergamentpapier, ein Bleistift steckte hinter seinem Ohr.

Ohne Umschweife fragte er sie: »Marie, kannst du es nicht erwarten? Willst du in Starnberg anrufen?«

Sie neigte den Kopf zur Seite, zog die Schultern hoch und suchte nach Wörtern. Wieso antwortete sie nicht? Ja, gerne. Deshalb bin ich hier! So einfach wäre es, wenn ihr Kopf nicht dumpf und ihre Lippen nicht zitternd an seinem Lächeln hängen würden.

Er stand auf und klopfte mit der Hand auf die lederne Sitzfläche seines Schreibtischstuhles. Ihr sonnenverbrannter Rücken, gekreuzt von schmalen Trägern, rieb an der kühlen Lederlehne. Die Füße baumelten vor dem rollenden Metallkreuz. Sie streckte ihre Zehen, bis sie den Teppich berührten. War sie jetzt verlegen oder wollte sie einfach Zeit gewinnen, bevor sie zu telefonieren begann? Solange sie mit dem Fühlen beschäftigt war, musste sie nichts anderes tun. Der abgetretene Holzpantoffel mit den Lederriemen und der silbernen Schnalle glitt zu Boden. Sie angelte ihn mit den Zehenspitzen und klammerte sich wie ein Äffchen daran fest. Er beobachtete sie geduldig. Konnte er ihre Gedanken lesen? Manchmal glaubte sie, ihre Mutter könnte es, wäre in Wirklichkeit allwissend, gar nicht ihre Mutter, sondern ein anderes, viel mächtigeres Wesen, das sie gefunden hatte und zufällig Marie sein ließ. Marie, die blitzschnell im Kreis gedreht wurde. Marie, die jetzt die Drehung bremste, die Hände an der Schreibtischkante, als gehörten sie nicht zu ihr. Er lachte und löste vorsichtig ihren Klammergriff. Ihr schwindelte. Erst der Hörer in der rechten Hand gab ihr den Gleichgewichtssinn zurück. Die Wählscheibe surrte leise und der Freiton hallte in ihrem Ohr, als gäbe es seine Schritte nicht und auch nicht seine Hände, die das Schälchen Waffeln und eine Cola auf den Schreibtisch stellten.

Auf dem Sofa saß er, vertieft in einen Ordner. Sie sah ihn, hörte seinen Atem, deutlicher noch als das Lachen, Geschirrklappern und Türenschlagen aus dem Hörer. Warum bemerkte er sie nicht? Dachte er nicht mehr an sie? Ließ er sie warten auf ein Lächeln, einen Blick?

Ein Geräusch. Besorgt, seine Aufmerksamkeit zu verlieren, griff sie in das Schälchen. Vorsichtig löste sie die erste Schicht der Waffel ab, schob den Nagel des Zeigefingers zwischen Waffel und Haselnusscreme. Mit der Zunge leckte sie die Waffel der Länge nach ab, bis die darunterliegende Schicht durchweicht war. Sie genoss, wie sich die Cola mit ihrem schokoladendurchtränkten Speichel vermengte. Sie beruhigte sich, die Erregtheit wich von ihr. Sie wiegte sich im Sessel hin und her und spürte, wie sein Blick sie wieder einfing, einen Kokon um sie spann, der ihre Glieder fest an den Körper presste und sie nach Luft ringen ließ. Wie ein Blitz fuhr er durch das Brustbein abwärts durch ihren Leib. Sie wusste nicht, ob sie den Blitz als Bedrohung empfinden sollte, ob er aufleuchtete an einem fernen Himmel oder ihr Inneres schon verbrannt hatte.

»Marie, endlich!«, erklang Sabines Stimme aus dem Hörer. Marie erschrak über die Laute, hielt den Hörer weg von ihrem Ohr. In ihrem Kopf summten Gedanken, die nicht zu den Tönen aus dem Telefon passten. »Warum hast du so lange nicht angerufen? Hast du uns schon vergessen? Was machst du die ganze Zeit? Wo warst du? Wir sehen uns doch bald wieder?«

»Ja, ganz bald!«, sagte Marie, als stickte sie mit Worten ein Muster, das sie – oder war es jemand anders? – vorgezeichnet hatte.

»Wir gehen jetzt gleich schwimmen.«, sagte Sabine.

»Ja, ich auch«, antwortete Marie.

»Und weißt du, dass ich gestern …?«

Das Muster setzte sich fort, selbsttätig, endlos so weiter. Sah er, wie sie sich mühte, mit unsichtbarem Garn ein anderes Bild stickte nur für ihn? Er lächelte sanft und saugte ihr die Worte aus dem Mund. Sie fuhr sich mit der Zungenspitze über die trockenen Lippen und malte mit dem Finger ein Wort in die Luft, laut und deutlich, als dürfte sie auf Antwort hoffen.

Im Frühjahr waren sie wieder umgezogen. Die Altbauwohnung mit den vier Meter hohen Decken hatten sie gegen eine dünnwandige Wohnung in einer Siedlung am Dorfrand eingetauscht. »Endlich weniger Heizkosten! Endlich weg von diesen Halsabschneidern, obwohl die Pfaffen auch nicht besser sind!«, hatte der Vater gesagt. Und dann zogen sie in eine von der katholischen Kirche gebaute Siedlung, dachte Marie.

Mit Jutta, ihrer neuen Freundin aus dem Gymnasium, saß sie nun im Keller der neuen Wohnung. In den Metallregalen stapelten sich Fotozeitschriften, Objektive, Stative und Kameras. Marie kannte den Namen jeder einzelnen Kamera. Der Vater steckte jeden Pfennig in seine Sammlung, und dann war wieder kein Geld mehr übrig für Essen und Kleider. Wie er sie langweilte, wenn er ihr die Funktion eines Weitwinkels erklärte und die unterschiedlichen Farbfilter zeigte! Nur eine schmale Minox C, eine etwa drei Streichholzschachteln lange Kleinstbildkamera mit elektronischer Belichtungsautomatik, hatte es ihr angetan. Jedes Mal, wenn sie die Kamera in die Hand nahm, fühlte sie sich wie eine Agentin, die, mit Hut,

Sonnenbrille und Staubmantel ausgerüstet, feindliche Mächte ausspionierte, gefährlichste Abenteuer bestand und die Welt rettete.

»Du hast doch keine Ahnung von einem Agentenleben«, sagte Jutta, »da gibt es Riesen, die mit ihren stählernen Zähnen das Genick ihrer Opfer durchbeißen! Die werfen dich einfach in ein Haifischbecken und schon bist du tot!«

Marie bekam eine Gänsehaut. Sie versuchte noch einen kurzen Moment den Schauer unter ihrer kribbelnden Haut zu wahren, bevor er endgültig durch ihre Poren entwich. Als sie die Augen wieder öffnete, prangten grellorange Buchstaben auf weißem Grund. JOHN TRAVOLTA 1979.

»Der ist für dich!«, sagte Jutta stolz und drückte ihr den Kalender in die Hand. Marie strahlte über das ganze Gesicht, der Ärger über die verdorbene Flucht in die Agentenwelt war schon verflogen. Sie konnte nicht umhin, jeden einzelnen Buchstaben des Kalenders zu befühlen und schlug das erste Blatt auf. Es war, als läge eine Süßigkeit, unwiderstehlich tröstlich, auf ihrer Zunge. Sonnengelber Januar, Dany dicht an ihrem Herzen.

»Weiter! Weiter!«, rief Jutta und schlug selbst das nächste Kalenderblatt auf, summte, als wäre es nicht schon genug, dass sie in ein rotes Herz mit Sandy und Dany starren musste, »You're the one that I want«. »Weiter!«, trieb sie Marie an. Endlich ihr Lieblingsbild! Dany saß auf der Schaukel mit schwarzer Lederjacke und weißem Shirt. Marie erinnerte sich an einen Film mit Marlon Brando, den sie mit acht, neun Jahren gesehen hatte. John Travolta versetzte ihr den gleichen Stich ins Herz wie Marlon. Sie schloss die Augen und begann ihr Lieblingslied zu singen. Wie oft hatten sie es gehört? Spul zurück, bitte! Noch einmal! »Love has flown. All alone / I sit and wonder w-h-y / oh why you left me / oh Sandy!« Sie hatten die Englischlehrerin bekniet, ihnen den Text aufzuschreiben. Jedes einzelne Wort, das Dany sagte, wollten sie verstehen. Marie stellte sich vor, wie Dany Sandy küsste. Ihre Wangen glühten vor Traurigkeit und Wut. »Vergiss die blöde Sandy!«, Jutta machte eine abwinkende Handbewegung. »Schau mal, ich habe noch ein Geschenk für dich!« Sie öffnete eine mit roten Herzen beklebte Schachtel und präsentierte Marie den Inhalt. Fünf Buttons mit John-Travolta-Porträts lagen kreisförmig angeordnet auf Wattevlies. Vorsichtig entnahm sie einen Button, öffnete die dünne Bogennadel und heftete ihn an Maries Jeansoverall. Dann zog sie den roten Reißverschluss des Overalls etwa zehn Zentimeter nach unten, stellte den spitzen Kragen hoch und bewunderte ihr Werk. »Und jetzt schau dich mal im Spiegel an!« Sie zog einen Taschenspiegel aus ihrer Batiktasche und hielt ihn Marie vors Gesicht. Dany blickte von Maries Brust hoch in ihre gesenkten Augen.

Einen Moment lang, vielleicht eine Sekunde oder zwei, zumindest aber so lange, bis sie Worte fand für ihr Trugbild, war Bauleitner es, der sie anlächelte mit glühenden Augen und lockigem Haar. Marie erzählte Jutta von seinem Auto, dem Gelben Haus und der Brünetten auf der Kirchweih. Ihr langes, braunes Haar streifte Danys Wange und liebkoste sein Grübchen. Jutta, summte, steckte die anderen vier Buttons an Kragen und Brusttaschen. Jetzt waren sie untrennbar verbunden. Alle sollten wissen, dass sie ihm gehörte! Danys Mund im Spiegel bewegte sich im Rhythmus ihres pochenden Herzens: »Hopelessly devoted to you«.

Wie auf einem schmalen Negativstreifen reihte sich ein Bild an das andere. Marie telefonierte in seinem Arbeitszimmer. Sie rasten den Abhang hinab. Sie lagen sich in den Armen. Drei Schwestern, ein Vater. Er nannte sie seine dritte Tochter, entführte sie aus dem Labyrinth verbitterter Gesichter, dem Gezeter der Eltern.

»Ich komme gleich wieder! Ihr bleibt schön brav sitzen und wartet!«, sagte Bauleitner in einem Ton, der keinen Widerspruch duldete, stieg aus und verriegelte den Wagen. Ohne sich umzudrehen, ging er geradewegs auf den Bungalow zu, öffnete das Gartentor und verschwand hinter einer Eibenhecke.

Sie blickten einander verdutzt an. Hatte er sie tatsächlich eingeschlossen? Sie rüttelten an den Türen und versuchten vergeblich die Fenster zu öffnen. Der Schreck ergriff ihre Glieder. Dracula verschleppte sie in seine dunklen Gemächer, um endlich seine spitzen Zähne in ihre Hälse zu bohren und ihr Blut bis auf den letzten Tropfen auszusaugen. Eine halbvolle Flasche Sprudelwasser, die Sabine unter dem Fahrersitz fand, erlöste sie einen Moment lang von der Sehnsucht nach Kühlung. Sabine schraubte den Drehverschluss auf. Das von der Fahrt durchgeschüttelte Wasser spritzte ihnen entgegen. Marie rieb sich den feinen Nebel ins Gesicht und befeuchtete ihre Lippen. Schwesterlich teilten sie sich den Rest der Flasche.

Die Sonne hatte inzwischen ihren Zenit erreicht und prallte erbarmungslos auf die schwarzen Ledersitze. Nicole tastete die Fenster ab nach Luftschlitzen, Öffnungsmöglichkeiten. Marie bastelte einen notdürftigen Sonnenschutz aus ihren T-Shirts, die sie sich von den schwitzenden Leibern gestreift hatten. Sabine versuchte sie abzulenken, spielte die Musikkassetten ihres Vaters ab. Sie wühlte im Handschuhfach, knipste mit einem Kugelschreiber und blätterte gelangweilt in einem Stadtplan von München. Erst als sie den Aschenbecher herauszog, verdunstete die Langeweile und machte einem erstaunten Interesse Platz. Vier quadratische Plastiktütchen mit der Aufschrift FROMMS statt Zigarettenstummeln und Asche. Sie befühlte ein Tütchen, erntete ein Achselzucken auf ihren fragenden Blick, zögerte und riss es schließlich auf. Neugierig zog sie ein gelbliches Gummiröllchen mit einer tropfenförmigen Erhebung aus der Verpackung. Sie steckte den Finger in die Aushöhlung und rollte den glänzenden Schlauch über den Mittelfinger, schob noch den Ringfinger hinein, bis sich ein durchsichtiger Film über ihre Finger spannte. Mit einem leichten Unbehagen betastete Marie die Oberfläche, die sich glitschig und zugleich pudrig anfühlte. Man musste es sicher mit irgendetwas füllen.

»Wie einen Ballon vielleicht«, meinte Nicole. Sie blies in das gummiartige Gebilde hinein. Gerade wollte sie einen Knoten machen, als die Fahrertür aufgerissen wurde. Der Vater starrte sie verblüfft an. Zitternd hüpfte der Ballon durch das Wageninnere. Warme, feuchte Luft entwich zischend aus seiner Hülle. Bauleitner brach in berstendes Lachen aus.

Mit hochrotem Kopf verschränkte Marie die Arme vor ihrer nackten Brust, versuchte sich vor seinem Lachen zu verstecken. Sabine und Nicole kicherten. Warum stand nicht das geringste Anzeichen von Wut in ihren Gesichtern geschrieben, weder Verlegenheit noch Scham? Er hatte sie allein gelassen in der brütenden Hitze, eingesperrt, und lachte nun über ihre Hilflosigkeit, ihre Unwissenheit? Fassungslosigkeit und Zorn stülpten sich über Maries Erleichterung, befreit zu sein. Hauptsache er spürte es nicht, sah ihr nicht die Enttäuschung über seine Rücksichtslosigkeit an, die Marie weniger bedeutete als sein Lächeln, selbst sein Lachen.

Als wäre nicht das Geringste passiert, setzte sich Sabine auf den Beifahrersitz. Nicole und Marie zwängten sich auf die Hintersitze, beide sprachlos. Er öffnete das Cabriodach und rollte im Schritttempo bis zu einer wenige Meter entfernten Linde. Mit einem grobzinkigen Kamm fuhr er durch seine feuchten Haare. Marie war schwindelig. Sie ließ den Kopf nach hinten auf das Stoffverdeck sinken und blickte in einen in gleißendes Licht getauchten Himmel. Als sie sich zur Seite drehte, sah sie am Fenster des Hauses eine Frau. Sie stand noch immer dort, eine Zigarette in der Hand, als er auf das Gaspedal trat und mit quietschenden Reifen in die Hauptstraße abbog.

Am nächsten Ladengeschäft hielt er an, sprang aus dem Wagen und kam mit Eis zurück. »Und kein Wort zu Inge«, sagte er beschwörend.

Marie schüttelte den Kopf, zerrissen zwischen einem nagenden Gefühl und Freude, Erleichterung darüber, dass er sie für ihr Kopfschütteln mit einem Lächeln, verschwörerisch und stolz, belohnte und ihre Schulter fast berührte. Sie drückte das Eis an ihre pochende Halsschlagader und kühlte die glühenden Wangen. Mit den Zähnen riss sie die Verpackung entzwei. Der Geschmack, die Freude auf die ersehnte Kühlung verflogen jedoch. In ihrem Mund spürte sie eine merkwürdige Taubheit, begleitet von Erinnerungsfetzen, die der Wind ihr ins Gesicht blies. Wie feine

Spinnweben legten sie sich auf ihre Lippen, die selbst die Zunge nicht durchdrang.

In Hellingen standen sie vor einem Rohbau. Bauleitner nahm Maries Hände, ließ sie die feuchten, frisch verputzten Wände berühren, mischte Farben und erklärte ihr die Baupläne des Café-Anbaus, den er entworfen hatte. Sabine und Nicole kickten eine leere Dose über den Hof und malten Herzen in einen Sandhaufen. Ein Bauarbeiter in derben Stiefeln schaufelte Sand und Zement in die Mörtelmaschine. Ein anderer Bursche goss Wasser in die rote Trommel. Bauleitner beobachtete die beiden Arbeiter, griff schließlich selbst zur Schaufel und schleuderte den Sand in Akkordgeschwindigkeit in die Maschine.

»So geht das!«, rief er und drehte an dem rostigen Metallrad, um den Mörtel in Bewegung zu halten und am Austrocknen zu hindern. »Das ist doch kinderleicht! Mädchen, zeigt den Männern mal, wie Mörtelmischen geht!«

Sabine und Nicole schauten kurz zu ihm hinüber und wandten sich gleich wieder ihrem Spiel zu. Marie spürte ihn hinter sich, seinen Körper, der sich ihrem Rücken näherte. Bauleitner griff nach ihren Händen wie nach einem Werkzeug und zwängte ihre Finger unter seine Hände. Zunächst langsam, dann immer schneller drehte er das Handrad, bis ihre Haut brannte und die Fingerknöchel weiß hervortraten. Sie biss die Zähne zusammen und zwang sich dazu, das Rad unablässig weiterzudrehen, so sehr sehnte sie sich nach seinem anerkennenden Blick. Er dankte es ihr, spürte ihre zitternden Oberarmmuskeln, drehte sie zu sich und wuschelte ihr kurz durchs Haar wie einem fügsamen Kind, das ihn mit Stolz erfüllte.

»Das sind meine Mädchen! Tapfere Heldinnen!«, lobte er und nahm sie mit ins Café.

Als sie den Biskuitteig mit ihrer Zunge zu weichen, süßen Kugeln rollte, sah er nicht, wie sie sich dabei die Hautfetzen von den aufgeriebenen Händen riss. Instinktiv spürte sie, dass sie nur mit Folgsamkeit und Dankbarkeit bekam, wonach sie sich sehnte. Sie starrte auf ihre Kuchengabel und versuchte zu begreifen, dass es nur Momente waren, winzige Zeiteinheiten, in denen er die Wirklichkeit veränderte. Sie stocherte in dem Kuchen, stach sich mit der Gabel den Handrücken, um sich zur Vernunft zu bringen. Sie war nicht seine Tochter.

»Mau-Mau!«, rief Nicole triumphierend und schlug mit der Hand auf den Tisch.

»Nicht schon wieder!«, zischte Sabine genervt. »Lasst uns doch Quartett spielen!« Sie fegte die Karten vom Tisch und zog das Auto-Quartett aus der Schublade des Biedermeier-Sekretärs.

Nicole, augenscheinlich wütend darüber, dass sie ihren Sieg nicht auskosten konnte, schnappte sich ein Mikado-Stäbchen und stach Sabine in den Oberarm. Sabine sprang auf vor Schreck und Schmerz und schlug Nicole erbost mit der flachen Hand ins Gesicht.

Marie war der Streitigkeiten überdrüssig. Sie wunderte sich selbst darüber, wie heftig die Ablehnung war. Lächerlich! Verzogene Biester, zuckte es ihr durch den Kopf. Sie erschrak, hoffte, dass sie es nicht hörten. Der Gedanke, laut und brüllend, übertönte den Schrei. Sie wollte sich nicht wieder entscheiden müssen für die eine und dann den Groll der anderen ertragen, also rollte sie mit den Augen und zog sich auf das Sofa zurück. Er verstand sie, wusste, dass sie glücklich war hier im Gelben Haus und sie dieses Glück ihm verdankte. Lächelnd setzte sie sich neben ihn. Über den Rand seiner Lesebrille hinweg lächelte er zurück, und dieses Lächeln galt nur ihr. Es kam Marie vertraut vor, wie er an seinem Whiskeyglas nippte und sie in einem Comic blätterte. Ruhig und vertraut, wie es sein sollte in einer Familie. So musste es sich anfühlen, ein Zuhause. Nicht wie ihr Zuhause, anders, sodass man sich frei und glücklich fühlte.

»Die beruhigen sich wieder!«, flüsterte er ihr zu und streichelte ihr flüchtig über den Arm, als sie sich ein Kissen in den Nacken legen wollte. Verschreckt zog sie den Arm zurück. Wenn er sich näherte, nur seine Gedanken ihre Haut berührten, schlug Maries Herz ein wenig schneller. Seine Hand auf ihrem Arm jedoch war ihr fremd. Es fühlte sich unnatürlich an. Etwas sträubte sich tief in ihrem Innern, wie um sie zu schützen, eine Ahnung davon, wie dünn und verletzlich der feine Film war, der sie hier im Gelben Haus umgab.

Nervös rutschte sie auf dem Sofa hin und her. Verstohlen blickte sie erst nach ihm, wie er den bläulichen Rauch seiner Zigarette ausstieß, dann nach Sabine und Nicole. Sie waren ihr egal. Und wenn sie sich bewegte? Würde er ihr nachsehen? Ein Glas Wasser! Sie stand auf und durchquerte den Raum, langsam, um ihm Zeit zu geben. Sie spürte, wie sein Blick ihr folgte und sich an ihre Fersen heftete.

In der Küche vor dem Kühlschrank nahm sie einen Schluck Mineralwasser. Blitzdiäten und Abschreckbilder hefteten an bunten Magneten. Seine Frau. Gedankenversunken drehte sie sich um, als er ganz plötzlich, nichts hatte sie gehört, vor ihr stand. Vor Schreck ließ sie fast ihr Wasserglas fallen. Er fixierte sie, hauchte ihr etwas ins Gesicht. Ein Wort, Rauch, Atem? Er fasste sie unvermittelt am Kinn. Es ging so schnell, dass sie es zu träumen glaubte. Seine Hände, rau und kalt mit harten, dick gewölbten Fingerkuppen, zogen sie an ihn. Sein Atem drang in ihre Nase, betäubte sie. Seine Lippen. Auf ihrem Mund. Die Zunge. Zischend schnellte sie wie eine Viper hinab in ihre Kehle, um jeden Laut mit Schweigen zu töten. Er hielt ihr die Ohren zu, dabei war sie doch schon taub und blind, und spreizte ihre Lippen, die sie vergeblich zu schließen versuchte, erneut. Mit zitternden Knien taumelte sie in seinen Händen. Dröhnend rauschte das Blut durch ihre Adern.

»Papa! Wo bist du? Papa!«, echote es dumpf. Jäh löste er die Lippen von ihrem Mund. Hier war er in meinem Mund, wollte sie schreien und konnte nicht einen Laut herauspressen, gelähmt von seinem Gift.

»Psst!«, flüsterte er. »Psst!«

## 3

Marie hörte den Motor seines Wagens aufheulen, die Reifen quietschen. Wie ein bedrohtes, Gefahr witterndes Tier erschrak sie. Schwankend zwischen Angriff und Flucht, entschloss sie sich, ihn nicht zu sehen. Er stand vor ihr, berührte ihre Schulter. Sie starrte wie durch ihn hindurch ins Leere, bewegte sich nicht von der Stelle, als würde sie ihn nicht erkennen, ja, als wäre er nicht im selben Raum mit ihr. Mit einer künstlichen, wie von einem Automaten erzeugten Stimme antwortete sie. Folgsam, höflich, mit einer Liebenswürdigkeit, die ihr selbst rätselhaft war, beantwortete sie seine Fragen. Niemand durfte es spüren, wie die Erinnerung an den Schlangenkuss ihren Magen verkrampfte und ihre Glieder versteifte. Weg damit!, befahl sie sich. Sie zwang sich sogar zu der Erkenntnis, dass es sich um ein Hirngespinst handelte, eine Fata Morgana. Je mehr sie darüber nachsann, desto unwirklicher erschien ihr das Geschehene, das, davon war sie fast schon überzeugt, ihrer Fantasie entsprungen war. Sagten ihr nicht alle: »Träum nicht so viel, Marie! Immer den Kopf in den Wolken!« Ein Albtraum, sicher war es nur ein Albtraum, wie die brennende Madonna mit dem Strohhaar! »Ich muss ihn wieder zurückverwandeln«, sagte sie sich, »in den, der er einmal gewesen war.« Dann aber blitzte hinter der rettenden Verblendung seine zuckende Zunge auf, die sie einmauerte im Gebäude ihrer Angst.

Ein Fernseher flimmerte im abgedunkelten Wohnzimmer. Luis Trenker erklomm schwindelerregende Höhen. Maries

Herz begann zu rasen, getrieben von bombastischen Klängen, die eine tragische Zuspitzung des Geschehens ankündigten. Die Angst, die sie schon fern glaubte, drohte wie eine reife Mohnkapsel zu zerplatzen. Mit geschlossenen Augen versuchte Marie die Musik zu vertreiben, die sie der flirrenden Stille im Haus von Sabines und Nicoles Großmutter entrissen hatte. »Konzentrier dich! Vertreib sie«, sagte sie sich, »sie ist nicht da, die Angst« und wollte hineingesogen werden in diese andere Wirklichkeit, die sie sich erschaffen hatte seit dem Kuss, eine Welt, aus der die Angst verbannt war. Wenn sie sich konzentrierte, den Blick auf einen Zweig, den Regen oder ein Blatt richtete, versiegten die Gedanken. Erinnerungsfetzen sanken unter die Oberfläche und machten einer Leere Platz, die sie füllen konnte. Die Splitter ihrer Wirklichkeit schüttelte sie so lange, bis sich farbige Muster bildeten wie in einem Kaleidoskop, dessen Prisma sie selbst bestimmte. Sie fühlte sich stark, seltsam berauscht, wenn sie allein mit ihrem Blick Welten entstehen lassen konnte. Sie wusste, dass ihre selbst erschaffene Wirklichkeit stärker war als die Schatten seiner Zunge. Vielleicht konnte sie deshalb tun, was alle taten, flüstern, lächeln, Dinge sehen und hören, die sie beruhigten.

In der Küche pfiff ein verbeulter Emailkessel. Kartoffeln dünsteten in einem dunkelblauen Kochtopf. Sabine stellte den Wasserkessel aus und drehte die Temperatur des Kartoffeltopfes niedriger. Gelangweilt blickte sie um sich. Nichts gab es in ihrem Leben, wovor sie sich fürchten müsste.

Sabine holte eine bauchige Flasche aus dem Schrank, der ein süßlicher Duft entströmte. Sie goss die Flüssigkeit in ein Glas und tauchte die Zungenspitze in die glitzernden Bläschen. Gierig nahm sie einen tiefen Schluck, seufzte genießerisch und leckte sich die Lippen ab. »Und jetzt du!«, forderte sie Marie auf und hielt ihr das Glas an die Lippen.

Marie zögerte einen Moment, nahm aber einen großen Schluck, als sie Sabines hämisches Grinsen bemerkte. Der Sekt kribbelte sanft an ihrem Gaumen. Sabine goss ein zweites Glas voll und leerte es in einem Zug. Sie sah Marie provozierend an und streckte ihr ein weiteres Glas entgegen. Marie trank. Ein leichter Schwindel erfasste sie. Sabines Augen trübten sich und ein klebriger Rand bildete sich um ihren Mund. Sie warf den Kopf in den Nacken und starrte eine Weile an die Decke.

»Weißt du«, begann sie mit leicht verschwommener Stimme, »im Internat spielen wir manchmal ein Spiel.« Sie machte eine Pause und wartete auf eine Reaktion. Marie hob die Augenbrauen, mehr um Sabine einen Gefallen zu tun als aus Interesse. Das genügte offenbar als Ermunterung. »Wir nehmen einen Schluck Zitronensprudel in den Mund und lassen ihn in den Mund eines anderen Mädchens fließen. Soll ich es dir mal zeigen?«, fragte sie lauernd.

»Warum nicht?«, antwortete Marie lässig, obwohl das Blut in ihren Schläfen pochte und Luis Trenkers rauchige Stimme wie durch eine dicke Nebelwand in ihre Ohren kroch.

Sabine legte ihre Lippen an den Flaschenhals und füllte ihren Mund, bis sich die Wangen unter den grünen Augen blähten. Mit der Hand öffnete sie ihre klebrigen Lippen und bewegte den Mund langsam auf Maries Gesicht zu. Marie neigte den Kopf nach hinten und Sabine beugte sich über sie. Der Sekt schäumte in Maries Mundhöhle und rann durch ihre Kehle. Sie spürte jedoch nicht das Prickeln, die Süße des Sekts, als wäre ihr Mund belegt mit einer bitteren

Schicht, die sie taub machte für Schmerz, aber auch für alles, was ihn auslöschen könnte.

Auf dem Querschnittsbild die einzelnen Bestandteile des menschlichen Auges einzutragen, beruhigte Marie. Die exakten Linien und Beschriftungen gaben ihr das Gefühl, den Dingen eine Kontur zu geben, sie zu benennen, damit sie ihr nicht wie Schlamm durch die Finger glitten. Die Funktionsweise der Linse, des Sehnervs und der Pupille erschloss sich ihr in einer Eindeutigkeit, die sie fast beglückte. Jutta gähnte und schaute versonnen aus dem Fenster. Ihre Banknachbarin malte Regenbogenhäute und ein paar Jungen warfen Papierkügelchen durch das Klassenzimmer. Der Biologielehrer zog ein sorgfältig verschnürtes Plastiksäckchen aus seiner Aktentasche, löste den Knoten und ließ eine blutige Kugel mit einer kreisförmigen Wölbung in eine Präparierschale gleiten. Mit einer Mischung aus Faszination und Ekel starrte Marie auf die glibberige Masse. Der Lehrer nahm einen Zeigestab und deutete auf das Exponat.

»Hier seht ihr ein echtes Auge, das Auge eines vor ein paar Stunden noch quicklebendigen Schweines!« Als sich die Entsetzensrufe und das Gekreische gelegt hatten, fuhr er fort: »Dieses Auge werden wir heute sezieren. Wer möchte beginnen?«

Marie hob aus Gewohnheit als Erste die Hand. Sie trat nach vorne, die spitze Schere neben dem Auge ließ sie an Linien denken, die klarer noch als auf dem Papier waren, und streifte sich die gepuderten Latexhandschuhe über. Jedem Handgriff des Biologielehrers folgte sie, wie er das Gewebe an der Oberfläche des Augapfels mit einer Pinzette festhielt und behutsam durchtrennte, ohne dabei die weiße

Augenhaut zu verletzen, Augapfel, Hornhaut, Iris und Linse in der einen Hälfte und den Sehnerv mit den Schichten des Augenhintergrunds in der anderen Hälfte präsentierte. Das Auge war tot und doch lebendiges Material in seinen Händen. Es schämte sich nicht einmal, dachte Marie, zeigte sich einfach so der ganzen Klasse. Sie spürte ein schleichendes Kribbeln im Bauch. Der Lehrer wies sie an, ein Loch in die Augenhaut zu stechen und einen kreisrunden Schnitt um den Augapfel herum auszuführen. Die Scherenspitze durchbohrte die feste, ledrig wirkende Augenhaut und traf auf das weiche, elastische Augeninnere. Vorsichtig drückte sie das Augeninnere aus der aufgeschnittenen Haut heraus. Sie beobachtete das erstorbene Auge, das wie ein regloser Fisch mit aufgerissenem Maul und abgespreizten Kiemen vor ihr lag, ohne Mitgefühl. Reglos hielt sie die Schere in der Hand und wartete vergeblich auf ein letztes, reflexartiges Zucken vor dem endgültigen Versiegen der elektrischen Impulse.

Nach dem Unterricht rieselte Marie noch ein leichter Schauer, der sie beim Anblick des durchbohrten Auges ergriffen hatte, über den Rücken. Sie hakte sich bei Jutta unter, drängte sich lachend, übertrieben lachend, an die Freundin und schlenderte mit ihr an den Plakaten des Central-Kinos vorbei in Richtung Bahnhof. Marie fand inzwischen sogar Gefallen an der Nachahmung der Gefühle, an der Wahrung des Anscheins. Es war leichter, Schrecken und Ekel zu zeigen, als die kalte Faszination für einen blutigen Schnitt zu offenbaren, die sie sich ohnehin nicht erklären konnte. Als sie in die Seitenstraße abbogen, wurde sie Bauleitners gewahr. Vor dem Eiscafé saß er und blickte sie herausfordernd, so schien es ihr, an. Seine Wildledermokassins wippten auf und ab und die verspiegelte Brille funkelte blau in der gleißenden Sonne. Er thront da wie auf einem Werbeplakat, dachte Marie, mit offenem Hemd, dunkel behaarter Brust, Campari und Salzmandeln. Sie sah sich schon in der Sonne sitzen, lachend mit Jutta und einen Orangensaft trinken. Trotzdem zuckte sie zusammen, bangte und hoffte, dass er sie nicht weiter beachten würde. Was tun? Umkehren? Hatte sie nicht das Biologiebuch im Klassenzimmer vergessen? Ein kleiner Umweg, und schon entflöhe sie seinem drängenden Blick. Zu spät! Jutta stieß sie mit dem Ellbogen in die Seite. Marie senkte die Augen, beschleunigte den Schritt und tat so, als sähe sie ihn nicht. Jutta hatte ihn jedoch bereits gegrüßt. Sie kannte ihn schließlich. Wer kannte ihn nicht? Er hatte die Schule gebaut, die Bank, die Leichenhalle, und sein weißer Mercedes gehörte zum Dorf wie die Kirche.

»Schule schon vorbei?«, fragte er.

Marie grüßte flüchtig und zog Jutta am Ärmel.

»Wie wäre es mit einem Eis?«

Gerade schickte sie sich an zu verneinen, als Jutta ihr auf den Fuß trat und freudestrahlend sein Angebot bejahte.

»Pistazie, Vanille? Zwei Portionen!«, rief er dem Kellner zu.

Sie setzten sich an den Bistrotisch und löffelten ihr Eis, während er von seiner Schulzeit erzählte und Jutta ihm aufgeregt von der Schweineaugenoperation berichtete. Er amüsierte sich über ihre Erzählung, lachte, beachtete Marie, die still ihr Eis verzehrte, nicht im Geringsten. Sein ganzes Augenmerk galt Jutta. Marie kaute an ihren Lippen, sie war unruhig, verstand nicht, was er vorhatte, was gerade passierte, sah nur, dass seine Mokassins an Juttas Wade rieben. Spürte Jutta die Berührung nicht? Sie plapperte über Lehrer, Matheaufgaben und Eissorten, während Marie immer mehr in Schweigen versank.

»Soll ich euch mit nach Hause nehmen?«, fragte er und beglich die Rechnung, ohne eine Antwort abzuwarten.

Marie zwängte sich auf den Rücksitz, während Jutta mit ausgestreckten Beinen auf dem Beifahrersitz Platz nahm. Er legte eine Rolling-Stones-Kassette ein. Gimme Shelter dröhnte aus den Lautsprechern. Er startete den Motor und trat auf das Gaspedal. Juttas Haare wehten im Wind. Sie lachte, während Marie sich hinter der Nackenlehne versteckte und sich am liebsten gelöscht hätte aus diesem Bild, dem sie sich nicht zugehörig fühlte.

Es wäre ihr fast gelungen, bis er den Arm nach hinten ausstreckte. »Wo ist denn, verdammt nochmal, die Wasserflasche?«, fragte er. Seine Hand bewegte sich an der Rückenlehne entlang, streifte Maries Knie und wanderte suchend weiter. Schlagartig umspannte er ihren Knöchel, lockerte langsam, zentimeterweise den Griff, bis sich ihr Fuß aus der Umklammerung löste wie ein nach Luft schnappender Fisch.

Der Besprechung mit Bauleitner und ihrem Vater sah Marie unruhig, fast furchtsam entgegen. Sie wusste nicht, ob es ihr gelänge, sich auf die Bilder zu konzentrieren. Bauleitner maß sie mit herausforderndem Blick. Sah er Bewunderung in ihren Augen? Bemerkte er, wie sie zögerte, eine Pause einlegte, bevor sie mit dem Finger das geschwungene Geländer entlangfuhr? Sie musste sich eingestehen, dass es ihr schmeichelte, wie er den Wohlklang ihrer Stimme lobte, ihrem Urteil gespannt entgegensah. Also müßte sie sich, ihn nicht zu enttäuschen. Im grob aufgetragenen Spachtelputz sah sie den Panzer einer Echse, die über die rostbraunen Terrakottafliesen kroch. Sie erinnerte sich an den Duft der Kornblumen, der Margeriten in der bauchigen Vase, die ihren Schatten auf den Holztisch warf. Die zarten Blätter der Mohnblumen hauchte sie von ihren Händen. Ohne recht zu wissen weshalb, erzählte sie von dem Hirschkäfer, der dick und glänzend auf dem grob gemaserten Eichentisch saß. Belächelte er ihre Worte, die Bilder, die aus ihrer Erinnerung aufstiegen? Fotos lagen verstreut auf dem Schreibtisch. Jedes Bild beäugte er durch seine Lesebrille, ließ den Blick selbstgefällig von einem Foto zum anderen schweifen. Hin und wieder machte er eine Anmerkung, bemängelte die Ausleuchtung, anerkannte eine angeschnittene Perspektive.

»Was meinst du, Marie? Hat dein Vater das Haus gut getroffen?«, fragte er und hielt ihr eine Frontalaufnahme eines spanisch anmutenden Gebäudes unter die Nase.

Es wirkte wie ein Fremdkörper in dem von Zwetschgenbäumen und Haselnusssträuchern bepflanzten Garten. Flamencotänzerinnen und Mandolinenspieler stellte sie sich in der Grillecke vor, aber nicht einen schmerbäuchigen Glatzkopf. Sie unterdrückte die leise Lust, die Wahrheit zu sagen, zwang sich, ganz bei der Sache zu sein. Spielte sie jetzt eine lächerliche Komödie, wo sie doch am liebsten kühl lächelnd Spott und Hohn über ihn ergießen mochte? Es war ihr selbst ein Rätsel, wie sich sanftmütiges Erinnern und freudige Erregung über seine aufmunternden Blicke in eine dumpfe Sehnsucht nach Vergeltung verwandelten. Mehr als ein spärliches Lob für den Architekten und den Fotografen konnte sie sich nicht abringen. Ihr Vater blickte sie streng an. Die leicht zusammengekniffenen Augen zeigten seine unterdrückte Wut. Sicher würde er ihr Vorwürfe machen, wenn er keine weiteren Aufträge bekäme. Also zwang sich Marie zu mehr Begeisterung und erklärte beflissen, dass sie die Stimmung auf den Bildern an ihre bestickten Karten aus Teneriffa erinnerte. Schwarzhaarige Mädchen tanzten in weit schwingenden Röcken. Freche Jungen lugten hinter den Häusern des Dorfes hervor. Nervös wartete der Vater auf eine Reaktion.

Bauleitner klatschte in die Hände: »Genau, Marie! Das ist die Atmosphäre, die ich schaffen wollte, und das habt ihr, dein Vater und du, wunderbar eingefangen!« Offensichtlich erleichtert, schenkte der Vater Marie ein stolzes Nicken. Bauleitner stellte ihm einen Scheck aus und öffnete seine Schreibtischschublade. »Mit einem Eis ist es da wohl nicht getan! Als Dankeschön für deine Mitarbeit habe ich dir aus der Türkei etwas mitgebracht, Marie. Sabine und Nicole bekommen genau die Gleiche.«

Gespannt auf ihre Reaktion, ließ er eine hauchdünne Goldkette durch seine Finger gleiten, den Blick auf den Vater gerichtet. Der wirkte etwas irritiert von dem Geschenk, machte jedoch – durfte sie etwas anderes erwarten? – eine zustimmende Geste. Bauleitner trat hinter Marie und legte ihr die Kette um den Hals. Sie spürte das leise Kitzeln ihrer Nackenhärchen, es verschwand aber wieder hinter der Angst, Bauleitners Hand könne ihr den Hals, die Arme, die Haut ihr wegnehmen. Er legte seine Hand auf ihre Schulter und beugte sich dicht über den Verschluss. Nicht der Mund, bitte! Marie löste ihre ineinander verkrampften Finger, hob die Hand, um den Nacken zu schützen. Er würde es nicht wagen! Der Vater blickte von seinen Fotos auf. Bauleitner überlegte es sich anders, zeigte auf ein Bild und sagte: »Gute Arbeit. Marie bringt mir dann die restlichen Abzüge vorbei.«

Marie stand da, das Kettchen um den Hals, wie hineingeschlüpft in ihre Haut.

Als der Vater die Tür seines Wagens aufschloss, zeigte sich ein kaum merkliches Zucken um seine Mundwinkel. »Eine Goldkette! Für Kinder!«, sagte er und mehr auch nicht.

Unwillkürlich drehten Maries Finger das Kettchen, pressten sich ihre Lippen auf die feinen Einkerbungen, die nun ein Teil eines Körpers waren, der ihm gehörte.

Marie wusste selbst nicht, warum sie den Hörer dicht ans Ohr presste und, Aufmerksamkeit heuchelnd, der überdrehten Stimme zuhörte. Nichts davon hatte mit ihrem Leben zu tun. Das Volleyball-Turnier, Magnus und das Supertramp-Konzert, die Eisdielen in Schwabing kamen ihr angeberisch vor.

»Hast du denn schon von dem Film gehört, von dem alle reden?«, fragte Sabine. Natürlich erwartete sie keine Antwort. Sie wusste genau, dass das nächste Kino siebzehn Kilometer entfernt war und Marie kein Geld hatte, um den Eintritt zu bezahlen. Sabine brauchte sie, um zu leuchten neben ihr, dem Dorfmädchen. Sabines Selbstzufriedenheit schwelte unter dem Knistern der Telefonleitung, legte sich zähflüssig auf jeden Satz. Und wie immer würde sie Marie einen Dienst abverlangen. »Frag doch mal meine Mutter nach dem Spitzenhemd in der Wäschetruhe im Bauernzimmer!«

Ablehnen konnte Marie nicht, es wäre zu auffällig, wenn sie sich jetzt zurückzöge, die Schwestern würden merken, dass sich etwas veränderte, dass eine Blase um sie herum entstanden war, die alles andere unwirklich erscheinen ließ. Das Freundschaftsband war gerissen bis auf einen dünnen Faden, der Marie zumindest noch an Nicole knüpfte. Nicole war sanfter, ließ sich nicht anstecken von diesem Internatsvirus, der Sabine offenbar mit Selbstgefälligkeit infiziert hatte. Marie dachte an die neuen Kleider, die sie bei jedem Besuch mitbrachten, überlegte, ob sie nicht einfach nur neidisch war auf die schönen Sachen, auf das glitzernde Internatsleben, das so anders war als ihre dörfliche Eintönigkeit. Sicher spielten sie dort alle zusammen, lachten und wurden beschützt von Erzieherinnen, die sich nur um sie kümmerten.

»Bilitis?«, Marie wiederholte das Wort und spürte, wie er aufhorchte. Sie bemühte sich, Sabines Schwärmereien mit Lauten des Erstaunens und der Begeisterung zu quittieren, »Oh ja, das Kinoplakat! Unbedingt! Die Wäsche! Noch heute!«, und legte den Hörer, fast erleichtert, auf die Gabel.

Als hätte er nur auf diesen einen Moment gewartet, klopfte Bauleitner mit der Hand auf das Sofa und bedeutete ihr, sich zu setzen. »Bilitis also? Kennst du David Hamilton?«, fragte er, gänzlich ohne Schärfe. Ratlos zuckte sie mit den Schultern und strich sich eine Haarsträhne hinter das Ohr. Dabei wusste sie natürlich, dass er sie belauscht hatte. Schließlich hatte sie die Szene selbst inszeniert. Es war etwas, das sie selbst überraschte. Sie begann in ihrer Blase ein Spiel zu spielen, ihn anzustupsen, damit er sich bewegte, damit sich die Blase bewegte und vielleicht, ganz plötzlich, zerplatzte. »Ja, so würde er dich auch fotografieren. Die Haare im Nacken geknotet und die Wangen leicht gerötet.« Er formte die Hände zu einer Kamera und lugte hindurch.

Unruhig rutschte Marie auf dem Sofa hin und her. War sie zu weit gegangen in ihrem Spiel? Bilitis, drei Silben. Zu viel? Wie er sie anblickte, wie sein Blick ihren Nacken die Wirbelsäule entlangwanderte! Ihr wurde klar, dass die Farbschichten, die sie mühsam unter Aufbietung all ihrer Vorstellungskraft auf den einen alles verändernden Augenblick aufgetragen hatte, Blendwerk waren.

Nicht ohne ihre Schulter für einen kurzen Moment, kaum spürbar, zu berühren, stand er auf, nahm das Bild einer Ballerina im weißen Tutu von der Wand und öffnete einen dahinterliegenden Wandsafe. Obwohl sie fliehen mochte, saß Marie unbeweglich da und starrte neugierig auf seine Hände, die ein Buch und Bilder auf den Glastisch legten. Auf dem Buchdeckel zwei Mädchen mit Blumenkränzen im Haar. Das Mädchen mit der weißen Tunika und Dutt verbarg sein Gesicht an der Schulter einer Freundin, die ihr nacktes Bein umklammerte und sich an ihr Knie schmiegte. Löckchen kringelten sich über dem Nacken und dem leicht geröteten Ohr. »Sieh nur«, sagte er und deutete auf drei schüchtern wirkende Mädchen in fließenden Chiffonkleidern. »Das könntet ihr sein! Drei beste Freundinnen und ihre Geheimnisse.«

Unwohl und benommen fühlte sie sich. Weg damit! Es war nicht so! Sie versuchte die Gedanken zerfließen zu lassen. Doch als sie ihn immer erregter sprechen hörte, zerrannen die Wörter ungehört zwischen ihren Lippen. Er blätterte zurück und verweilte auf einem Bild, das nackte, am Strand herumspringende Mädchen zeigte. Er würde es tun. Entschlossen sprang sie auf. Sie wagte es, redete von Hausaufgaben, Einkäufen, riss sich los von ihrer Benommenheit. Er packte ihr Handgelenk und sagte: »Solltest du mich nicht um etwas bitten?« Sie entwand sich seinem Griff und antwortete hastig, sie würde seine Frau fragen.

Dem Raum, dem Blick, dem Atem entronnen, lehnte sie sich an die kühle Wand, schloss die Augen. In ihrem hochgesteckten Haar erblühten Maiglöckchen. Ihr Herz schlug bis zum Hals unter der lindgrünen Tunika, die durchnässt an ihrem Rücken klebte.

Hatte sie ihn tatsächlich herausgefordert, sich seinem Willen, seinem Griff entzogen? Und doch, war es nicht ein untrügliches Zeichen für ihre Schuld, ihr Sehnen, dass sie wieder wie festgewurzelt neben ihm saß? Sobald sein Blick sie nur durchdrang, gab sie auf und wich zurück. Sie beschleunigte den Schritt und hastete, einer vagen Hoffnung folgend, zu Inge Bauleitner. Jetzt, da sie vor ihr stand, außer Atem, die Tränen unterdrückend, wusste sie bereits um ihren Irrtum. Glaubte sie wirklich, dass sie ihm entgegentreten würde? Inge Bauleitners Augen, offensichtlich blind für ihren drängenden Wunsch nach einem vertrauensvollen Wort, sahen nur das Kleid. Es war irrwitzig zu glauben, dass ausgerechnet sie, seine Ehefrau, ihr helfen würde. Wie lange hatte sie selbst jeden Halt verloren? Inge Bauleitner strich über Maries im Nacken zusammengebundenes Baumwollkleid.

»Wo hast du dieses Kleid denn her? Eine andere Farbe, und ich würde es mir sofort kaufen.« Zweifelnd betastete sie ihre Taille und begutachtete sich im Garderobenspiegel. »Er meint, ich solle ein bisschen abnehmen. Er bestellt jetzt immer Gerichte ohne Beilagen für mich.«

Marie bedauerte, auch nur einen Moment lang geglaubt zu haben, Inge Bauleitner würde sie retten. Mit ihren grünen Augen war auch sie gefangen in einer Welt, die geschlossen war wie ihre eigene Blase.

»Ein wenig neidisch könnte man ja schon werden. So zart ... Ja, ich glaube, ihm könnte das Kleid gefallen. Morgen gehe ich zu Schmeller und kaufe es mir.« Die Stimme, überdreht und fahrig, mäanderte durch Farben, Größen, Belanglosigkeiten, die Marie nichts bedeuteten. »Vielleicht etwas zu durchsichtig am Busen.« Sie zögerte kurz und fragte doch: »Weißt du eigentlich, dass der ideale Busen in eine Männerhand passt? Na, die Sorgen hast du ja noch nicht. Obwohl ...« Inge Bauleitner ließ nachdenklich ihren Blick über Maries Brust schweifen. »Ein Hemdchen also will Sabine haben? Aus der Truhe? Du probierst es an, ja? Damit es ihr auch passt.«

Marie nickte, wünschte sich, sie wäre wieder fort.

»Die Sekretärin hilft dir beim Packen. Tschüss, Marie!«

Nur das Klappern ihrer Schuhe auf den Treppen erinnerten Marie daran, dass sie dagewesen war.

Marie stand vor der Truhe mit den schwarzen Metallbeschlägen, die er einer Bäuerin abgeschmeichelt hatte. »Der Jagdinstinkt«, hatte er gerufen und war mit den Mädchen durch die Dörfer gezogen auf der Suche nach Bauernschränken, Porzellan und Spitze. Die getrockneten Blüten des Lavendelsäckchens knisterten zwischen Maries Fingern. Ein mit gestickten Blüten verziertes Nachthemd lag über einer spitzengesäumten Hose, einer ärmellosen Bluse. Nichts entsprach Sabines Beschreibung oder der Idee, die sich Marie von Bilitis machte. Der Klang des Wortes verwob sich mit Bauleitners glänzendem Blick, der zwischen den Buchseiten und ihren unruhigen Händen hin und herwanderte. Bilitis hieß der Moment, in dem sie spürte, dass er sie zu formen, ein Modell zu bauen begann, das er längst im Geiste erschaffen hatte. Sie hielt sich ein kurzes Hemd aus flaumiger Baumwolle mit Lochstickereien vor die Brust, glaubte fündig geworden zu sein in der Mitte des Stapels. Sie selbst war eine lebende Collage aus Bildern, die Hamilton in seinen Kopf projiziert hatte, das fühlte sie. Im Bauernzimmer vor dem Kachelofen auf der Eckbank spürte sie ihn, wie er sie drängte, in das Hemdchen, in sein Bild hineinzuschlüpfen. Sie zwang sich, dem Druck zu widerstehen, ließ den Deckel auf die Truhe fallen und rannte, sich selbst im Ton des Vorwurfs zur Vernunft bringend, hinaus, über die Straße, in sein Büro.

Er war nicht da. Seine Sekretärin half ihr beim Verpacken und frankierte das Paket. Eilig nahm sie es und rannte die Treppe hinunter, geradewegs in seine Arme. Er hielt sie am Ellbogen fest.

»Zur Post. Für Sabine«, antwortete sie ungefragt, hastig sich an ihm vorbeidrängend.

»Ich fahre dich. Wir müssen ohnehin nach Trentlingen. Die Heddesheimer Post ist schon geschlossen.«

Sagte er das, bevor sie mit ihm die Straße entlangraste? Es war unwichtig, er hätte auch einen anderen Satz sagen, sie einfach nur in den Wagen setzen können. Sie musste neben ihm sitzen, unabwendbar.

Er bremste hinter einem tuckernden Mähdrescher, beschleunigte, drehte den Seitenspiegel zu sich und zündete sich eine Zigarette an. Marie fror. Zitternd hielt sie sich an dem Paket fest. Erdulden, schweigen, dachte sie, acht mal acht ist vierundsechzig, sechs mal sechs ist sechsunddreißig.

Blassrosa Wolkenfetzen fielen auf den staubigen Asphalt. Die Straße trieb eine Schneise durch den Nadelwald, der die letzten Sonnenstrahlen gierig verschlang. Die Kälte kroch unter ihre Haut. Er bremste abrupt, zog sein Jackett aus und streifte ihr seine Cabriomütze über den Kopf.

»Zieh das an!«, forderte er sie in besorgtem Ton auf. »Du holst dir noch den Tod.«

Sie streifte sich seine Worte über wie eine schützende Hülle, schlüpfte in die Jacke und zog sie über der Brust zusammen. Er fixierte sie mit eindringlichem Blick, zog plötzlich eine Kamera aus dem Handschuhfach. Ein seltsames Lächeln umspielte seine Lippen. Er blickte sich um und bog in einen schmalen Waldweg ein, der von Schlamm und abgebrochenen Ästen gesäumt war. Nach ein paar Metern hielt er an.

»So, und jetzt zieh die Beine hoch!«, forderte er sie auf.

Sie war nicht einmal überrascht, versuchte jedoch den zärtlichen Schutz, den er ihr angedeihen ließ, noch eine Weile zu bewahren, bevor seine Stimme, sein Blick diesen zu zerschmettern drohten. Zaudernd versuchte sie Bauleitner an die Post zu erinnern. Er lächelte sie an wie einen zwitschernden Vogel und winkelte ihre Beine an.

Wieder verharrte sie und kauerte, die Ellbogen auf die Knie gestützt, auf dem Beifahrersitz. Trügerisch kam ihr sein Schutz nun vor. Er brauchte seine Hand nur auszustrecken, um die Finger um sie zu legen, bis die Knochen knackten und zersplitterten.

Er strich ihr eine widerspenstige Strähne – wenigstens etwas an ihrem Körper bäumte sich auf – aus dem Gesicht und befestigte sie unter der Mütze. »So, und jetzt halt ganz still!«, sagte er. Auf ihre Lippen trug er Lippenstift auf, malte sie aus, als gehörten sie nicht ihr. »Und jetzt reibe ich das Objektiv mit Vaseline ein«, erklärte er, als läse er eine Gebrauchsanweisung, die er an ihr erprobte. Er nahm ihren Zeigefinger und steckte ihn in eine mit einem salbenartigen Gemisch gefüllte Dose. »Das gibt einen sagenhaften Weichzeichner-Effekt! Innen scharf und nach außen auseinanderfließend. Hamilton zerkratzt die Frontlinse seiner Objektive übrigens mit einem Nagel. Und genau das machen wir jetzt auch! Für dich mache ich das auch!«

Mit den Fingerkuppen strich sie Vaseline über ihren Handrücken und blickte in die in der Dämmerung aufblitzende Kamera. Das Paket lag aufgerissen neben dem Fahrersitz. Das Baumwollband des Hemdes hatte er fest um ihre Taille gezurrt. Auf ihrem Schenkel lag ein aufgebrochener Tannenzapfen, dessen geflügelte Samen in die Ferne strebten, weg von ihr und diesem Bild, auf das er sie bannte gegen ihren Willen. Ihr Blick schweifte zum Jägerstand, auf dem ein Förster saß, das Fernglas in der Hand, unbeteiligt wie die Rehfamilie an der Futterkrippe.

Bauleitners Faust versiegelte ihre Lippen, verschloss Marie den Weg zu ihren Gedanken. Vater unser im Himmel. Einen Augenblick lang gewährte sie ihm dennoch eine letzte Frist für Reue.


Marie dachte an ihren Großvater, während sie im Badezimmer auf dem Boden kauerte. Im Schaukelstuhl saß er und war sich selbst genug. Seine knochigen Finger strichen über den Bart. Sie saß ihm gegenüber, austauschbar. Er sprach mit ihr, weil sie Laute von sich gab, sich räusperte, aufstand und ihm ein Glas Wasser brachte. Doch ging es nicht um sie. »Mutter«, sagte er, »geh zu Vater und bring ihm die Suppe aufs Feld!« Sein Blick schweifte in die Ferne, suchend. Am Vortag hatte er die Großmutter über den Hof gejagt, ein Messer in der Hand. »Mutter«, sagte er wieder und starrte sie mit leeren Augen an. Mitleid überkam sie. Sie spielte das Spiel, erzählte ihm von der Kartoffelernte, den roten Äpfeln und wanderte in das Land seiner Erinnerungen. Und wenn es doch nicht sie war, Marie, die hier neben ihm saß, und Bauleitner nur ein Junge aus ihrer Klasse, der ihr seine Comic-Sammlung zeigte?

Im Wäscheraum neben dem Badezimmer baute er einen Diaprojektor und eine Leinwand auf. Es roch nach Weichspüler. Eine Waschmaschine surrte. Schwüle herrschte in dem beengten Raum. Bauleitner kniete auf dem orangen Teppich und steckte das erste Lichtbild in den Projektor. Das Mädchen sah Marie ähnlich: glattes, dunkles Haar, zierliche Brüste, die sich leicht nach oben wölbten, schlanke, sonnengebräunte Arme. Lachend warf sie den Kopf nach hinten. Das Hemd – sein Hemd? – war ihr von der Schulter gerutscht. Die Zehen spielten mit den auf einer Decke verirrten Blättern. Dann folgte das zweite Bild. Mit geschlossenen Augen lehnte das Mädchen am Rücksitz des Mercedes-Cabriolets und lutschte an einem Lolli, der sich kugelförmig unter ihrer rechten Wange abzeichnete. War das tatsächlich sie? Marie holte tief Atem und richtete den Blick starr auf die Leinwand. Zwei Mädchenbrüste, sich wölbend unter dem weißen Hemd, leicht geöffnete Schenkel mit nach außen gedrehten Knien. Nebel lag über dem Bild, das wie behaucht, verschwommen wirkte. Auf dem nächsten Dia legte das Mädchen den Kopf auf seine Knie und blickte über die Ellbogen hinweg mit roten Wangen in das Objektiv. Seine Beine waren nackt, von einer glänzenden Schicht überzogen. Und noch einmal fragte sie sich ungläubig: War sie es wirklich? Hamiltons Bilder zogen an ihr vorbei. Auf dem Boden lagen Weichzeichner-Fotografien von ihr, Marie, dem anderen Mädchen, das vielleicht doch sie war, und einer bleichen Blondine mit Sonnenhut und Chiffonschal um den Hüften.

»Siehst du? Mädchen lassen sich gerne fotografieren. Das ist Kunst. Du darfst es aber nicht erzählen. Das Mädchen durfte mich nie mehr wiedersehen, weil es der Mutter alles erzählt hat. Vielleicht schicke ich David Hamilton ja einmal die Bilder? Wer weiß? Komm, setz dich zu mir«, sagte er.

Als könnte sie den Bildern eine Antwort entreißen, kniete sie sich auf den Teppich und betrachtete neugierig die Fotos. Das blonde Mädchen hatte einen Kirschmund und Hände, die sie an Katzenpfötchen erinnerten. Er schob ein weiteres Dia in den Projektor. Dann projizierte er einen Film. Ein Mädchen kräuselte die von Sommersprossen übersäte Nase. Es spreizte die Beine. Eine Hand schob sich von rechts in das Bild. Mit einem Zweig strich sie über die bloßen Schenkel des Mädchens. Striemen zeichneten sich ab. Die Sonne tauchte das Mädchen, das von der Schattenhand umfasst wurde, in ein geheimnisvolles Licht.

»Fred, wo bist du!«, rief plötzlich eine Stimme aus dem Untergeschoss.

Er schrak zusammen. »Verdammt! Sie wollte doch wegfahren!«, stieß er verärgert hervor. Er raffte die Fotos zusammen und verstaute Kamera und Projektor in einer Kiste hinter dem Regalvorhang. »Schnell! Steh auf und geh ins Bauernzimmer! Beeil dich!«, trieb er sie an. Sie stolperte in den Flur und rannte in das Bauernzimmer.

Die Stimme kam näher. Absätze klapperten auf den Treppenstufen. Marie lehnte atemlos am Kamin. Angst kroch durch ihre Adern. Bauleitner nahm einen Umschlag, drückte ihn ihr in die Hand. »Lächeln«, sagte er.

Inge Bauleitner öffnete die Tür.

Marie lächelte hinein in ein regloses Gesicht.

Erst als sie den Berg hinaufeilte, bemerkte sie es. Blutige Linien brannten die Bilder in ihre Handflächen. Schwarze Farbe floss auf ihre Knie. Dunkler Waldgeruch kroch in ihre Nasenflügel und schnurrte durch die Eustachischen Röhren bis zu den Ohren. Ihr Trommelfell bebte wie ein ledernes Tamburin, das eine schwarz behaarte Hand ertönen ließ.

# 4

»Vater unser im Himmel, geheiligt werde dein Name, dein Reich komme … Gegrüßet seist du, Maria, voll der Gnade. Der Herr ist mit dir. Du bist gebenedeit unter den Frauen … Bitte, lieber Gott, mach, dass meine Eltern nicht sterben, kein Erdbeben passiert und kein Krieg kommt.«

Sie kniete auf dem hellen Flokati-Teppich und bekreuzigte sich vor dem Marienbild, das über dem Ehebett ihrer Eltern hing. Maria beugte sich über sie und strich ihr über das Haar. Ein Schleier bedeckte ihre Augen, liebkoste ihre Schulter. Das Lächeln besänftigte ihre Seele. Maria würde ihr verzeihen und um Fürsprache bitten. Standhaftigkeit und Tugend predigte der Dorfpfarrer im Religionsunterricht. »Tapfer müsst ihr sein wie die Märtyrer. Der Heilige Sebastian, die Heilige Katharina! Nehmt euch ein Beispiel! Seht sie euch an! Dann wisst ihr, wie armselig euer eigenes kleines Leben ist!« Maria würde ihr beistehen, sie war sich dessen gewiss, und würde ihr Zwiesprache gewähren, wenn sie sich nur jeden Tag bei ihrem Anblick bekreuzigte und niederkniete. Marie konzentrierte sich und lauschte aufmerksam dem Zuspruch der Gottesmutter. Eindringlich beteuerte sie, die Zehn Gebote zu befolgen und jede ihrer Sünden zu beichten. Maria würde ihr helfen. Marie würde sie trösten. Die Psalmen, der Katechismus, keine Ausstechformen, Wörter, die etwas bedeuteten, die sie heilten und retteten, davon war sie überzeugt. Maria, Mutter Gottes. Denn, wem sonst verdankte sie ihr Leben, das Überleben ihres Vaters und die Kraft ihrer Mutter? Ihre Gebete waren erhört worden, als der Vater damals fast gestorben wäre. Der Vater war nicht gestorben. Sie hatten genug zu essen und Marie hatte eine Eins in Mathematik.

»Die vielbeachtete Ausstellung im Stadtmuseum in G. verdankt ihre Exponate einem Bauarbeiterfund. Der Leiter des Fremdenverkehrsamtes und der hiesige Gymnasialdirektor organisierten die Ausstellung. Auch der Heddesheimer Architekt Fred B. besichtigte laut Zeugenaussagen die wertvollen Ofenkacheln aus dem 17. Und 18. Jahrhundert. Als Fred B. kurz vor 18 Uhr das Museum verließ, bemerkte der Wärter das Fehlen des Prunkstücks der Ausstellung, einer mit einem dunkelblauen Phönix verzierten Kachel von 1837. Der Wärter beobachtete, wie Fred B. die Kachel im Kofferraum eines Mercedes-Cabriolets verstaute und rief sofort die Polizei …«

Sie zitterte vor Wut und warf ihrem Mann die Lokalzeitung vor die Füße. »Was hat dich da wieder geritten? Marschiert in eine Ausstellung und stiehlt eine Kachel! Weil sie ihm gefiel! Weil er sie haben musste! Du kannst froh sein, dass der Bürgermeister ein Parteifreund ist!«

Marie erschrak. Noch nie hatte sie Inge Bauleitner so wütend gesehen. Sabine versuchte, sie durch den Flur ins Spielzimmer zu ziehen, doch Marie stand wie festgewurzelt da.

Bauleitner warf seiner Frau einen verächtlichen Blick zu und rasierte sich in aller Seelenruhe weiter. Gemächlich klopfte er seinen Rasierapparat im Waschbecken aus und trug mit klatschenden Handbewegungen Rasierwasser auf. Dann nahm er ein frisch gebügeltes Baumwollhemd aus dem Schrank, zog es an und knöpfte es bis zum Brustansatz zu. Den Blick auf den Spiegel gerichtet, den Kopf leicht geneigt, gab er Frisiercreme in seine Hände und verteilte sie gleichmäßig im Haar, das er sorgfältig zurückkämmte. Er verließ das Badezimmer, ohne seine Frau auch nur eines Blickes zu würdigen. »Du bist fett geworden!«, sagte er, ging an Marie und Sabine vorbei, als sähe er sie nicht, und schlug die Haustür mit einem Knall hinter sich zu.

»Ich hab dich doch gesehen!«, sagte der Vater mit vor Bitterkeit fast heiserer Stimme. »Es ist doch nicht das erste Mal, dass du mit dem Inder ins Büro fährst. Und warum bist du erst um sechs Uhr nach Hause gekommen?« Die Mutter hob zunächst wie in leiser Abwehr die Hand, schüttete das Scheuerpulver in das Waschbecken und schrubbte die Badezimmerfliesen, als könnte sie sich so von seinem Hass befreien. Er brüllte sie an. »Dir ist doch sowieso alles egal. Hörner hast du mir ja schon von Anfang an aufgesetzt. Und wer weiß, von wem ...«

Die Mutter legte den Finger auf die Lippen, und zeigte mit dem Schwamm in der Hand auf Marie, die im Flur stand und den Eltern eine gute Nacht wünschen wollte. Einen Moment herrschte Schweigen, dann fing die Mutter an zu zetern: »Willst du, dass sie genau so endet wie wir? Jeden Pfennig muss ich umdrehen. Und du gibst das Geld nur für Bücher und Kaffee aus. Morgen Abend putze ich bei Neumeyers, und du könntest auch versuchen, ein bisschen Geld zu verdienen, anstatt mir jeden Tag die Hölle heißzumachen. Wann hattest du denn deinen letzten Auftrag? Oder hat sich das mit der Architekturfotografie auch schon wieder erledigt?« Sie schnaubte verächtlich und polierte den Badezimmerspiegel.

Der Vater sah sie an, ging stumm ins Wohnzimmer. »Scheidung!«, hörte Marie ihn murmeln, »Scheidung!«, und die Geräusche schwollen von Neuem an wie Wellen eines Meeres aus Zorn und Wut, ohne je zu verebben.

Marie legte sich ins Bett, vergrub den Kopf im Kissen und hielt sich die Ohren zu. Acht mal acht ist vierundsechzig. Sechs mal sechs ist sechsunddreißig. Neun mal neun ist einundachtzig. Acht mal acht ist vierundsechzig … Sie betete das Einmaleins und wiegte sich in den Schlaf. Flamenco-Tänzerinnen in rotbestickten Röcken klapperten mit ihren Kastagnetten. Vierundsechzig. Sechsunddreißig. Einundachtzig …

Die Blätter des Rhododendrons bewegten sich, als hätten sie nicht den geringsten Grund, ihren Gemütszustand zu verbergen. Einzelne Triebe reckten sich in die Höhe ohne Rücksicht auf die hellgrünen Blättchen, die sich nur mühsam aus den dichten Stauden hervordrängten. Rechts unter dem dunklen Dreieck, das über der Hecke schwebte, beugte sich ein Trieb über den Zaun. Marie vermochte nicht zu erkennen, ob er nur der tumben Bewegungssucht seiner Artgenossen entfliehen oder sich verstecken wollte vor ihren Versuchen, die einzelnen Blätter in eine Ordnung, eine Zahlengemeinschaft zu fügen. Trotz höchster Konzentration gelang es ihr nicht, einen Rhythmus in den tänzelnden Bewegungen der Pflanzen zu erkennen. Wie lange saß sie nun schon hier und zählte Triebe und Blätter, die sich ihr doch mutwillig entzogen und sich treiben ließen auf dem Zahlenmeer?

Erst als Sabine und Nicole die Koffer in die Diele stellten und Marie in freudiger Unruhe in den Wagen zerrten, verflüchtigten sich die Zahlen. »Hurra, wir fahren zum Glockner! Schinken essen«, sagten sie. Als sie im Wagen saßen, drehte Bauleitner die Musik so laut auf, dass Marie ganz leicht im Kopf wurde, die Gedanken mit einem Mal hinausflogen, dahin, wo sie ihr nicht mehr wehtun konnten.

»Nur das Beste für meine Mädchen! Ich hab euch so sehr vermisst!«, rief er und ging mit hallenden Schritten in die Gaststube. Bauleitner klopfte dem Wirt auf die Schulter und schob die Mädchen vor sich her. »Setzt euch«, sagte er, »Schinken für alle und Cola für die Mädchen.«

Der Wirt ging in die Küche und kam mit einem Tablett voller Schinken und Getränken zurück. Die Schwarte des Bauernschinkens glänzte unter der Kupferleuchte. Das dunkle Fleisch duftete nach Wacholder und Lorbeer.

Bauleitner schnitt vier Scheiben ab und verteilte sie auf den Tellern. Aus einem Keramikgefäß mit blauen Ornamenten fischte er Essiggurken und legte sie zusammen mit einer kleinen Portion frisch geriebenen Meerrettichs an den Tellerrand. Mit einem Brotmesser schnitt er dicke Scheiben von einem frischgebackenen Laib. Er nahm einen Schluck Bier, leerte den Krug und ließ sich zufrieden auf der Holzbank neben dem Kachelofen nieder. Nicole, Sabine und Marie saugten genüsslich an ihren Strohhalmen und behielten die Cola so lange wie möglich im Mund. Bauleitner zerschnitt die Schinkenscheiben in grobe Würfel. Er spießte ein Stück auf und hielt es Marie vor den Mund.

»Koste!«, forderte er sie auf und schob ihr das Fleisch zwischen die Lippen. Er lachte, beugte sich über den Tisch, breitete seine Arme aus und zog die Kinder an seine Brust. »Das sind meine drei Mädchen!«, rief er.

Er klang so weich, so sanft, nur sein zwinkerndes Auge schien Marie ein störendes Flimmern.

»Trumpf!«, schrie der glatzköpfige Bauer und knallte die Karten auf den Tisch. »Und jetzt eine Runde Schnaps für alle!«

Bauleitner prostete ihm zu und sagte: »Recht hast du, Emil! Es wird Zeit, dass ich die Pflänzchen gieße!«

Der Kartenspieler klopfte sich auf die Schenkel und grölte: »Die muss man sich schon ranziehen, die Pflänzchen. Sonst vertrocknen sie.«

Bauleitner blickte Marie an, das Flimmern war einem glasigen, fiebrigen Blick gewichen, der sie zum Aufstehen zwang, zur Flucht antrieb. Sie wollte gerade von der Toilette zum Tisch zurückgehen, da stieß sie mit ihm im Flur zusammen. Sein Atem roch nach Bier und Bedrohung.

»Langsam! Langsam!«, sagte er, umfasste mit festem Griff ihre Hüfte. Er stellte sie auf einen Blumenhocker neben der Toilette. »Mein kleines Pflänzchen!«, sagte er, drehte ihren Kopf zu sich und urinierte in das Pissoir.

Der Kies knirschte unter ihren Füßen. Sie fröstelte, als sie zum Wagen zurückgingen, um endlich nach Hause zu fahren. Er zeigte auf den sternenklaren Himmel und erklärte Sabine den Großen Bären, während er in seiner Jackentasche nach dem Autoschlüssel suchte. Nicole kletterte mit Marie auf den Hintersitz, da ihre Schwester den Beifahrersitz lautstark für sich beanspruchte. Er startete den Motor und spielte mit dem Gaspedal.

»Was haltet ihr davon, Autofahren zu lernen?«, fragte er plötzlich und drehte am Lenkrad.

Sabine brach in Jubelschreie aus und fiel ihrem Vater um den Hals. Marie, bass erstaunt, konnte es kaum glauben, dass er sie ans Steuer lassen wollte. Was hatte er vor? Misstrauen schlich sich in ihre Gedanken. Sabine und sie waren zwölf, Nicole elf. Es war stockdunkel und er betrunken.

»Sabine, komm! Du fängst an! Setz dich zwischen meine Beine und leg die Hände ans Lenkrad. Ich kümmere mich um die Kupplung und die Bremse, und du bist für das Gaspedal zuständig.«

Sabine zwängte sich zwischen die Beine ihres Vaters und nahm die vorgeschriebene Position ein. Er legte den Rückwärtsgang ein und Sabine gab kräftig Gas, sodass die Hinterräder durchdrehten und der Wagen leicht ins Schleudern geriet. Lachend versprach er ihr, sie im nächsten Jahr zu einem Formel-1-Rennen mitzunehmen. Dann legte er eine Kassette ein und spulte zu seinem Lieblingslied vor. Wie oft hatten sie es schon gehört? Dreadlock Holiday von 10 CC. »I don't like reggae, I love it«, sang er und fuhr in Schlangenlinien die Fahrbahn entlang. Nach ein paar Kilometern hielt er am Straßenrand an, damit Sabine mit ihrer Schwester die Plätze tauschen konnte. Nicole war jedoch eingeschlafen und kauerte auf dem Rücksitz, das Gesicht in ihrer Strickjacke verborgen.

»Marie, wie ist es? Traust du dich oder kneifst du?«

Sabine stimmte ein in die Neckereien ihres Vaters und drängte Marie: »Ja, Marie, versuch's! Das ist so toll!« und setzte sich sogar freiwillig zurück auf den Beifahrersitz.

Marie zauderte. Hin und her gerissen war sie zwischen dem Wunsch, sich dieses Erlebnis nicht entgehen zu lassen, und dem festen Entschluss, keinesfalls so dicht bei ihm zu sitzen. Sie spürte immer noch den Druck seiner Hände auf ihren Hüften, seinen nach Bier und Rauch stinkenden Atem in ihrem Gesicht.

»Komm, setz dich! Es gibt auch eine Belohnung für euch! So viel Mut verdient doch etwas ganz Besonderes«, lockte er und zog zwei Schokoriegel aus dem Handschuhfach.

Sie fühlte sich wie ein Hündchen, das Platz machen und dafür ein Leckerli von seinem Herrchen bekommen sollte. Am liebsten hätte sie sich von ihrer unsichtbaren Leine losgerissen, wäre weggerannt, und doch kletterte sie wie von einer unsichtbaren Hand geführt, gleichsam magnetisch angezogen nach vorne und setzte sich zwischen seine gespreizten Beine auf die Kante des Ledersitzes. Er nahm ihre Hände, widerstandslos, und legte sie auf das Lenkrad. Zugleich drückte er seine Beine an ihre Oberschenkel, die durch den Druck in einem stets gleichbleibenden Winkel fixiert wurden. Er rückte den Sitz ein Stück nach hinten und lehnte seine Brust an ihren Rücken.

»Kalt ist es! Findest du nicht, Marie? Wir sollten eine Decke auf deine Beine legen. Du hast ja nur ein Sommerröckchen an«, sagte er, und zu Sabine gewandt: »Gib mir mal die Decke!«

Sabine schlüpfte in ihre Strickjacke und holte eine Wolldecke aus dem Kofferraum. Bauleitner breitete die Decke über Maries Schenkeln aus und klemmte sie unter dem Sitz fest. Sein Unterschenkel streifte ihre Wade. Die Härchen auf ihren Beinen richteten sich auf. Nahmen sie Habachtstellung ein? War es die Kälte? Sträubten sich ihr die Haare vor Angst und Aufregung oder war es ein Gefühl, das ihr gänzlich unbekannt war, das ihren Körper verwirrte und in ein unabhängiges Wesen verwandelte? Sie trat auf das Gaspedal und umklammerte verkrampft das Lenkrad. Der Wind trieb ihr die Tränen in die Augen. Ihr Rock hatte sich unter der Wolldecke bis zu den Oberschenkeln verschoben.

Bauleitner lugte hinter ihrer Schulter hervor und verringerte die Geschwindigkeit. Sein Blick schweifte zu Sabine, die schlummernd an der Beifahrertür lehnte.

»Das Lenkrad schön festhalten«, flüsterte er Marie ins Ohr, »und die Beine leicht gespreizt, den rechten Fuß auf das Gaspedal! Etwas lockerer! Fester! Die Hände am Lenkrad!«

Seine Zunge schien die Worte durch die zusammengepressten Lippen zu stoßen wie ein Metallschaber Teig durch die zitternde Lochscheibe einer Presse. Sie quollen an den Rändern hervor und tropften wie Teigspritzer in Maries von vibrierenden Härchen überzogene Ohrmuschel. Er verstärkte den Druck auf ihre Schenkel. Der raue Stoff seiner Leinenhose rieb an ihren Oberschenkeln. Er spielte mit Kupplung, Bremse und Gaspedal wie mit den Pedalen eines Klaviers. In einem Klangkorpus fühlte sich Marie gefangen, eingesponnen in Töne, die nur er zu erzeugen vermochte.

Unerwartet, Marie glaubte sich schon eingepflanzt in seine Hand, löste er seine Finger und dehnte sie wie einen Polyp über Kniescheibe und Kniekehle bis zu ihrer durch den Druck auf das Pedal angespannten Wade aus. Maries Fuß zitterte. Sie wusste nicht, ob sie beschleunigen oder bremsen sollte. Er übte mit seiner Hand einen leichten Druck auf ihr Knie aus, dirigierte ihre Bewegungen und beherrschte die Geschwindigkeit. Gänsehaut überzog ihre Beine. Seine Hand kroch über die winzigen Hügel und saugte sich an den erigierten Härchen fest. Die Finger robbten über ihre Haut und zogen sich in ihrem Fleisch zusammen wie die Muskeln einer vielköpfigen Hydra. Mit dem Zeigefinger strich er über ihren Oberschenkelansatz und kreiste die Leiste entlang bis zum Venushügel. Sie hielt den Atem an, wagte weder den Fuß vom Pedal zu nehmen noch ihre Hände vom Lenkrad zu lösen. Als sie versuchte, die Beine zusammenzupressen, schloss sich seine Hand wie ein eiserner Panzer um ihre Schamlippen. Der Griff verstärkte sich. Er zwängte ihre Schamlippen in seine knöcherne Zwinge und schob seinen Mittelfinger jäh dazwischen. Maries Zwerchfell verkrampfte sich, ein lautloser Schrei entwich ihren trockenen Lippen. Bauleitner nahm die linke Hand vom Steuer und legte Marie den Zeigefinger auf den Mund. »Schhh! Schhh!«, zischte er leise. Vergeblich versuchte sie, die Beine zu schließen und ihn abzuschütteln. Entmutigt schloss sie die Augen, ließ das Steuer los und beschleunigte. Der Wagen geriet aus der Spur und rutschte knirschend über die Kiesschüttung des Straßenrandes. Sein Fingernagel kratzte über ihre Schleimhäute. Hastig riss er das Steuer herum und bremste.

»Bist du …«, hob er an und packte sie fest am Oberarm. Sabine und Nicole schreckten auf und blickten Marie entsetzt an. Augenblicklich gewann er wieder die Fassung und lachte. »Das müssen wir wohl noch üben!«, rief er. »Na, der Sommer ist lang, und es ist ja noch kein Meister vom Himmel gefallen!«

Juni, Juli, August. Marie riss die Fahrertür auf, stemmte sich gegen seinen Schenkel und sprang aus dem Wagen. Ein schneidender Wind fegte über die zerklüfteten Äcker. Der Große Bär polterte über die glitzernden Sterne und Marie trat in den nachtblauen Morast.

Jeden Tag, jede Minute fühlte Marie, wie er sie umschlich, ein schwarzer Panther. Nach der Schule lauerte er ihr im Eiscafé auf, rief ihren Vater an, trug ihm auf, Marie solle ihm die neuen Abzüge bringen, schnell, noch diesen Nachmittag. Hinter dem Spitzenvorhang stand er, wartete auf sie, wenn sie durch den Klostergarten über den Marktplatz zum Bäcker ging. Sie spürte seinen Blick in ihrem Rücken. Nicht einmal ihre Lieblingssendung schaffte es, die Gedankenfetzen wegzufegen, die Bilder aus ihrem Kopf zu vertreiben, das Gefühl des Gejagtwerdens von ihr wegzuwischen. Wer hat an der Uhr gedreht, ist es wirklich schon so spät? Marie bohrte sich die Fingernägel in die Schenkel. Selbst der Schmerz half nicht, Bauleitner zu vertreiben.

Erst als der Geruch von Zimt und gedünsteten Äpfeln zu ihr ins Zimmer drang, beruhigte sie sich. Die Mutter buk Apfelküchlein. Der Duft begann Marie wohlig einzuhüllen. Sie aß zwei dick mit Zucker und Zimt bestreute Küchlein und trank ein großes Glas Milch. Nach dem Essen leckte sie sich die klebrigen Finger ab und zog an den Rippen ihrer Strumpfhose. Sie dehnte das Gewebe und spannte den Stoff über den Fingern. Die Blaue Elise versuchte vergeblich, Ameisen mit ihrem Rüssel aufzusaugen. Die gerissene Ameise entkam ihr, und Elise musste wie immer darben. Marie steckte ihre Hand in die Strumpfhose und zog an ihrer Unterhose, die sich in der Pofalte festgeklemmte hatte. Dann legte sie die Hand auf ihre Schamlippen. Die Mutter betrat die Essecke und stellte noch einen Teller Apfelküchlein auf den Tisch. Versunken in ihre Zeichentrickwelt bemerkte Marie sie nicht gleich.

»Marie! Nimm die Finger da raus! Das macht man nicht!«

Marie fühlte sich ertappt und zog die Hand aus der Strumpfhose.

»Iss!«, sagte die Mutter. »Und sei schön brav!«

Wieder stand Marie neben ihm und beugte sich mit dem Vater über die Fotos. Mit einem bitteren Geschmack auf der Zunge wiederholte sie stumm dieselben Worte, bestärkte sich in ihrem Schweigen. Wie sollte sie ihrem Vater begreiflich machen, dass Bauleitner, der Charmeur, der Großzügige, der sie doch wie sein eigenes Kind behandelte, an ihr nagte wie eine Ratte, die sie immer wieder vergeblich abzuschütteln versuchte?

»Wir sollten eine andere Wandleuchte auswählen. Ich dachte an nachtblaues Muranoglas. Was meinen Sie, Herr Steger?«

Mit einem Kugelschreiber, der den Schriftzug »Bauleitner Architekturbüro« trug, deutete er auf das Foto an der Wand. Der Vater zögerte. Widersprechen wollte er Bauleitner keinesfalls. Vermutlich fürchtete er seine Ausbrüche, seine Erniedrigungen. Schmeicheleien besänftigten ihn, das wusste auch Marie.

»Eine wunderbare Idee, Herr Bauleitner!«

Mühelos und ganz natürlich schienen ihm die Worte über die Lippen zu gehen.

»Und du, Marie? Was meinst du? Du hast dich ja lange nicht mehr blicken lassen!«

Marie machte sich an den Fotoheftern zu schaffen und ignorierte seine Frage.

»Sag mal, hörst du nicht, Marie! Herr Bauleitner hat dich etwas gefragt!«

Sie sah ihn aus den Augenwinkeln an und nuschelte eine Zustimmung. »Vielleicht doch eher Kobaltblau.«

Er hielt einen Moment inne, betrachtete erneut das Foto und sagte: »Das ist es! Kobaltblau! Wissen Sie was, Herr Steger, ich schnapp mir jetzt Marie und fahre mit ihr nach Nettlingen. Da gibt es ein Lampengeschäft, wo wir bestimmt fündig werden!«

Der Vater machte eine zustimmende Kopfbewegung und widmete sich wieder seinen Fotos. Marie warf ihm einen hilfesuchenden Blick zu. Warum war er so feige, blind, duckmäuserisch?

Im Auto versuchte sie möglichst viel Abstand zu halten. Sie rückte an die Beifahrertür und drückte die Knie fest zusammen. Er amüsierte sich darüber, erinnerte sie an einen Kater, der mit einer Maus spielte. Schnurrend umgarnte er seine Beute, schmeichelte, lockte, drohte, bis er seine Krallen in das Fell schlug. Die Maus entkam ihm nicht. Niemals. Der Kater war nicht Elise und die Maus keine Ameise. Er schien ihre Angst zu spüren, versuchte offenbar, das Rad wieder zu wenden.

»Ganz schön streng, dein Vater! Ich bin mir sicher, wenn du bei ihm nicht spurst, gibt's Ärger! Spaß habt ihr bestimmt keinen zuhause, oder?«

Sie zuckte mit den Schultern, wollte sich auf kein Gespräch einlassen, nur schnell die Fahrt hinter sich bringen.

Er beobachtete sie, schwieg einen Moment und sagte in leicht verärgertem Ton: »Hör mal, wenn es wegen neulich ist …«

Sie wandte den Kopf ab und gab vor, ihn nicht zu hören.

»Jetzt hör doch mal zu, verdammt noch mal!«, sagte er plötzlich jähzornig. »Sei doch nicht so verklemmt! Das ist ja lächerlich!« Er nahm einen Pfefferminzkaugummi aus der Brusttasche und bot ihn ihr an, freundlich jetzt. »Hier! Entspann dich! Bei mir kannst du doch locker sein! Komm, nimm den Kaugummi!« Erneut streckte er ihn ihr entgegen, aufmunternd und entzog ihn ihr, als sie, die Scheu endlich überwindend, danach greifen wollte. »Und weg ist er!« Lachend warf er den Kaugummi aus dem Wagen.

Perplex blickte sie ihn an.

»Keine Sorge! Ich hab' noch mehr! Hier! Oh, der kann ja auch fliegen!« Er klemmte das Lenkrad mit den Knien fest, zog den nach Pfefferminz duftenden Kaugummistreifen aus dem Aluminiumpapier, faltete ihn in der Mitte zusammen und warf ihn auf den Rücksitz. »Und Bruchlandung!«

Sie ließ die Schultern sinken, musste schmunzeln.

»Siehst du! Jetzt geht es doch schon viel besser! So, und jetzt hol ihn dir mal! Mach mal die Augen zu! Kaugummis können nämlich nicht nur fliegen, sie verstecken sich auch!« Und schon lag seine Hand auf ihren Augen, übte einen leichten Druck auf die geschlossenen Lider aus. »So, und jetzt such mal!«

Sie blinzelte unter ihren Wimpern hervor, sah verschwommen den grünen Pfeil und den roten Schriftzug der Kaugummiverpackung auf seiner Handfläche.

»Nicht schummeln!«, sagte er mit ernster Stimme.

Folgsam kniff sie die Augen zusammen.

»Vielleicht auf deinem Sitz?«

Sie tastete ihren Sitz ab.

»Oder auf dem Armaturenbrett?«

Erfolglos suchte sie weiter.

»Vielleicht in meiner Hemdtasche? Nur Mut! Ich beiß dich schon nicht!« Er nahm ihre Hand und führte sie zu seiner Brusttasche. »Auch nicht? Na, du hast aber Pech! Such mal hier!« Er lenkte die Hand zum Rand des Fahrersitzes.

Blind tastete sie mit gespreizten Fingern die Getränkeablage ab.

»Falsch! Ganz falsch!«, protestierte er.

Ihre Finger streiften seine Hose.

»Warm! Wärmer!«

Vorsichtig befühlte sie den Stoff, der locker auf seinem Oberschenkel auflag.

»Heiß! Ganz heiß!«

Zaghaft wanderte ihre Hand den Oberschenkel entlang.

»Gleich hast du es!«

Die Fingerkuppen fuhren über etwas Kühles, Metallenes, das sich wie die Zacken eines Reißverschlusses anfühlte. Instinktiv wich sie zurück, doch er packte die Hand und hielt sie einen Moment fest umschlossen.

»Ganz ruhig! Alles ist gut! Das ist ganz natürlich! Ganz natürlich!«

Zitternd verharrte ihre Hand wie eine verängstigte Maus in seiner Faust. Er lockerte den Griff und bog die Finger nach hinten. Die Zähne des Reißverschlusses bohrten sich in ihren Handrücken. Die leblose Handfläche wurde gegen ein längliches, festes, fleischliches Etwas gedrückt. Sie erschrak.

»Alles ganz natürlich! Nur keine Angst! Stell dir vor, es ist eine Banane!«, flüsterte er.

Er presste ihren Daumen auf eine weiche, vorgewölbte, abgerundete Stelle und bog die anderen vier Finger um den muskulösen Schaft. Ihr Daumen wurde feucht. Eine schleimige Substanz füllte die Fingerrillen. Ein süßlicher, etwas strenger Geruch reizte ihre Nasenschleimhaut. Sie wandte sich angeekelt ab und zog ruckartig die Hand zurück. Ihr Herz tobte wie ein zorniges, gefesseltes Tier in ihrem Brustkorb. Sie versuchte die Tür zu öffnen.

»Bist du verrückt! Bei voller Fahrt!« Er riss ihr Handgelenk vom Türöffner. »Wir fahren jetzt ganz ruhig nach Nettlingen! So wie wir es mit deinem Vater besprochen haben! Du willst doch keinen Ärger, oder?«

Marie schüttelte gehorsam den Kopf.

Vorsichtig packte die Verkäuferin die kobaltblaue Wandleuchte in einen Karton mit Styropor. Das Glas zersplitterte in tausend Teile und regnete auf seine Schenkel, auf denen sich winzige, dunkelrote Blutpfützen bildeten. Die leuchtenden, blauen Splitter schwammen durch seine Adern und sammelten sich in seiner Mundhöhle. Er spie sie aus und schrieb ein kobaltblaues »Alles ganz natürlich!« in die Luft.

Bauleitners Stimme dröhnte in ihrem Kopf. »Was soll Inge davon halten, wenn du überhaupt nicht mehr zum Telefonieren kommst? Meinst du, ich habe Lust, mit deinem Vater zusammenzuarbeiten, wenn ich dabei deine Zickereien ertragen muss? Immer dieses missmutige Gesicht! Sabine und Nicole wundern sich bestimmt, dass du so abweisend bist! Glauben wird dir sowieso niemand! Wofür hältst du dich?« Gleich darauf schmeichelte er ihr, schimpfte über ihren spießigen Vater, belächelte die Traurigkeit der Mutter. »Willst du wirklich so werden? Glaub mir, Gott kann das nicht gewollt haben, dass ein so reizendes Mädchen sich jedem sinnlichen Genuss verweigert. Die Natur verlangt ihr Recht! Was kostet es dich schon, wenn du mich deine Haut berühren lässt? Außerdem spüre ich doch, dass es dir gefällt. Du erschauderst ja förmlich, wenn ich nur deine Hand berühre, bewegst dich nicht von der Stelle, ein süßes kleines hypnotisiertes Kaninchen! Halt schön still!«

Sie nahm den Telefonhörer und rief Sabine an. »Du musst sie dir unbedingt besorgen«, sagte Marie und zog eine BRAVO aus ihrer Tasche, »es gibt darin sogar eine Autogrammkarte von Marilyn Monroe.«

Bauleitner setzte sich neben sie, zeigte auf den unteren Abschnitt des Titelblatts. »Zärtliche Liebe mit 14?«, stand da in fetten, roten Lettern. Ein Junge streichelte den Rücken eines Mädchens im rosa Bikini. Bauleitner schob Maries Bluse hoch und berührte ihre Brustwarzen. Sie wollte ihn abschütteln, deutete auf den Hörer, hoffte, er würde fürchten, Sabine könnte etwas mitbekommen. Ungeniert rieb er jedoch ihre Brustwarzen zwischen den Fingern. Hastig beendete sie das Gespräch, versuchte seinen fordernden Händen entfliehen.

»Ich muss jetzt wirklich gehen. Meine Eltern warten. Ich habe gesagt, in einer halben Stunde bin ich zurück.«

Er hielt sie fest, drückte seine Lippen auf ihren Hals und drehte sie wie eine Puppe im Kreis, wie damals, als es sich noch leicht anfühlte.

»Armes Püppchen! Nie darfst du tanzen!« Mitleidig sah er sie an. »Geh!«, rief er plötzlich. »Ab mit dir nach Hause!«

Die Mutter hobelte Äpfel für einen Apfelstrudel. Ein Marmeladenglas mit gemahlenen Haselnüssen stand neben der bemehlten Arbeitsfläche. Rosinen lagen neben dem ausgerollten Teig verteilt.

»Mama …«, hob Marie an.

»Was ist denn, Kind?«, fragte sie seufzend. »Hast du schon deine Hausaufgaben gemacht? Schau mal, ob wir noch Milch haben. Mein Gott, es ist schon wieder alles teurer geworden. Ich weiß gar nicht, wie wir das alles bezahlen sollen. Geh mal ins Badezimmer und putz das Waschbecken, bitte! Wie war's denn? Hast du mit Sabine und Nicole telefoniert? Das ist ja so nett von Herrn Bauleitner, dass er dich in Starnberg anrufen lässt. Irgendwann leisten wir uns auch einmal ein Telefon. Ein grünes. Olivgrün.«

Sie walkte den Teig noch einmal, hielt ihn gegen das Licht und belegte ihn mit geraspelten Äpfeln. Marie blickte aus dem Fenster. Ein Birkenstamm wuchs am Balkon vorbei hoch in den Himmel. Jakob stieg die einzelnen Sprossen empor und kletterte auf eine Wolke. Engel schwebten an ihm vorbei. Die Sonne wärmte ihn und wiegte ihn in den Schlaf.

»Vergiss nicht das Waschbecken!«

Eine dicke Schicht Scheuerpulver bedeckte das Keramikbecken. Maries Hände verrieben den pudrigen Film. Sie streute noch mehr Ata in das Becken. Das weiße Pulver rieselte durch die Löcher der Plastikdose. Es schäumte auf zwischen ihren Fingern. Mit den Nylonborsten der Nagelbürste schrubbte sie ihren Handrücken, bis sich blutige Striemen bildeten. Auf ihrer geröteten Haut brannte das Scheuerpulver und trieb ihr Tränen in die Augen. Weiß und frisch glänzte das Becken.

»Marie? Bist du fertig? Deck den Tisch, bitte! In fünf Minuten gibt es Essen.«


Angst. Am Abend betete sie, dass sie Jungfrau bleiben möge. Sie kniete nieder, bekreuzigte sich und zählte. Kästchen, Pflastersteine. Schritte. Treppenstufen. Gerade Anzahl, Jungfrau. Ungerade Zahl, Angst. Er zog sie wie an einer unsichtbaren Leine an sich. Sie warf sich in den Staub und bot ihm ihre Kehle dar in der Hoffnung, verschont zu werden. Er spielte mit ihr, ließ sie hüpfen wie ein Jo-Jo. Aufregung, Abenteuer, Bewunderung wichen blanker Angst und kaltem Abscheu.

»Wo hast du denn die lila Feincordhose her?«, fragte die Mutter.

»Sonderangebot bei Steinmeier. Sieben Mark«, antwortete Marie gleichgültig, unberührt von Wahrheit oder Lüge.
»Und das Blockstreifen-Sweatshirt?«
»Schlussverkauf. Drei Mark.«
Die Mutter strich mit der Hand über den Stoff. Lächerlich! Geld aus der Spardose, dachte Marie.
»Du riechst so anders«, sagte die Mutter und roch an Maries Haar. »Das Parfum, das kenne ich! Wieso riechst du nach Bauleitners Parfum?«
»Ich hab dir doch gesagt, dass ich zum Telefonieren in seinem Büro war, Mama«, antwortete Marie, nun doch mehr widerwillig als gleichmütig, »da riecht doch alles nach seinem Parfum. Das stinkt dort ja nach ihm.«
Die Mutter neigte den Kopf zur Seite und schien eine Frage auf den Lippen zu haben. Dann winkte sie ab und sagte: »Schuhe brauchst du noch. Wir brauchen noch Herbstschuhe. Und steck die Sachen in die Wäsche! Der Gestank ist ja nicht auszuhalten.«

Jungfrau. Jungfrau Maria. Er würde sie nicht noch einmal anfassen, das hoffte Marie inständig. Dass es ein Jungfernhäutchen gebe, hatte er ihr erklärt. Das könne aber manchmal sogar beim Sport kaputtgehen. Zerreißen wie feines Papier. Beim Spagat zum Beispiel. Jungfrau bleibe sie noch lange. Da mache es gar nichts, wenn sein Finger zwischen ihre Schamlippen gleite. »Aber das ist Sünde!«, rief sie und wiederholte, was ihr der Religionslehrer eingetrichtert hatte. »Sünde! Sünde!«, äffte er sie nach. »Das ist die Natur! Mit zwölf ist in Afrika kein Mädchen mehr Jungfrau. Glaub mir, ich war selbst dort. Und bei uns in Europa war es vor ein paar Jahrhunderten auch nicht anders. Diese verklemmte katholische Moral!«, höhnte er und verzog verächtlich die Mundwinkel.

Nach der Schule fuhr er mit Marie in sein Wochenendhaus, verborgen hinter dichten Hecken. Langsam schlängelte sich der Wagen die Schotterstraße hinauf. Hinter einem Haselnussstrauch parkte er. Sie wünschte sich drei Nüsse, die drei Wünsche erfüllen sollten. Der Prinz konnte ihr gestohlen bleiben, Ballkleider brauchte sie auch nicht. Im Vorbeigehen riss sie drei glatte braune Haselnüsse vom Strauch und steckte sie in ihre Jackentasche. Sie summte die Melodie des tschechischen Märchenfilms und stellte sich vor, wie sie mit Pfeil und Bogen durch die Wälder ritt. Kein Baum zu hoch, kein Feld zu weit! Sie wärmte die erste Nuss in ihrer Handfläche, kniff die Augen fest zusammen und wünschte sich, dass er ihr an diesem Tag nicht zwischen die Beine fassen möge. Er öffnete das Gartentürchen und schloss die Haustür mit einem schmiedeeisernen Schlüssel auf. Es roch nach frisch gehacktem Holz. Verwelkte Feldblumen verströmten Fäulnisgeruch aus einer Vase.

Er ließ sich auf das Samtsofa fallen und nahm sich einen PLAYBOY, der auf einem Glastisch neben dem Holzofen lag. Mit gelangweilter Miene blätterte er darin und warf ihn auf den Boden. Die barbusige Blondine mit dem Matrosenhut salutierte rücklings auf den Holzdielen und starrte mit wasserblauen Augen die Decke an.

»Komm«, raunte er, »komm her! Setz dich auf meinen Schoß!«

Marie näherte sich langsam und blieb unentschlossen vor ihm stehen. Er setzte sich auf und zog sie auf seine Knie.

»Wie war es denn heute in der Schule? Was machen eigentlich die Jungen in deiner Klasse? Du hast doch bestimmt schon einen Liebesbrief bekommen?«

Sie kannte das Spiel. Erwähnte sie einen Namen, wurde er verstimmt. Schwieg sie, bohrte er, schimpfte sie eine Lügnerin.

»Ich hab dich doch gesehen vor der Schule, im Minirock, umzingelt von Jungen.«

Marie schob den Unterkiefer vor und zog mit den Zähnen an ihrer Oberlippe. Mit der Zunge strich sie über ein trockenes Häutchen, das sie mit Zeigefinger und Daumen abzureißen versuchte. Vorsichtig begann sie die Haut abzulösen.

»Bestimmt schauen sie euch nach dem Sportunterricht in der Umkleide zu. Duscht ihr eigentlich nach dem Turnen?«

Nur ein winziges Stückchen fehlte noch. Sie rieb noch einmal mit den unteren Schneidezähnen über die Lippe. Ein süßer, metallischer Tropfen benetzte ihre Zunge.

»Sitzt du in der ersten Reihe?« Seine Hand kroch unter ihren Rock und strich über ihren Oberschenkel. Er schob den Rock hoch und betrachtete ihr Höschen. »Blümchen! Was ist das? Vergissmeinnicht? Veilchen?« Er drückte auf ihren Venushügel und zog den Slip zwischen ihre Schamlippen. »Keine Angst! Ich bin ganz vorsichtig! Ich will ja schließlich die Veilchen nicht zerdrücken!«

Marie saugte an ihrer Lippe und versuchte möglichst viele Blutströpfchen in ihrer Mundhöhle zu sammeln. Er zog sie dichter an sich und schob einen Finger zwischen ihre Schamlippen.

»Bestimmt sitzt du in der ersten Reihe und lässt auch noch den Lehrer unter den Rock gucken! Auf dein

Veilchenhöschen. Musstest du eigentlich schon einmal nachsitzen? Nun, sag doch mal etwas!«

Er kniff sie in den Oberschenkel.

Sie schüttelte den Kopf.

»Stimmt! Du bist ja eine Musterschülerin! Brav und sittsam! Folgsam vor allem! Das wollen wir wohl hoffen!«

Seine Hand bewegte sich auf ihre Vagina zu. Vergaß er jetzt das Spiel? Ganz tief drinnen sei es, das Jungfernhäutchen.

»Ich weiß ja, dass du unbedingt Jungfrau bleiben willst. Ich pass schon auf. Ich will nur ganz genau wissen, wo es ist, damit ich es nicht beschädige.« Seine Stimme wurde rau, die Atmung flach. »Bleib ganz still! Dann passiert auch nichts! Leg dich mit dem Rücken auf das Sofa und winkle die Beine an! Ja, gut so!«

Das Blut vermengte sich mit ihrem Speichel. Sie stellte sich vor, dass es wie ein tosender Wasserfall die Innenseite ihrer Wange entlangströmte. Ihre Zähne waren fliegende Fische, Piranhas, die nach dem blutigen Wasser schnappten.

»Der kleine Finger ist schon drin. Weich ist es! So, jetzt dehne ich es noch ein bisschen!«

Die Piranhas stürzten in die Kaskaden und wurden von einem wirbelnden schwarzen Strudel in die Tiefe gerissen.

»Bin ich jetzt noch Jungfrau?«, fragte sie mehr aus Gewohnheit als aus ängstlicher Verunsicherung und bekreuzigte sich verstohlen, während er seinen kleinen Finger in den Mund schob und beruhigend mit dem Kopf nickte.

Das Kopfteil des Doppelbettes schlug gegen die Wand, als er sich schwer auf die Matratze fallen ließ. Staub ritt durch den Lichtstrahl, der weiß und höhnisch durch die gehäkelten Scheibengardinen fiel. Stifte, ein Lederetui neben einem vollen Aschenbecher, teilnahmslos schweigend. Dumpfe Hammerschläge dröhnten vom Marktplatz durch das gekippte Fenster.

Er legte Hemd und Hose ab und warf sie auf einen Polstersessel. Schwarze Haare kräuselten sich auf seiner Brust. Bauleitner nahm Maries Hand und legte sie auf seinen Bauch.

»Du musst auf deine Körperhygiene achten. Du bist kein kleines Mädchen mehr. Frische Höschen, dich auch da unten waschen. Und vor allem musst du deine Tage notieren. Du hast ja jetzt deine Periode. Das ist wichtig.«

Er zog sie aus, ein prüfender Blick ruhte auf ihren Hüften, und fasste ihr jäh zwischen die Beine. Etwas Unbestimmtes lag in seinem Blick. War es Gier oder doch Zärtlichkeit, die aus seiner dunklen Iris drang? Marie vermochte es nicht zu sagen. Sein seufzendes Flüstern, so unbestimmt wie der Blick, beunruhigte sie. Ihr regloser Körper zuckte unwillkürlich, als er sie an sich presste. Dann angelte er ein Tütchen aus dem Nachttischchen und riss es mit den Zähnen auf.

Die Ballons aus dem Auto, schoss es ihr durch den Kopf. Ein Lächeln huschte über ihr Gesicht. Sah er jetzt Schelmerei in ihrem Blick aufblitzen?

»Fromms heißen die! So kann dir gar nichts passieren!« Er streifte sich das Kondom über und legte sich auf sie. Ihr Körper verschwand unter seiner Brust, verlor sich weiß auf dem Laken. »Ich hab es schon gedehnt. Es kann nicht reißen. In der Mitte ist ein Loch. Da geh ich rein und du bleibst ruhig, ganz ruhig«, raunte er ihr ins Ohr.

Milch, Zucker, Hefewürfel. Spinat und Fischstäbchen. Sechs mal sechs … Langsam! Konzentrier dich! Du hast dich verrechnet! Ein Regal fehlt noch! Noch einmal! Du bist nicht da, bellte sie tief in ihren Leib hinein.

Ein Schrei, der Körper entwich der eigenen Kehle, riss sie aus der rettenden Zahlendisziplin. »Aufhören! Aufhören! Ich hab einen Krampf!«

Mehr ungeduldig als mitleidig schien er sie zu mustern.

»Warum der Zirkus? Kannst du nicht stillhalten?« Er hielt ihr den Mund zu und drückte ihre Oberschenkel auseinander. »So ist's brav!«, sagte er zufrieden, obwohl sie immer noch, lauter als zuvor weinend unter ihm lag. Unbeirrt fuhr er fort, bewegte sich schneller.

Dreivierteltakt, dachte sie. Der Klavierlehrer tadelte, schlug ihr auf die Finger.

»Hör auf zu schreien! Sonst leg ich dir das Kissen auf das Gesicht!«

Seine Stimme klang abgehackt und gepresst. Er stöhnte, ein rauer, kehliger Laut entwich ihm. Blanke Angst erfasste sie. Ihr Unterleib verkrampfte sich mehr und mehr. Flüssiges, irisierendes Quecksilber bedeckte ihren Körper, dessen Inneres von einer heißen Gischt überflutet und einem Feuerstrahl durchschossen wurde.

Ein letzter Stoß. Seine Finger bohrten sich in ihren Rücken. Er sank neben sie, verknotete das Präservativ und legte es auf das Nachttischchen. Ein schneller Blick auf die Uhr, eine Anweisung: »Morgen kommst du wieder!«

# 5

Kurz vor sechzehn Uhr. Die Scheibengardinen hingen bewegungslos an der schmalen Metallstange. Jeder Schritt von der Wohnung zum Büro quälte Marie. Jede seiner Berührungen schien ihren Körper mit unsichtbaren Brandmalen zu markieren. Alle würden diese sehen, dessen war sie sicher. Der Priester starrte sie an, als sie über die Straße rannte, um pünktlich bei Bauleitner zu sein. Sah er das große S für Sünde, das wie das gesalbte Kreuz des Bischofs auf ihrer Stirn prangte?

Marie verharrte auf ihrem Platz, das Auge unbeirrt auf die Gardinen gerichtet, und zählte. »Wenn sich der Vorhang bei sechzig nicht hebt, gehe ich. Zweiundfünfzig, dreiundfünfzig, vierund…« Die Kirchenglocken ertönten mahnend und rissen Schreckenswirbel in ihr Blut. Ein dunkler Schatten näherte sich dem Fenster. Er lüftete die rechte Scheibengardine und befestigte sie am Fensterrahmen. Der Code hatte sich ihr eingebrannt. Rechts hoch, Büro frei. Rechts und links hoch, Straße und Auto. Links hoch, Gefahr droht. Rechts und links unten, beschäftigt. Jeden Tag um sechzehn Uhr stand sie da auf ihrem Aussichtsplatz am Heidenbrünnlein und wartete. Im gläsernen Dreieck erschien sein entblößter Unterarm. Der Vorhang hob sich auch im linken Fensterflügel. Zehn Minuten. In zehn Minuten musste sie das Dorf verlassen und so lange laufen, bis er sie mit dem Mercedes eingeholt hatte. Halt, nein! Er ließ die Gardinen wieder fallen. Der Schatten verschwand. Maries Blick streifte durch den Garten. Auf dem

Gehsteig vor dem Büro sah sie, wie Inge Bauleitner eine Haarnadel in ihren Dutt steckte und zur Eingangstür des Büros eilte. Erleichtert atmete Marie auf. Kaum vermochte sie ihr Glück zu fassen. Sie wandte ihm und seinen Fenstern den Rücken zu und hüpfte abwechselnd auf dem einen und dem anderen Bein über die Wiese nach Hause.

In der Küche goss sie sich ein großes Glas Limonade ein und setzte sich auf die Fensterbank. Das süßsäuerliche Aroma verklebte ihre Papillen. Die Gesichtsmuskeln verzerrten sich unwillkürlich zu einem entstellten Grinsen. Du sollst keine Limo trinken! Du wirst nur krank und fett davon! Schau dich an! Siehst du, wie der Gummi ins Fleisch schneidet? Der Wind wehte seine Stimme zu ihr herüber. Sie drehte ihm eine lange Nase und goss sich ein zweites Glas ein.

Nervös rieb sich Bauleitner das Kinn und lief im Zimmer hin und her. »Verdammt, Marie, reiß dich doch zusammen!«, brüllte er sie an. »Wieso bekommst du denn jetzt einen Scheidenkrampf? Was soll ich denn mit dir machen?« Er rieb sich die Stirn. »Erst einmal müssen wir raus hier. Inge kommt und holt noch einen Ordner ab.« Seine Augen stachen aus dem wutverzerrten Gesicht hervor. Er schwieg, dann befahl er ihr: »Zieh dich an! In zehn Minuten folgst du mir! So lange wirst du es wohl aushalten.«

Sie wand sich vor Schmerzen auf dem Bett, winkelte die Beine an, krümmte die Zehen, drückte die Hand mit aller Kraft auf ihren Unterleib. Ihre Zähne bissen in das nach Rauch und Rasierwasser riechende Kopfkissen. Stoßweise zog sie die Luft durch den Stoff ein und aus, versuchte sich zu beruhigen.

»Zehn Minuten! Schau auf die Uhr!« Er schlug die Tür hinter sich zu.

Um den Schmerz zu verjagen, konzentrierte sie sich auf das Ticken des Weckers. Ihre Augen folgten dem Minutenzeiger und achteten auf jeden schwarzen Strich, den der Sekundenzeiger passierte. Dann stand sie auf und hastete, die Jacke dicht um den Körper geschlungen, über den Marktplatz, schlich sich in das Gelbe Haus. Mit Mühe erklomm sie die Stufen und drückte die Türklinke zum Wohnzimmer herunter.

Sie standen vor dem Fernsehschrank. Yilmaz, Bauleitners türkischer Gastarchitekt, hob fragend die Hände und zuckte mit den Achseln. Bauleitner sah Marie an, als blickte er durch sie hindurch. »Du hängst genauso in der Sache drinnen wie ich, Erkan! In deinem Zimmer hab ich sie gefickt. Du weißt Bescheid! Ich kann sie nicht zum Arzt bringen. Wenn es nicht besser wird, bringst du sie ins Auto und setzt sie in Gerbershausen vor dem Krankenhaus ab!« Der Gedanke an eine gefahrlose Entledigung des Problems beruhigte ihn wohl. Er goss sich ein Glas Whiskey ein und leerte es in einem Zuge.

Regungslos, vom Schmerz wie festgewurzelt, stand Marie an der Tür und wartete auf seine Anweisungen. Auch der andere rührte sich nicht von der Stelle. Verstohlen blickte er Marie aus den Augenwinkeln an. Er wirkte betreten, als hörte er den hilfesuchenden, stummen Schrei, und doch schwieg er, feigherzig, kleinmütig, schwach. Nur nichts sehen, nichts hören! Ihr Blick schweifte aus dem Fenster. Dunkelorange Strahlen durchbohrten die Wolken wie der Speer eines unerbittlichen Jägers. Die Turmuhr schlug.

Der Schmerz zog sich zurück. Die schwellenden Kaskaden verebbten. Kurze pulsierende Stiche trafen ihre

Scheidenwände. Die Kontraktionen der Gebärmutter wichen einem auflodernden Brennen. Marie ließ sich auf den Boden sinken und lehnte sich an die Tür.

»Was ist los?«, fragte Bauleitner und legte seine Hand auf ihre vor der Berührung zurückweichende Stirn.

»Es geht mir besser. Nur noch einen Moment. Dann gehe ich«, antwortete sie stockend.

Offensichtlich erleichtert bückte er sich und streichelte ihr sanft über die Wange. »Hör zu, Marie!«, sagte er in einem besänftigend-tröstenden Ton. »Vielleicht war es etwas zu viel. Du bist noch sehr eng. Ich muss dich sanfter dehnen. Wir werden nächstes Mal ganz langsam beginnen. Mit einem Stift vielleicht oder einer Karotte. Dann spreize ich dich vorsichtig auf und nichts wird passieren. Das ist doch gut so? Das machen wir, ja?«

Seine Knie drängten zwischen ihre Schenkel. Er beugte sich tiefer herab und fixierte sie, als könnte er ihrem toten Gesicht eine Antwort entreißen.

Das wächserne Püppchen drehte sich auf dem Dorn der Spieluhr, die Arme ein Bogen über dem geglätteten Haar. Der Federzug der Spieluhr schnurrte. Sanft bettete sich das Püppchen und wiegte sich in den Schlaf.

Gleißendes Licht brach durch die Kirchenfenster, deren bleierne Adern sich durch grüne Landschaften zogen. Die Strahlen formten einen Lichttunnel in dem hallenartigen Gebäude und drangen in das Holz des Beichtstuhls ein, der sie gierig absorbierte und in seinem Inneren gefangen hielt.

Geduldig wartete Marie am Weihwasserbecken auf das Öffnen des Vorhangs. Sie sog das süße Parfum ein und tauchte verstohlen die Hand in das weiche, ihre Finger sanft umspielende Wasser. Der rote Samtvorhang des Beichtstuhls hob sich und eine alte Frau in Kittelschürze und Kopftuch trat heraus. Sie seufzte, rieb sich die Knie und setzte sich auf die Kirchenbank. Das Vaterunser murmelnd, ließ sie den Rosenkranz durch ihre Finger rinnen. Sachten Schrittes näherte sich Marie dem Beichtstuhl und öffnete den Vorhang. Ein Geruch nach säuerlichem Schweiß, Erde und Mottenpulver umfing sie. Sie kniete auf dem Holzbänkchen nieder und bekreuzigte sich: »Im Namen des Vaters und des Sohnes und des Heiligen Geistes. Amen.« Sie stockte, verstand ihn nicht, diesen Heiligen Geist, dessen Flammenzungen auf die Menschen niedergeregnet waren.

»Erforsche dein Gewissen«, ermahnte sie der Priester, »überprüfe dich im Lichte der Zehn Gebote, und Gott wird auch dich erleuchten. Gott ist gnädig und verzeiht auch den größten Sündern.«

Der letzte Satz schüchterte sie ein. Zielte er auf sie, wusste der Priester von ihren Verfehlungen? Bauleitner hatte ihr striktes Stillschweigen abverlangt. »Lass dich bloß nicht von einem Pfaffen einlullen«, hatte er ihr eingeschärft, »das Beichtgeheimnis kann man brechen und dann ist dein Schicksal besiegelt. Sie werfen dich von der Schule stecken dich ins Heim. Sabine und Nicole siehst du nie mehr wieder und dein Vater kann seinen Job auch vergessen. Keiner wird dir glauben.« Keiner wird dir glauben, echote es in Marie.

Sie durchforstete ihr Gedächtnis nach Gedanken und Taten, die sie mit einem Ave Maria bereinigen konnte, die der Priester ihr glauben würde. Hatte sie ihren Eltern Widerworte gegeben, Tiere gequält, Neid und Eifersucht empfunden? Hatte sie geflucht? War sie abergläubisch? Ihr

Sündenbekenntnis bestand aus schwarzen Katzen, gekreuzten Fingern und neidischen Gedanken.

Der Priester hörte ihr zu, sagte: »Sei gnädig mit dir! Hast du etwas auf dem Herzen?«

»Gibt es eigentlich böse Menschen?«, fragte Marie.

»Der Mensch ist gut, wohl aber hat er die Erbsünde auf sich geladen. Adam und Eva wurden aus dem Paradies vertrieben. Deshalb haben wir die Zehn Gebote, die uns auf den rechten Pfad geleiten sollen.«

»Aber …«, unterbrach sie ihn zögernd und nagte an ihrer Nagelhaut, »wenn jemand etwas tut, was er nicht darf, wenn er jemandem wehtut, zum Beispiel, dann muss er doch bestraft werden?«

Der Priester neigte den Kopf zur Seite. Sein Blick durchbohrte das Beichtgitter.

Marie bekam Angst vor Gottes Missfallen, erschrak vor ihrer eigenen Kühnheit. »Nichts!«, stammelte sie. Und mit zitternder Stimme fügte sie hinzu: »Darum schweige deine Zunge, dass sie nichts Böses rede. Zweites Buch Mose.«

»Brav, mein Kind!«, lobte der Priester. »Und jetzt noch dein Reuegebet!«

Sie bat Gott um Gnade und dankte Bauleitner in Gedanken dafür, dass er ihre Zunge im Zaum hielt. Der Priester segnete sie: »So spreche ich dich los von deinen Sünden im Namen des Vaters, des Sohnes und des Heiligen Geistes.« Drei Vaterunser und vier Ave-Maria gesenkten Hauptes, kniend auf der Kirchenbank, schenkten Marie Hoffnung auf Verzeihung.

Marie hing ihre Jacke an die Garderobe und versuchte einen Blick auf den Herd zu erhaschen. Bratfett knisterte in den gusseisernen Pfannen. Die Wirtin rieb sich die fettglänzenden Hände an der weißen Kochschürze ab und wischte sich mit einem Taschentuch über die schwitzende Stirn. Das Kittelkleid spannte sich um die breiten Hüften, die von einem Topf zum anderen schaukelten. Ein Dackel schnupperte an Maries Füßen und machte es sich unter dem Tisch bequem. Remmert, der Wirt, stand schweigend hinter dem Tresen und zapfte Bier.

»Und? Wie sieht's aus mit deinen hochfliegenden Träumen, Remmert? Wann kommen sie denn zu uns ins Dorf, deine Schlagerstars?«, fragte Maries Vater.

»Schneller, als du denkst«, antwortete der Wirt und goss sich einen Schnaps ein. »Der Bauleitner hat den Umbau der Scheune schon begonnen und Ricky und die Truckstop Cowboys haben auch schon zugesagt. Reißen werden sie sich um einen Auftritt.« Er stürzte den Schnaps hinunter und malte mit der Hand ein Schild in die Luft: »REMMERTS SCHLAGERSCHEUNE – EIN GOLDREGEN!«

Marie lächelte in sich hinein. Bauleitner hatte ihr gesagt, dass Remmerts Tanzlokal niemals das Licht der Welt erblicken würde. Eine Schnapsidee! Sie wusste mehr als ihr Vater, mehr als alle anderen hier am Tisch. »Wie eine Weihnachtsgans werde ich sie ausnehmen«, hatte Bauleitner gesagt, »diese Bauernschädel.« Marie fragte sich, warum alle Menschen im Dorf ihn so verehrten. Bauleitner war ein Hitzkopf, legte sich mit allen an, wenn er betrunken war, und verprasste sein Geld. Keiner wagte es, etwas gegen ihn zu sagen.

»Der Bauleitner hat überall seine Finger drin«, erklärte der Vater und setzte sich mit der Mutter und Marie an einen Ecktisch. »Meinst du, dem schlägt irgendjemand etwas ab? Die kuschen doch alle vor ihm und seiner CSU-Bande!«

Die Mutter zuckte mit den Schultern. Marie spielte mit einer Papierserviette, wollte den Vater gerade nach einem Stift fragen, um ein Himmel-und-Hölle-Spiel zu basteln.

Da trat die Wirtin an den Tisch. »Frischen Schweinsbraten gibt's«, sagte sie, »drei Mal?«

Der Vater nickte, Marie faltete die Serviette. Ihr war unwohl bei dem Gedanken, die Wirtin könnte sie ansprechen. Erst vor zwei Tagen hatte Marie sie am Küchenfenster stehen gesehen, als sie in Bauleitners Haus ging.

»Ach, Marie«, sagte die Wirtin plötzlich, »wie geht's denn Sabine und Nicole? Haben die Ferien zurzeit?«, und dann ging sie, ohne eine Antwort abzuwarten, in die Küche zurück.

Wenn sie wieder zu ihm ginge, würde sie ihr gerade in die Augen blicken, dachte Marie, so lange, bis sie Angst bekommt und sich hinter ihrem gammeligen Vorhang versteckt. Soll sie doch ersticken an ihrem Braten! »Ich hab keinen Hunger, Papa«, sagte sie und schob ihm den Teller zu.

Schwer atmend lag Bauleitner auf ihr. Mit der flachen Hand schlug er auf die Innenseiten ihrer Schenkel. Er forderte Marie auf, die Beine anzuwinkeln und um seinen Rücken zu schlingen. Sie spürte, wie sich ihre Gebärmutter verschreckt zurückzog und in eine gepanzerte Kugel verwandelte. Seine Stöße versuchten die Kugel zu durchbohren. Sein Penis donnerte gegen ihren abwehrbereiten Uterus. Marie stellte sich vor, wie heißer, fließender Stahl auf die Kugel troff, sich härtete und einen Schutzmantel gegen Fremdkörper und Angriffe bildete. Unerbittlich prallte sein Penis auf die Kugel, die den Stößen nicht standhielt, zu zittern begann und Haarrisse zeigte, die sich zu einem Craquelé-Muster ausdehnten, das sich ins Fleisch gravierte. Das Bild zersprang in ihrem Kopf. Eine brüchige Stimme drang durch die verschlossenen Fensterläden.

»Fred!«, rief sie. »Fred! Bist du da?«

Er zuckte zusammen und hielt einen Moment inne.

»Fred!« Diesmal klang die Stimme etwas lauter. Die Türklinke wurde heruntergedrückt.

»Verdammt! Meine Mutter!«, zischte er leise und hielt Marie den Mund zu.

Ihr Mund blähte sich in seiner hohlen Hand, die er immer fester auf ihre Lippen presste. Panik erfasste sie. Sie versuchte seine Finger nach hinten zu biegen. Ein strafender Blick traf sie und der Druck verstärkte sich noch mehr. Sie löste ihre Beine von seinem Rücken und bäumte sich unter ihm auf, um ihn abzuschütteln. Mit dem Knie zwängte er sie wieder zwischen die Matratze und seinen schweren Körper. Mit den Zehen umklammerte sie das Laken und spannte ihre Muskeln an, um einen Krampf auszulösen, der ihn hoffentlich dazu bewegen würde, von ihr abzulassen. Ein stummer Kampf entbrannte zwischen ihnen, während Fäuste an die hölzernen Fensterläden trommelten und das Glas in den Fensterzargen zu zersplittern drohte. Marie war taub und hellhörig zugleich. Ihre Organe lagen leblos in einem Körper, als gehörten sie nicht mehr zu ihm. Aus der Haut aber krochen Ohren, aus den Poren Augen, die Bauleitners Gesicht, seinen Mund wie in einem Vergrößerungsglas sahen.

»Fred! Dein Wagen steht vor der Einfahrt! Was machst du da drin?«

Bauleitner nahm die Hand von Maries Schenkel und forderte mit erhobenem Zeigefinger Schweigen ein. »Ich schlafe, Mutter!«, sagte er und mimte eine matte, schläfrige Stimme.

»Jetzt bist du wach! Lass mich rein!«

Marie hörte, wie sie den Schlüssel bereits ins Schlüsselloch steckte. Der innen an der Tür hängende Schlüsselbund wackelte, hielt dem Drücken und Drehen jedoch stand.

Nach einer Weile ließen das ungeduldige Rütteln an der Tür, das fordernde Klopfen und beständige Drängen nach. Einen Moment lang regte sich nichts. Maries Körper beruhigte sich. Ihre Augen wanderten über die weiß getünchte Decke. Eine Stubenfliege klebte an der Wand und starrte sie mit weit aufgerissenen Augen an. Ihr Gesicht zerteilte sich in Hunderte von Facetten, die sich wie winzige, vibrierende Mosaiksteinchen aneinanderfügten, auseinanderflogen und in immer wieder neuen Konstellationen zusammenfanden. Schlürfende Schritte knirschten auf dem Kies und entfernten sich leise.

Fast hatte Marie ihn vergessen. Ihre Vagina atmete ruhig und gleichmäßig, befreit. Er nahm seine Hand von ihrem Gesicht und begann sich den erschlafften Penis zu reiben. Hektisch, ungeduldig.

»Dreh dich um! Knie dich auf das Bett!«

»Aber ich …«

»Jammere nicht herum, sondern tu einfach, was ich dir sage!«, drängte er und beschleunigte seinen Rhythmus.

Marie tat wie ihr geheißen. Bauleitners Hände lagen auf ihren Hüften, lösten sich auf in einer betäubten Haut. Das Bett knarzte unter den Rasteraugen der lüsternen Fliege, die ihre Flügel wie einen dunklen Mantel über die wichsenden Hände breitete.

Der Kunstlehrer kniff die Augen über der Radierplatte zusammen. »Ist das eine Schlange?«, fragte er Marie. »Eine Schlange, die aus einem offenen Fischmaul kriecht?« Sie stand verlegen vor seinem Pult und strich sich die Haare aus dem Gesicht. »Erklär mir doch bitte dein Bild! Was hat das mit dem Thema Angst zu tun?«, bohrte er.

Marie zögerte. Verstand er das Bild nicht? Und wenn? Er würde es ohnehin nicht begreifen, selbst wenn sie es ihm erklärte. Mit aufeinandergepressten Lippen deutete sie auf eine aus dem Fischmaul sich windende Schlange. Wulstige Lippen bildeten den Eingang zu einer von Säulen gestützten Halle, die in einem Schlund endete. »Da liegt sein Reich«, sagte sie und zeigte auf eine schwarz schraffierte Fläche. »Die Schlange kriecht aus ihm heraus und bewacht den Eingang. Und wenn man sie köpfen will, dann vermehrt sie sich.« Sie fixierte ihn. »Es gibt kein Entkommen.«

Der Lehrer blickte sie fragend an: »Habt ihr gerade die griechische Mythologie im Geschichtsunterricht behandelt oder hast du einen Horrorfilm gesehen?«

Was sollte sie antworten? Niemand konnte sie verstehen. Sobald sie einen Blick spürte, der in ihr Gehirn dringen und die sorgfältig versteckten Bilder herausziehen wollte, erschrak Marie vor sich selbst, verordnete sich Schweigen, wiederholte seine Worte: »Niemand wird dir glauben.« Warum sollte er anders sein? Vielleicht wollte er dasselbe wie Bauleitner? Wenn nicht, dann würde er sie verraten und sie von der Schule weisen. Die Schlange wand sich um den Fischleib und sprühte Gift in Mädchenkörper, die sich tot am Bildrand türmten und mit einem dicken Seil zu Fleischpaketen verschnürt dalagen. Misstrauen spiegelte sich in den Augen des Lehrers.

»Und der Fisch? Ist das ein stummer Schrei? Pinocchio und Jonas im Bauch des Wals? Die anderen haben weinende Kinder gezeichnet, die von einem Raubtier gepackt oder von Riesen zermalmt werden. Dein Bild hat etwas Verstörendes. Das sind nicht die üblichen Angstmetaphern«, murmelte er, als spräche er zu sich selbst, und rieb sich nachdenklich die Stirn. »Was ist los, Marie? Hast du ein Problem?«

Die Angst schnürte ihr plötzlich die Kehle zu. Hatte er sie gesehen? Nach der Schule? Im Eiscafé?

»Deine Schrift …«, fuhr er fort, »mir ist neulich schon aufgefallen, dass sich deine Schrift völlig verändert hat. Die Buchstaben verketten sich, als suchten sie Halt.«

Er verunsicherte sie. Was konnte er erkennen in ihren Buchstaben, ihren Bildern? Er war der Einzige, der sie fragte, wie es ihr ging, der eine Veränderung bemerkt zu haben schien. Sie sah zu Boden und umklammerte den Holzstift mit der Stahlnadel. Er deutete mit dem Finger auf die Schlange und öffnete Maries Kunstheft.

»Hier! Genau zu diesem Zeitpunkt hat sich deine Schrift verändert!«, sagte er und drückte seinen Zeigefinger auf ein kleines, gekrümmtes g. »Was ist mit dir?«

Die Schulglocke schrillte.

»Nichts! Nichts ist los!«, rief sie und riss ihm das Heft aus der Hand. »Der Fisch hat gar nichts zu bedeuten! Es ist nur ein Fisch! Ein Fisch mit einer Schlange!« Sie nahm den Radierstift und zog mit der Stahlspitze eine tiefe Furche quer über die Radierplatte. Der Stift fuhr über den Untergrund und ritzte Zickzacklinien in das Fischmaul und die toten Mädchen.

Der Lehrer umfasste ihr Handgelenk, schüttelte den Kopf. »Schhh!«, flüsterte er. »Schhh! Ist ja gut!«

Sie ließ den Stift fallen und rannte aus dem Zimmer. In der nächsten Stunde würde sie die Leiber mit dunkelrotem Blut füllen und die Kurbel der Druckerpresse so lange drehen, bis sie plattgewalzt und stumm wie Fische für immer im schwarzen Schlund verschwänden.

# 6

»Also, du rechnest folgendermaßen: Letzter Tag des kürzesten Zyklus minus achtzehn, letzter Tag des längsten Zyklus minus elf. Dann hast du den ersten und den letzten fruchtbaren Tag. Warte! Ansonsten nehmen wir FROMMS und Zäpfchen. Heute geht's aber noch ohne. Weißt du«, sagte er und bohrte seinen Penis in sie hinein, »Ogino wollte eigentlich die Chancen auf Babys verbessern, Knaus hat dann das Gegenteil daraus gemacht. Dreh dich mal auf den Bauch! Ja, so ist's gut! Sag mal hast du zugenommen? Dein Po kommt mir dicker vor! Weniger Eis, Süße!«

Sie biss sich auf die Lippen. Auf dem Bauch liegend, war der Schmerz kaum zu ertragen. Bitte, mach schon! Komm endlich, dachte sie und reckte ihm, wie sie es gelernt hatte, den Po entgegen. Seine Stöße beschleunigten sich. Vorbei. Endlich waren die ersehnten Worte in ihrem Ohr: »Gut gemacht!«

Er zog seinen Penis aus ihrem Körper und befühlte ihre Pobacken. »Du hast wirklich zugenommen!«, sagte er. »Pass bloß auf, dass es dir nicht ergeht wie Inge. Die geht inzwischen völlig aus dem Leim. Ab morgen schreibst du zumindest auf, was du alles isst.«

Sie zog ihre Strumpfhose an, befestigte den Haargummi wieder an ihrem Zopf und rückte sich die Worte im Kopf zurecht: »Gut gemacht.« Er hatte sie gelobt. »Gut gemacht.«

»Beeil dich«, rief er und steckte sich das Hemd in die Hose, »ich muss ins Büro.«

Zwei Listen waren mit Bleistift auf einen karierten Block gezeichnet, den Marie unter ihrer Matratze versteckt hielt. »Pass bloß auf«, hatte er gesagt, »ich kenne alle Tricks. Bestimmt hat deine Mutter deine Höschen schon auf Spuren untersucht. Im Zimmer schnüffelt sie sicher auch herum, aber unter der Matratze schaut sie garantiert nicht nach.« Zufrieden betrachtete Marie die erste Liste. Nur zweimal hatte sie diese Woche Süßigkeiten gegessen. Er werde ihr Geld geben, hatte er gesagt, für Fisch und Gemüse, dann könne sie selbst einkaufen, damit nicht immer nur Mehlspeisen aufgetischt würden und ihr Körper nicht auseinanderginge wie ein Hefekuchen. Die zweite Liste machte ihr Kopfzerbrechen. Zahlen, Tage, Linien verschwammen vor ihren Augen.

Sie fand sich mit einem Male in seinem Büro wieder, damals, als er ihr mit ernster Miene versichert hatte: »Wenn du jemals schwanger werden und ich sterben sollte – ein Unfall? Man weiß nie! – Inge wird dir bestimmt helfen.« Schwanger, Tod, Unfall, Inge. Sie wusste mit den Worten nichts anzufangen. Achtundzwanzig Tage. Drei Wochen. Hatte die Mutter sie nicht merkwürdig angesehen, als sie die Wäsche in die Waschmaschine steckte? »Ein Sohn! Zwei Töchter und kein Sohn! Eines Tages wirst du mir einen Sohn schenken«, hatte er gesagt und sie durch die Luft gewirbelt mit einem Lächeln, das auf ihr Gesicht wehte wie eine Feder. Sie prägte sich das Datum ein, um ihm morgen, wenn der Vorhang nach oben zeigte, Bericht zu erstatten.

»Verdammt! Hast du dich verrechnet? Zeig mir deine Brüste!« Sein Befehl riss sie aus der Erstarrung. Finger, schwarz behaart schälten ihre Brüste aus dem BH. Er tastete das geschwollene Gewebe ab und wandte sich, sichtlich angeekelt, ab. Den Blick auf das Fenster gerichtet, schwieg er. Die Wolken, wie heimatlos und fortgestoßen, trieben über den Himmel, der Marie auch keine Zuflucht bieten wollte. »Dr. Pauly. Morgen. Nach der Schule hole ich dich ab.« Er drehte sich zu ihr.

War sie dieses Wesen, das sich in seinen Augen spiegelte? Sah sie lockend zu ihm hinauf? Blickte sie ihm unschuldig ins Gesicht, obwohl sie doch weinen, ihm die Augen aus den Höhlen reißen wollte? Ihre Brüste verwandelten sich, strömten etwas aus, das ihr fremd und ihm verhasst war. Kindesmutter. Kindfrau. Er hatte ihr erzählt von diesem Kind, diesem Buch. »Das ist unsere Geschichte«, hatte er gesagt, »du und ich. Unsere Liebe.« Und sie hatte sich einen Moment lang gefühlt wie in einem Film, einem Märchen.

»Verdammt!«, presste er zwischen den Zähnen hervor. »Mit ihr hat es auch ein elendes Ende genommen!«

Überwand er seinen Unmut, als er sie in seine Arme schloss? Sprach er von Sünde, Seele oder doch nur tröstende Worte? »Morgen. Dr. Pauly. Alles wird gut.« Die Worte, sie hörte sie in seinem Brustkorb summen, beruhigten sie. Morgen würde er seine Flügel über sie ausbreiten.

Als sie vor dem Haus stand, überkam sie Hunger. In der Bäckerei kaufte sie sich eine Nussschnecke. Ängstlich schielte sie zu seinem Fenster hoch. Morgen würde er ihr bestimmt Vorwürfe machen.

Maries Schenkel klebten an den Sitzen. Der Motor heulte auf, der Tachometer schnellte auf hundertzwanzig Stundenkilometer. Bauleitner atmete tief durch und legte seine Hand auf ihr Knie. Er erzählte ihr von Inge, sprach von seiner Mutter. Geburtsdaten, Vornamen, Geschwisterkinder und Wohnorte brannten sich in Maries Gehirn, während sie beklommen die verbundenen Augen betastete.

»Es ist besser für dich, wenn du den Ort nicht kennst! Du bist jetzt meine Tochter! Verstanden?«

Sie nickte.

»Braves Kind!« Seine Finger näherten sich ihren Schamlippen, er spreizte sie und sagte: »Eines Tages wirst du mir einen Sohn schenken, aber jetzt gehen wir erst einmal zum Arzt!«

Sie verdrängte die Finger, lauschte dem Wind in ihren zitternden Zöpfen. Fuhr er den Berg hinauf zur Schnellstraße? Auf dem Acker stand bestimmt ein grüner Traktor. Marie versuchte ihre Gedanken so stark werden zu lassen, dass sie ihre Augen ersetzten. Sie sah sogar die Aufschrift auf der Karosserie. Der Wagen schoss durch Gerüche und Farben, bog plötzlich ab, bremste.

Wie lange waren sie unterwegs gewesen? Eine Stunde? Zwei? Jedes Zeitgefühl war ihr entglitten. Bauleitner machte sich am Stoffknoten der Augenbinde zu schaffen, der sich in ihren Haaren verfangen hatte. Er zerrte, riss an ihren Haaren, warf die Binde auf den Rücksitz. Marie blinzelte in das Sonnenlicht und ließ sich an der Hand zur Tür einer Villa führen. Der Türöffner surrte und sie betraten die Eingangshalle. Bauleitner drückte die Klinke, wollte die Treppen hochsteigen, überlegte es sich anders und zog Marie hinter sich her in den Hof wie ein Hündchen. Er zündete sich eine Zigarette an.

»Jetzt fang ich auch noch wieder mit dem Rauchen an!«, sagte er in vorwurfsvollem Ton. »Wegen dieser Geschichte. Verplappere dich bloß nicht! Hörst du? Meine Tochter bist du!«

Sie nickte, lächelte, verzieh ihm. Er meinte es nicht so. Sie kannte ihn besser als er sich selbst. Er beschützte sie doch wie ein Vater, half ihr, obwohl sie ihn in Schwierigkeiten gebracht hatte. Sie hatte sich verzählt. Es war nicht seine Schuld.

Er schnippte die Zigarette auf den Boden, gab ihr mit dem Kopf ein Zeichen, dass sie ihm folgen möge.

Mich hat er auserwählt, dachte Marie, mich liebt er wie eine Tochter. Musste sie für dieses Gefühl nicht den Schmerz ertragen? Als er ihre Hand ergriff, die Zigarette glomm noch schwach auf dem Steinboden, schlang sie ihre Finger um die seinen.

Sie kannte diesen Blick, in dem Verachtung, Enttäuschung und Strafe mitschwangen. Durch das Gitter des Beichtstuhls hatte sie ihn oft erahnt. Und lag nicht auch ein wenig Lust in seinen Pupillen, die sich groß und weit auf die metallene Röhre richteten, die er in ihre Vagina einführte? Unwillkürlich zuckte sie zurück. Der Arzt, die eine Hand mit gespreizten Fingern auf ihr Knie gestützt, erklärte ihr, dass es sich um ein Speculum handle. Damit könne er tief in ihr Inneres sehen. Mit der rechten Hand begann er ihren Unterleib abzutasten, nicht ohne einen Blick, so schien es ihr, auf die Wölbung ihrer Brüste zu werfen. Bauleitner saß, sie beobachtete ihn aus den Augenwinkeln, vor dem Schreibtisch. Die in Holz geschnitzten Nattern, plötzlich Fleisch und Blut, krochen zischend seine Beine hoch.

Das Gesicht des Arztes verdüsterte sich. Wann sie denn mit einem Jungen geschlafen habe, wo sich alles zugetragen habe, warum sie überhaupt in Versuchung geraten sei, ob sie denn überhaupt kein schlechtes Gewissen habe, die Fragen ergossen sich wie Gülle über ihre gespreizten Schenkel.

Als Marie zur Toilette ging, zitterten ihre Beine. Sie dachte an die Mutter. Einen kleinen Ausflug mache sie, nichts Besonderes, hatte die Mutter damals zu ihr gesagt und sie für ein paar Tage zu Jutta geschickt. Holland. Bauleitner hatte angekündigt, wenn es mit dem Arzt nicht klappe, bringe er sie nach Holland. Marie nahm den Plastikbecher, den ihr die Sprechstundenhilfe in die Hand gedrückt hatte, und kontrahierte ihre Blase. Den Becher, halb gefüllt mit Urin, stellte sie auf den Fenstersims der Toilette. »Sabine Bauleitner«, stand auf dem Namensschild. Irgendwie gelangte ein Glucksen in ihre Kehle. Sabine. Gleich würde sie ihn Papa nennen.

Als Marie zurückkam in das Besprechungszimmer, fühlte sie seinen stillen Tadel. »Papa«, sagte sie, und die Worte kamen ihr über die Lippen, als hätte sie einen Text auswendig gelernt, »es tut mir leid.« Sie warf sich ihm, wie in Ausübung einer töchterlichen Pflicht, in die Arme. »Verzeih mir«, stammelte sie und meinte es, nur einen Augenblick selbst darüber erstaunt, auch so. Er schien überrascht, zugleich auch stolz, wie wie ein Hundedresseur. Endlich das Pfötchen!

»Ist schon gut«, flüsterte er und streichelte Marie über das Haar.

Vater und Tochter. Vater, Tochter, Kind. Die Begriffe streunten durch ihr Gehirn, ohne Rast zu finden. Kälte kroch in ihre Fingerspitzen, die sich auf seinem Jackett leer und leblos anfühlten. Er legte seine Hand auf ihre Hüften. Sie spürte den Druck, den sie so gut kannte, von dem sie wusste, dass er mehr war als eine väterliche Berührung. Der Arzt blickte auf seinen Rezeptblock, notierte etwas. Marie wünschte, Bauleitner Hände würden von ihr abfallen wie trockenes Laub. Sie schluchzte und sehnte sich zugleich nach dem einzigen Gefühl, das sie von ihm bekommen konnte – seiner Begierde.

Wieder ging er mit Marie in den Hinterhof, zündete sich eine Zigarette an, die er jedoch sogleich wieder austrat. Gekrümmt, verloschen, das Innere herausquellend, lag sie nun am Asphalt.

Es gab kein Vorher mehr. Er setzte sie in den Wagen wie eine Puppe. Marie blieb sitzen, als er zur Apotheke eilte, fühlte, wie ihre Gliedmaßen Bauleitner automatisiert nachfolgten. Im Schaufenster stand eine Werbetafel für eine Pickelcreme. Genau das gleiche Schild hatte sie gesehen, als sie mit der Mutter vor ein paar Wochen in die Apotheke gegangen war. »Du brauchst doch keine Pickelcreme«, hatte der Apotheker gesagt. Marie hatte der Mutter die Erleichterung angesehen. Wenigstens dafür kein Geld ausgeben! Wo blieb er nur? Sie konnte ihn ganz deutlich durch die Scheibe erkennen. Neigte er sich zu der Verkäuferin vor? Trog das Bild oder steckte er ihr einen Zettel zu? Marie beugte sich vor, presste ihr Gesicht an die Autoscheibe, um zu erkennen, was vor sich ging. Die Blonde lächelte, sagte etwas, das sich auf ihren Lippen wie ein Ja las, und reichte ihm eine Tüte. Als er die Autotür aufriss, senkte Marie den Kopf, tat so, als entfernte sie einen Fleck auf ihrem Rock.

»Verstecken nützt jetzt auch nichts«, sagte er und strich sich im Rückspiegel prüfend das Haar zurück. Er trat aufs Pedal, wendete den Wagen und durchquerte wortlos die Altstadt. Auf der Landstraße beschleunigte er, die Miene immer noch bewegungslos.

Auch Marie rührte sich nicht, sprach kein Wort. Sie sah in den Himmel, blau und wolkenlos, wie er in Wirklichkeit gar nicht existierte, und drehte die Scheibe herunter, um sich den Wind ins Gesicht wehen zu lassen. Seine Stimme, fremd und unkenntlich, drang nur mit Mühe zu ihr vor.

»Drei Tabletten nimmst du heute. Übermorgen zwei.« Sie nickte traurig und dabei erstaunt, dass sie einen anderen Satz für möglich gehalten hatte. »Wirf auf jeden Fall die Verpackung weg, aber bloß nicht in eure Mülltonne, und wenn dir übel wird oder wenn du Bauchschmerzen bekommst, dann tu einfach, als hättest du eine Magen-Darm-Grippe! Komm schon, tu nicht so unschuldig! Das macht ihr doch ständig. Papa, ich hab Fieber. Ich kann heute nicht in die Schule. Mein Hals tut weh.«

Er äffte sie nach, wagte es tatsächlich, sie nachzuäffen! Marie ballte die Fäuste in der Tasche, schaute hinauf in den Himmel, der ihr, immer noch so blau wie vorher, Trost versprochen hatte. Sie spürte seine Hand auf ihrem Knie, konnte es nicht glauben, dass er sie jetzt berührte, wo er nicht mehr Vater war. Ihre Haut wollte ihn abschütteln und verschlingen zugleich. Wie konnte das sein? Ihre Gefühle kamen ihr vor wie saure Stäbchen, sauer, süß, sauer. Sie wischte seine Hand, erstaunlich leicht und seltsamerweise widerstandslos, weg wie eine lästige Fliege.

»Heute noch«, sagte er, »hörst du? Wir können sowieso von Glück reden, dass der Arzt die Klappe hält. Ach was!« Er machte eine abwinkende Handbewegung. »Schuldet mir sowieso einen Gefallen. Eine Hand wäscht die andere.«

Sah er denn nicht, wie sie langsam, aber unaufhaltsam, sich selbst entglitt? Der Blick, stumpf und leer, auf diesen ewig blauen Himmel gerichtet. Heiligenbildchenblau. Vater unser im Himmel, geheiligt werde dein Name ... Gegrüßet seist du Maria ... Wie viele Vaterunser müsste sie wohl beten, wenn sie dem Dorfpfarrer alles gestünde. Und die Mutter Gottes, selbst wenn sie zehnmal tagtäglich vor ihrem Bildnis kniete, verziehe sie ihr nicht.

Als Bauleitner Marie kurz vor dem Ortsschild absetzte, mehr wohl aus Gewohnheit als aus besonderer Vorsicht, schien er in einer eigentümlich gelösten Stimmung, die Marie trügerisch vorkam. »Wir sehen uns dann morgen, wenn alles vorbei ist.«

Glaubte er tatsächlich, er könnte sie mit seiner Abwesenheit strafen? Fahle Hoffnung. Verlogene Horizonte. Ein Glas Wasser. Drei Pillen. Ein Tag. Zwei Tabletten. Vorbei.

Mit zitternden Fingern, auf dem Boden hinter der verschlossenen Toilettentür kauernd, versuchte sie die Tablettenschachtel zu öffnen. Sollte sie zwei Tabletten nehmen heute oder drei? Sie wusste doch gar nicht, ob sie tatsächlich schwanger war, hatte das Testergebnis nicht einmal gesehen. Durfte sie Bauleitner und dem Arzt Glauben schenken? Und wenn sich überhaupt nichts in ihrem Unterleib befände? Die flache Hand auf dem Bauch, versuchte sie, leise pochende Laute zu ertasten. Ein anschwellendes Summen, Vibrieren wie in Strawinskys *Sacre du Printemps*, dem Lieblingsballett ihres Vaters. Marie ließ sich hineintreiben in einen Gedankenfluss, der sie wegzog von den Tabletten, Bauleitner, ihrem Bauch. Töne, die fast so beruhigend auf sie wirkten wie ein Duft. Chopins *Nocturnes*. Eine Kassette, die ihr der Vater geschenkt hatte. Die Melodie sog sie hinein in eine Traurigkeit, aus der sie sich kaum zu befreien vermochte. »Disziplin«, sagte der Vater, »lass dich nicht so gehen!« Sie hörte die Kassette wieder und wieder, kroch hinein in die Töne, die sie versteinert zurückließen. Disziplin. »Steh auf, Marie! Geh in die Kirche!«, sagte der Vater und rückte Lenins Bildnis auf dem Schreibtisch zurecht. »Hilf deiner Mutter beim Putzen! Marie, bring mir meine Pantoffeln!« Marie saß da, die Tabletten in der Hand, fragte sich zum ersten Mal, warum sie immer gehorchte, allen Befehlen widerspruchslos Folge leistete. Viertes Gebot Gottes, zuckte es ihr durch den Kopf: »Du sollst deinen Vater und deine Mutter ehren.« »Du musst diese Pharisäer überleben! Später kannst du machen, was du willst«, sagte der Vater, »jetzt aber gehst du in die Kirche und sagst diesem Mädchenschänder Pfarrer Amsel einen schönen Gruß von mir!« Mädchenschänder? Er wollte es ihr nicht erklären, was das Wort bedeutete. Marie erinnerte sich, die Tabletten langsam aus dem Durchdrückstreifen lösend, wie sie mit der Cousine ihres Vaters, einer Nonne, durch den Asterngarten flanierte. Schmale Tretpfade, die Ränder gesäumt mit leuchtenden Blüten, die in der klaren Herbstluft ihren ganzen Glanz entfalteten. Der dunkle Habit streifte durch den Garten wie eine schwarze Katze. Die grünen Augen flackerten unter der Haube. Aus ihren Kleidern drangen Duftpartikel von Kernseife und frischem Thymian. Marie atmete tief ein, als befände sich der Duft im Raum. Die Nonne hatte ihr die Blumen erklärt, jede einzelne Asternart. Aster dumosa. Demut, Jungfrau, Unschuld. Die Begriffe ketteten sich wie Blumenkränze aneinander. War es dieses Ding in ihrem Bauch, das all die Erinnerungen hochspülte? Warnte sie dieses Etwas? Sollte sie es tun oder nicht?

Willy Brandt. Sie erinnerte sich, wie sie das Buch aus dem Regal zog und dem Pfarrer zeige, dem Pfarrer, den die Mutter um Geld anbettelte, weil der Vater im Krankenhaus lag. Marie wusste nicht, warum der Pfarrer Teufelswerk sagte, was es zu bedeuten hatte, sie wusste nur, dass der Vater, die Mutter und sie anders waren als die übrigen Dorfbewohner.

Jedes Jahr bekamen sie einen Kalender aus China und einen aus Moskau. Die chinesischen Tuschezeichnungen des Kalenders malte sie ab und brachte sie in die Grundschule mit. Ihre Mitschüler zeichneten den Hahnenkamm und den Bodensee, Marie Lotusweiher und den Frühlingsregen über dem Lijang-Fluss.

Demut, dachte Marie. Regula Benedicti. »Wer ausharrt bis ans Ende, wird gerettet werden.« Vielleicht hatte sie ja noch eine Chance! Sie saß unbeweglich da. Ein schwacher Lichtstrahl drang durch die Ritzen der Tür.

»Was machst du denn so lange im Badezimmer?« Die Mutter klang ärgerlich. »Hilf mir beim Abwasch! Dein Vater wartet auf das Abendessen!«

»Ich komme gleich!«, rief sie weder ängstlich noch ertappt. Geduld bewahren. Ausharren. Gerettet werden. Sie löste endgültig die drei Tabletten, die Zahl zeichnete sich plötzlich ganz klar vor ihren Augen ab, aus dem mit Aluminiumfolie bedeckten Plastikstreifen. Eine Sekunde lang zögerte sie, als gewährte ihr jemand, wer auch immer, eine letzte Frist. Den Becher, gefüllt mit Wasser, hielt sie in der Hand. Drei Tabletten lagen auf ihrer Zunge. Sie schluckte, trank Wasser nach, wohl auch weil es lächerlich, aber vor allem feige gewesen wäre, den Weg nicht zu Ende zu gehen. Er würde ihr verzeihen. Gott ist groß. Gott verzeiht den reuigen Sündern. Und was verspürte sie sonst als Reue, die sich in ihr festkrallte, hechelnd nach Erbarmen? Aber war das genug, um untrüglich zu wissen, dass sie das Richtige tat? Sie fühlte Tränen in ihrer Kehle, eine leise Rührung, ganz flüchtig, von Selbstmitleid, das sie sogleich mit einer verneinenden Bewegung des Kopfes verscheuchte. Und wenn! Dieses Ding, es war ihr gleichgültig. Nichts und niemand bedeutete ihr etwas. Hatte sie nicht überhaupt alles bloß geträumt? Morgen würde sie aufwachen und sich nur schwach erinnern an diesen bösen Traum. Ein Kind! Ein lächerlicher Traum! Und mit einem Mal versiegten die Tränen, die Versteinerung löste sich und die Tabletten fanden wie von selbst den Weg in ihren Körper. Sie warf den Plastikstreifen in die Toilettenschüssel und drückte auf den Knopf des Spülkastens. Das Spülwasser wirbelte den Streifen in der Schüssel umher. Noch einmal drückte sie den Knopf, darauf bedacht, genau die Anweisungen auszuführen. Denk daran, die Verpackung zu entsorgen! Es gelang ihr nicht. Erneut spülte sie, obschon wissend, dass der Streifen wieder nicht fort wäre, als hätte sie nur durch sein Verschwinden eine Bestätigung dafür, das Richtige getan zu haben. Mit wachsendem Unmut betrachtete sie den Streifen, fischte ihn schließlich mit den Fingern aus der Toilette, froh darüber, endlich doch vernünftig, vielleicht sogar lobenswert zu handeln, spülte ihn unter fließendem Wasser ab, trocknete ihn mit einem Handtuch ab und steckte ihn in die Hosentasche.

Die Mutter drückte ihr ein Geschirrtuch in die Hand.

Reue, klang es plötzlich laut und deutlich in Maries Kopf. Warum nicht alles der Mutter gestehen? Ein Gefühl von Zärtlichkeit keimte in ihr auf, dicht gefolgt von etwas, das sie nicht zu benennen vermochte. Sie nahm die Hand der Mutter, heiß und rot, und verwarf den Gedanken an ein Geständnis. »Bald wird es Frühling«, sagte die Mutter und ließ den Blick über die kahlen Wipfel der Bäume schweifen.

Der Tag verging mit erstaunlicher Leichtigkeit, als hätte sie die Nacht, zäh und unerbittlich, nur geträumt. Marie fuhr mit dem Bus zur Schule, wärmte sich im Aufenthaltsraum, lernte Englischvokabeln und fuhr mit den anderen Kindern wieder nach Hause. Sie machte die Betten und erledigte die Einkäufe. Als sie wie immer um sechzehn Uhr auf ihrem Aussichtsposten am Heidenbrünnlein stand, lugte sie nach oben, hinauf zu seinem Fenster, nach dem Vorhang suchend. Beide Scheibengardinen unten. Er hatte es ihr gesagt. Erst am dritten Tag nach den letzten Tabletten, wenn der Spuk vorbei sei, wolle er sie wiedersehen.

Und doch meinte sie ihn hinter dem Vorhang zu erkennen. Neben ihm, Marie war sich beinahe absolut sicher, die Blonde aus der Apotheke. Den Kopf in den Nacken gelegt, versuchte sie noch einmal einen Blick zu erhaschen, konnte ihn aber nicht mehr sehen, wusste nicht mehr, ob sie ihn überhaupt gesehen hatte. Sie zwang sich, ihren Blick vom Fenster zu lösen und rannte nach Hause, weinend, keuchend, den Tränen freien Lauf lassend. Auf dem Bett liegend, spann sie den Gedanken fort. Er war ihr plötzlich fremd, weit entfernt, als hätte sie auch ihn mit den drei Tabletten aus ihrem Körper gespült. Fast. Morgen würde sie ihm den Todesstoß versetzen.

Die brennende Madonna thronte in ihrer Nische, als Marie immer und immer wieder den Kreuzgang entlangwandelte, um Wasser aus dem Getränkekeller zu holen. Flammen züngelten aus ihren Augen, das Haar aus Stroh drohte jeden Moment Feuer zu fangen. Marie stieb davon, die klirrenden Flaschen im Korb, vorbei an der Madonna, die ihren Mund zu öffnen schien, um unhörbare Worte in den Gewölbegang zu speien. »Gegrüßet seist du, Maria der Herr ist mit dir, voll der Gnaden, du bist gebenedeit unter den Frauen …«, stammelte Marie, atemlos den Gang entlanglaufend, einen unendlichen Kreuzgang, dessen Ausgang sie nicht finden konnte.

Schweißgebadet erwachte sie aus ihrem Schreckenstraum. Der Wecker zeigte fünf Uhr morgens. Der dritte Tag. Das Morgenlicht dämmerte grau durch die Vorhänge. Es war ihr, als zielte ein erster Strahl direkt auf ihren Leib. Zornig blickte sie in Richtung Fenster. Dort oben war er, kalt und unnahbar. Es war ihr egal, dass man sich kein Bild von ihm machen sollte. Gott, Jehova, wer auch immer! Marie spürte, wie sich ein bitteres Lächeln auf ihrem Gesicht ausbreitete. Er hatte es zugelassen, dass sie nun hier in ihrem Bett saß, beschmutzt und besudelt mit einem Etwas in ihrem Leib, das halbtot und doch noch nicht verschwunden war. Gott der Herr wird euch beschützen, wenn ihr zu ihm betet! Lug und Trug, er hatte sie ihm zugeführt, seinem Gegenspieler, dem Vernichter allen Lichts und Lebens. Steh auf, befahl sie sich selbst. Rotte es aus. Reinigung. Dann wirst du neu beginnen. Niemand wird dich mehr besudeln. Sie kniete nieder, wider Willen, und bat sie dennoch um Verzeihung. Mutter Gottes. Sie löste die verbliebenen zwei Tabletten aus dem Medikamentenstreifen und spülte sie mit einem Glas Leitungswasser hinunter. Dann legte sie sich wieder schlafen.

Als die Mutter sie weckte, eine weiche Hand spürte sie über ihre Stirn streichen, hielt sie die Augen fest geschlossen. »Kind, wach auf! Du musst zur Schule!« Die Stimme drang nur schwach in Maries Bewusstsein, viel zu sehr war sie bemüht, dem eigenen Atem, erstaunlich ruhig und gleichmäßig, zu lauschen. »Der Bus fährt in dreißig Minuten«, mahnte die Mutter und öffnete die Vorhänge mit schnellem Griff.

Marie nickte, ohne sie verstanden zu haben. Ihr Blick fiel ins Leere. Als sie sich erhob, der Mutter den Rücken zukehrend, sah sie das beschmutzte Laken. Erst in diesem Moment spürte sie, wie dunkles Blut ihre Beine hinunterlief. Einen Augenblick lang war sie wie gelähmt. Der Blick der Mutter traf sie scharf.

»Marie, pass doch auf! Das ganze Bett ist schmutzig!«, in ihrer Stimme schwang der ganze Abscheu vor zusätzlicher Wäsche, Arbeit, Last. »Du weißt doch, wann du deine Regel bekommst!« Vom Flur aus rief sie noch: »Weich die Bettwäsche heut Nachmittag ein! Die Blutflecke gehen sonst nicht mehr raus!«

Marie schlug die Bettdecke zurück, zog unter der Matratze die leere Medikamentenschachtel hervor, versteckte sie in ihrer Hose. Im Badezimmer, das Klappern des Frühstücksgeschirrs übertönte die Klagen der Mutter, wusch sie sich das Blut von den Beinen und legte eine Binde in den Slip. Eine eigentümliche Ruhe bemächtigte sich ihrer. Zorn, den sie doch eigentlich erwartet hatte, verspürte sie so wenig wie Traurigkeit. Ihr Körper schien gereinigt, befreit von diesem Ding, das er ihr eingepflanzt hatte, das seinesgleichen war und sie zu etwas Anderem gemacht hätte. Ein Kind sein, das wollte sie, ein Kind, das beschützt und umsorgt würde, so wie er es ihr versprochen hatte. Lüge, nichts als Lüge!

Als Marie Bauleitner die leere Arzneimittelverpackung in die Hand drückte, stand Erleichterung in seinem Gesicht geschrieben, auch wenn sich etwas wie Mitleid in seine Stimme mischte. Marie tat es ihm gleich, ahmte ihn nach, ihre eigenen Gefühle hatten nur noch Erinnerungsspuren zurückgelassen. Sie ließ die Tränen über ihre Wangen fließen. Vielleicht glaubte er ihr? Sie musste ihn auch fortan von ihrer Reinheit und Unschuld überzeugen. Schließlich war es das, was ihn reizte, was ihn dazu bewog, ihr seine Liebe zu schenken. Liebe. Er liebte sie, es konnte nicht anders sein, er hatte es selbst gesagt, ihr von diesem Buch erzählt. Was sollte es sonst bedeuten, wenn nicht Liebe, dass er ihr etwas in den Bauch gepflanzt hatte? Liebe. Dafür musste sie es ertragen, dass er ihr seinen Penis in den Leib bohrte.

»Hast du die Tabletten pünktlich eingenommen?«, fragte er sie und strich ihr übers Haar.

Sie schwieg und wartete, bis er die Frage wiederholte, ein wenig auch die Unsicherheit auskostend, die in seiner Stimme lag. Sollte er sich doch ängstigen, sei es auch nur einen Wimpernschlag lang! »Ich hab meine Regel«, sagte sie, ohne sich zu regen, lauernd auf seine Reaktion.

Ein Seufzer entrang sich seiner Brust. Er löste seine Hand von ihrem Haar, wandte sich ab. »In Zukunft zeigst du mir den Kalender jeden Tag. Ja, den anderen auch. Zugenommen hast du auch mit der ganzen Geschichte. Blutest du sehr? Leg dich hin! Mich stört das nicht, und überhaupt, wer sagt denn, ob du mich nicht anschwindelst. Vielleicht hast du deine Regel ja gar nicht.«

Dieses Mal war es anders. Sie lag bäuchlings auf dem Handtuch, er stieß sie lustlos. Nicht ein zweites Mal an diesem Tag wäre sie schuld an befleckten Betten.

Marie hörte das Wort nicht mehr, nach dem sie sich so sehr sehnte. Er sprach es nicht mehr aus. Schmerzliche Schatten zogen zwischen ihnen auf. Nicht, dass Marie seine körperliche Nähe vermisst hätte. Es kam ihr nur so vor, als hätte sie sich in seinen Augen verwandelt, wie ein Schmetterling, der in einen unansehnlichen Kokon zurückgeschlüpft war. Liebte er das verpuppte Wesen, dessen Flügel er gezähmt hatte, das unfrei war, seiner Formgebung unterworfen, das sich nie mehr zurückverwandeln durfte in den Schmetterling, vielleicht sogar mehr als sie selbst? Das winzige Ding im Körper seiner Puppe hätte alles zerstört. Aus ihrem Inneren wäre es geschlüpft, hätte sich seiner Macht entzogen. Ja, so hätte es sich zutragen können, und jetzt war sie beschmutzt.

»Du benimmst dich wie eine geifernde Ehefrau«, sagte er, als Marie nach der Blonden aus der Apotheke fragte. »Spinnst du! Hinter dem Vorhang in meinem Büro soll sie gestanden haben! Was du dir alles einbildest!«

Einen Moment lang zweifelte sie selbst an ihrer Wahrnehmung. Aber wohin mit den Gedanken? Gehörte sie ihm nicht in gewisser Weise? Sie konnte sich das unsichtbare Band, das sie einte, nicht erklären. Oder war auch das nur Einbildung? Was man nicht sehen kann, ist nicht da. Was aber spürte sie dann? Was zog sie zu ihm?

Sie hasste ihn. Mit den Fäusten trommelte sie auf seinen Rücken, Tränen flossen ungebändigt über die Wangen. Er stand, der Rücken ihr zugewandt, der Blick aus dem Fenster schweifend, regungslos da. Sie trat ihn, ermutigt von der Stille, gegen das Bein, bis er sich endlich umdrehte, sie mit schmerzhaftem Druck an beiden Handgelenken fasste.

»Du bist so süß, wenn du in Rage bist!«, sagte er, und da sie immer noch, von Zorn und Hass erfüllt, sich aufbäumte, nahm er sie in seine Arme. »Mein Mäuschen, mein armes, kleines Mäuschen!«, flüsterte er und der Atem stockte ihr im grauen, undurchlässigen Kokon.

# 7

Marie erinnerte sich kaum an den Schnee, der inzwischen geschmolzen und von kaltem, peitschenden Frühlingsregen abgelöst wurde. Versprach er nicht, obschon verdrießlich, Neues hervorzubringen? Sie selbst erstickte jede Erwartung im alltäglichen Ablauf der Dinge, ging zur Schule, verbarg mühelos jede innere Unruhe gegenüber dem Kunstlehrer, legte die Beichte ab, souverän in der Lüge, zügig im Gebet, um nicht den leisesten Verdacht zu wecken.

Irgendwann einmal, als sie noch nicht in diesem Gespinst lebte, hatte ihr der Vater mit leuchtenden Augen von Diogenes erzählt. Diogenes, der in der Tonne lebte und es wagte, Alexander den Großen zu vertreiben. Marie verstand ihren Vater nicht, seine Bewunderung für russische Rebellen und sein eigenes angepasstes Wesen, seine Unterwürfigkeit. Musste man sich wirklich erniedrigen wie ein Hund, um sich von allem zu befreien? »Diogenes brauchte niemanden«, sagte der Vater. »er rieb sich den Bauch und hatte keinen Hunger mehr.« Wie Eulenspiegel also, dachte Marie, den auch allein der Duft des Bratens sättigte. Diogenes in der Tonne und Eulenspiegel. Vielleicht waren sie tatsächlich die einzig wahren Helden. Wenn sie sich vorstellte, so gering zu sein, dass sie auf der untersten Stufe dieser Dorfgemeinschaft stand, dann würde sie sich frei machen von ihm, dem Herrscher über Leib und Seele. Nun müsste sie sich nur noch ein unsichtbares Behältnis schaffen, ihre eigene Tonne, der der kalter Regen ebenso wenig anhaben konnte wie seine Berührungen, seine Strafen für ihre

Unbotmäßigkeit und das Gerede der Leute. Den Gedanken an Eulenspiegel verwarf sie wieder. Weder hatte sie den Mut, auf einem Seil zu tanzen noch wollte sie davonlaufen. So gering zu sein wie ein Hund. Wie sollte sie es nur schaffen, Bauleitners Worte nicht als Peitsche zu empfinden? Ihre Stille durfte er keinesfalls als Unterwerfung interpretieren, obwohl sie sich ihm doch längst ergeben hatte, zumindest ihr Körper, der willenlos ihm gehörte. Wenn Diogenes keinen Hunger mehr spürte und selbst Alexander herausforderte, dann konnte auch sie sich befreien von dieser Hülle, die, besudelt und nutzlos, ihr ohnehin nichts mehr bedeutete. Sie musste sich befreien, in einem unsichtbaren Raumschiff wegbeamen, ihren Körper zurücklassen in diesem Dorf der Verräter, das Alexander besetzt hatte. Ihren Gedanken wie einen unerwartet entdeckten Schatz hütend, erledigte Marie den Abwasch, machte die Betten und ging zu Bauleitner. Als sie am Fenster der Wirtin vorbeikam, dachte sie an Eulenspiegel, der ihnen allen hoch oben auf dem Kirchturm die Zunge herausstreckte.

Diogenes Hund erkannte er nicht, obwohl er doch spüren musste, dass sie sich verwandelt hatte. Marie war sich sicher, dass Bauleitner genauso empfand wie sie, dass Rache in ihm keimte über das Unwiederbringliche, endgültig Verschollene.

»Sieh mich an«, sagte er, den Blick auf sie gerichtet wie eine Sonde, die ihre Fehlbarkeit immer und überall aufzuspüren versuchte, »wie unschuldig du doch warst! Und nun? Im Schulhof mit den Jungs turteln! Wahrscheinlich verzieht ihr euch in die Turnhalle und treibt es auf den Sportmatten! Oder in der Dusche!«

Angeekelt ließ er ihre Hände sinken. »Aber das stimmt doch nicht. Ich habe nichts gemacht«, versuchte sie ihn zu überzeugen.

Die Worte prallten an ihm ab. Nur Tränen stimmten ihn versöhnlicher, das wusste sie. Sie zwang sich zum Weinen, beichtete ihm Belangloses, Geschehnisse, die sie frei erfand oder zu einem Vergehen aufbauschte, von denen sie hoffte, dass sie seine Großmütigkeit reizen würden. Er schloss sie in seine Arme, strich ihr über das Haar und verzieh ihr. Fast zärtlich spreizte er schließlich ihre Schamlippen, als wäre sie wieder rein und befleckt und ihr Geburtstag stünde erst bevor.

»Zwei Fässer Bier und ein Spanferkel«, sagte Bauleitner und blickte auf die Armbanduhr.

Inge Bauleitner notierte seine Anmerkungen. »Was hältst du davon, wenn wir dieses Jahr ein chinesisches Fest veranstalten«, schlug sie vor, »mit diesen wunderbaren Lampions, die du neulich mitgebracht hast?« Inge Bauleitners Augen strahlten für einen kurzen Moment. Als sein Blick sie traf, verdüsterte sich ihr Antlitz binnen Sekunden.

»Ich verstehe nicht«, sagte er, »du betonst doch ständig, wir sollten die Partei ein bisschen bauchpinseln und das Fränkische etwas mehr in den Vordergrund stellen, und jetzt willst du auf einmal ein asiatisches Fest, wo doch ein chinesisches Restaurant schon boykottiert wird hier. Gebratene Hunde, Ratten! Du kennst doch das Geschwätz im Dorf!«

»Aber wir könnten doch den Koch von deinem Lieblingschinesen in Weißenfels engagieren.«

»Hast du es immer noch nicht kapiert? Fränkisch ist das Motto! Bratwürste, Spanferkel, Krautsalat, von mir aus auch ein paar von diesen verdammten Kiwis, die du uns in letzter Zeit zuhauf ins Haus schleppst. Mangos, die gehen auch noch. Erdbeeren mit Sahne wären aber sicher besser. Und bitte, halt dich dieses Mal bloß zurück mit deinen fiesen Anspielungen gegenüber Kranzmeyer. Den brauch ich unbedingt für den Kindergartenauftrag in Alsberg.« Er machte einen Schritt auf sie zu. »Dass du immer versuchen musst, die Leute in deine Richtung zu drängen. Erzieh deine Kinder und lass meine Gäste in Frieden!« Er zeigte auf Marie, Sabine und Nicole, die in der Grillecke saßen und die Dekoration für das Gartenfest sortierten. »Und besorg mir ein paar Hausmädchen! Else allein schafft das nicht.«

Marie beugte sich über die Kartons, hoffte, dass er sie nicht anspräche, fühlte, wie sich seine Aufmerksamkeit plötzlich auf sie richtete.

»Kinder«, begann er, »ihr freut euch doch sicher über ein paar Mark Taschengeld. Wartet, ich komm gleich wieder.«

Wenig später kam er mit einem Stapel weißen Stoffes und einer Tasche zurück. »Servierschürzen«, sagte er, »schaut mal.«

Sabine und Nicole näherten sich neugierig und nahmen sich jede eine Schürze. Bauleitner stellte sich hinter Marie und hielt ihr eine Schürze vor den Bauch. Er zog das Baumwollband um ihre Taille und schnürte es so fest, als wäre damit der endgültige Beweis erbracht, dass sie wieder seinen Diätplan nicht befolgt hatte. Seine Hände strichen, nur scheinbar den Sitz des Kleidungsstücks prüfend, über ihre Hüften. Abrupt drehte er sie zu sich wie das Püppchen, das er damals im Büro gedreht hatte, und strich ihr das Haar zurück. Er warf einen flüchtigen Blick nach den Töchtern, die, ganz damit beschäftigt, sich gegenseitig die

Schürzen umzubinden, seine Gegenwart vergessen zu haben schienen. Seine Stimme tönte nun bedrohlich nah an ihrem Ohr: »Ein ganz entzückendes Hausmädchen bist du. Ganz zu Diensten. Mir. Höchstpersönlich.« Ein Raunen drang zwischen seinen gepressten Lippen hervor. »Wer ist dein Herr und Meister?«

Sie atmete kaum hörbar, konzentriert auf seine Stimme, angstvoll darauf bedacht, kein Aufsehen zu erregen, seine Wut nicht heraufzubeschwören. Sie war es nicht, die neben ihm stand. Es war eine andere. Der Gedanke hatte etwas Beruhigendes. Weder musste sie sich nun verantworten noch seiner erwehren, da sie nicht mehr sie selbst war.

»Papa, wo sind denn diese Häubchen, von denen du erzählt hast?«, fragte Nicole und zog ihn am Ärmel.

»Aber ja, die Häubchen, du hast recht, Zuckerchen«, sagte er und beugte sich über eine Stofftasche, aus der er drei mit einem schmalen Spitzenrand verzierte Servierhäubchen zog. Vorsichtig steckte er zuerst Nicole, dann Sabine einen Reif ins Haar. Kichernd rannten sie in den Flur, um sich vor dem Spiegel zu bestaunen.

Marie hingegen fasste er bei den Armen, zog sie an sich, sodass sie auf den Zehenspitzen stehen musste, und steckte ihr das Häubchen sanft ins zurückgestrichene Haar. Einen kurzen Augenblick glaubte sie, er hätte sie in die Zeit zurückgeholt. Mit einem Diadem aus Stoffblüten, dem Kommunionskleid und der Taufkerze in der Hand stand sie vor ihm, und er war zufrieden mit ihr.

Zwischen den Gartenfackeln leuchteten Lampions. Es roch nach Schweinefett und Bier, und irgendwo dazwischen verlor sich auch eine Spur seines Parfums, das Marie unwillkürlich tief einatmete. Inge Bauleitner stand mit herabhängenden Armen erschöpft neben ihrer Haushaltshilfe. Ihre umschatteten, müden Augen versuchten dem Treiben zu folgen. Wie Marie sie so beobachtete, hörte sie, wie Inge Bauleitner sich über ihre Eltern beklagte. Angeblich wollten diese nicht, dass sie, Marie, hier das Serviermädchen spielte.

»Jeden Tag ist sie bei uns in den Ferien, isst bei uns, leiht sich die Kleider der Kinder und dann wollen die Eltern nicht einmal, dass sie bei uns ein paar Häppchen serviert. Undankbar, diese Leute«, sagte sie zu sich selbst und nahm sich ein Glas Sekt von der Anrichte, »nichts als Ärger hat man mit ihnen! Jetzt steh ich da mit diesen Bauerntrampeln, die mir die Remmert besorgt hat! Peinlich ist das Ganze! Gerade heute, wo der Landrat und die Krams da sind! Unser Sommerfest ist das! Die fränkische Hautevolee kommt zu uns. Wenn ich an die Aufträge denke, die uns vielleicht durch diese dämlichen Bedienungen verloren gehen, wird mir ganz übel!«

Inge Bauleitner stopfte sich einen Cracker in den Mund und blickte suchend im Garten umher. »Fred«, rief sie, »schaust du mal …«, doch ihre Stimme verebbte, da sie keine Antwort erhielt. Ein untersetzter Glatzkopf trat auf sie zu und reichte ihr die Hand. Sie lächelte und er führte sie auf die Tanzfläche. Immer schneller drehte sie sich. Nur noch das Leuchten ihres Kleides und ein Lächeln, das sie so noch nie auf ihrem Gesicht entdeckt hatte, nahm Marie von ihr wahr.

Sie zog sich zurück. Gemeinsam mit Sabine und Nicole verschanzte sie sich auf dem Küchenbalkon. Von dort aus konnten sie alles beobachten, selbst aber nicht entdeckt werden. Hände und Münder mit Chips und Cola beschäftigt, beobachteten sie die Gäste, wie sie sich begrüßten, tanzten und den Bauch mit Spanferkel und Krautsalat vollschlugen. Sie knüpften ein Körbchen an eine Schnur und ließen es über die Brüstung baumeln, damit die Gäste einen Obulus hineinwürfen. »Wegzoll!«, riefen sie und angelten sich die Beute, die der betrunkene Dorfschullehrer und der fette Bauunternehmer in das Behältnis hineinfallen ließen.

Die beiden Schwestern stapelten gerade die Münzen und zählten sie, als Marie ihre Mutter erspähte. Das Läuten der Kirchturmglocken hatte sie wohl überhört. Die Mutter war aufgebrochen, sie abzuholen. In enger Caprihose, Bluse und Plateau-Sandalen stand sie neben Bauleitner. Marie traute ihren Augen nicht. Bauleitner hatte den Arm um die Taille der Mutter geschlungen. Mit der anderen Hand winkte er einem breitnasigen Kahlkopf zu, der sofort zu ihm herübereilte. Marie erkannte seine Begleiterin. Es war die Brünette aus dem Bierzelt mit der Hibiskusblüte im Haar. Einen Moment lang war Marie abgelenkt, dann sah sie, wie Bauleitners Hand den Rücken der Mutter berührte. Er steckte ihr etwas in die Gesäßtasche. Das Licht war schwach, und Schatten mochten ihr einen Streich spielen, aber Marie war sich sicher. Eine vertraute Geste. Hatte sie nicht auch sein Parfum erkannt? Unruhe flutete ihr die Kehle hoch. Die Mutter! Nicht nur versagte sie ihr den Schutz, nun stand sie auch noch Seite an Seite in seinem Garten. Marie, die Beine zitternd vor Bangigkeit und Wut, stemmte sich gegen das Geländer und schickte sich an, hinunterzurufen, ein Wort, ein einziges Wort, doch versagte ihr die Stimme. Sie ließ die Schwestern, die noch einmal ihre Ausbeute überprüften, auf dem Balkon sitzen und stürmte die Treppe hinunter, hinaus in den Garten. Doch von der Mutter fehlte jede Spur. Auch er war verschwunden, bis sie ihn endlich am Außenkamin entdeckte, mit dem Dicken ins Gespräch vertieft. Sie eilte ohne rechten Plan in seine Richtung, sich vorbeidrängelnd an schwatzenden Frauen und Schweiß und Bier ausdünstenden Männern. »Herr Bauleitner«, rief sie aufgelöst, die Stimme leicht erhoben, »kommen Sie bitte mal mit! Sabine … es ist etwas passiert.«

Die Lüge floss ihr aus dem Mund, leicht und schnell, und sie scherte sich keinen Deut darum, was Inge Bauleitner, die feige, miese Kuh, über sie denken mochte. Höhnisch lächelnd lief sie zurück zum Haus, gefolgt von Bauleitner, der, dem Dicken einen Gruß oder eine Beschwichtigungsgeste zuwerfend, hinter ihr her torkelte. Vor dem Bauernzimmer wandte sie sich kurz um, öffnete, als keiner außer ihm ihr gefolgt war, die Tür und lehnte sich atemlos an die Wand. Er lachte, so laut, dass sie ihm fast die Hand auf den Mund gelegt hätte.

»Was soll das?«, fragte er. »Hältst du es nicht aus ohne mich?« Verärgert klang er nicht, aber seine Stimme war rau, belegt von anschwellendem Verlangen. Er führte seine Hand zwischen ihre Beine. Sie wand sich, drehte den Kopf zur Seite.

»Was hast du mit meiner Mutter gemacht?«

Verwirrt, so schien es ihr, hielt er inne.

»Deine Mutter? Was meinst du?«

Sie schüttelte ihn ab. »Das weißt du ganz genau! Der Zettel! In ihre Tasche hast du ihn gesteckt!«

»Ich weiß überhaupt nicht, wovon du redest!« Seine Stimme klang nun unverkennbar verärgert und gereizt.

»Ich hab euch genau gesehen!«, beharrte sie.

Er lachte hämisch und versuchte, sie erneut zu küssen.

»Deine Mutter«, spöttelte er, »war doch überhaupt nicht hier.« Den Moment der Verwirrung nutzte er, um ihren Kopf nach unten zu drücken. »Deine Mutter«, wiederholte er, »was sollte die hier? Dein Vater hat ihr doch sicher verboten, das Haus zu verlassen.« Mit der freien Hand öffnete er seinen Reißverschluss. »Du wärst so ein süßes Dienstmädchen«, sagte er, während sie ihre Lippen um seinen Penis legte, um ihn davon zu überzeugen, dass er sie brauchte und durch keine andere, auch nicht die Mutter, ersetzen durfte. »Dein Vater, dieser missgünstige Verlierer«, sagte er, und sein erregter Atem wandelte sich in ein mürrisches Grollen.

Nein, diesmal konnte sie ihn nicht befriedigen. Er versuchte sein schlaffes Glied ihrem Mund zu entziehen, doch sie saugte sich mit schierer Verzweiflung an seiner Eichel fest, nahm jetzt auch die Hand zu Hilfe, begann seinen Schaft zu reiben, bis er sie am Schopfe ruckartig nach hinten riss.

»Bist du verrückt!«, rief er. »Ich hab dir doch gesagt, die Zähne haben da nichts zu suchen!« Seine Hand klatschte auf ihr Gesicht. »Reib dein Gesicht! Gleichmäßig rot! Ja, so ist's gut«, sagte er, ruhig, fast flüsternd.

»Fred! Hallo! Ist da jemand?«

Marie hielt auf der Stelle inne, wagte es nicht, zu atmen. Seine Hand lag fest auf ihrem Mund. Was musste er befürchten? Ihr Körper witterte die Gefahr und stellte sich tot, auch ohne seinen Befehl.

»Lass mich in Ruhe, Inge! Wenigstens für einen Moment!«, rief er durch die Tür hindurch.

»Aber, was soll das«, sagte sie mit wankender Stimme, »die Gäste …«

»Die Gäste«, äffte er, »trink nicht so viel! Du bist peinlich. Du und dein Landrat!«

Mit großen Augen blickte Marie über seine Hand hinweg. Er stand hier vor ihr, sein Penis eben noch in ihrem Mund, und machte seiner Frau Vorwürfe. Diesen Widerspruch ertrug er sichtlich ohne Spannung, schaffte es sogar noch, spöttisch auf sie herabzulächeln.

»Geh jetzt«, rief er, »ich komme gleich!«

Marie kam wieder zu sich, japste zwischen seinen Fingern nach Luft, der Kopf gerötet, die Augen weit geöffnet. Er horchte, unaufgeregt, als wüsste er, dass seine Frau sich entfernen würde, ohne auch nur den Versuch zu machen, einzutreten.

»Hoch mit dir!«, forderte er Marie auf und zog sie mit beiden Händen zu sich empor. »Dreh dich um!«

Ihre Beine fühlten sich wächsern an, als schmölzen sie, sobald er seinen erhitzten Körper gegen den ihren drängte, zu einem formlosen Häufchen zusammen. Doch als sie endlich stand, die Brust an die Tür gepresst, mit durchgebogenem Rücken, spürte sie eine Spannung in sich, die sie die Türklinke niederdrücken ließ. Sie nutzte den Moment der Ablenkung, seine Hände waren erneut mit seinem machtlosen Penis beschäftigt, stieß ihn von sich, sodass er taumelnd gegen den Kamin fiel, riss die Tür auf und rannte die Treppe hinunter, vorbei am Bauunternehmer, der sie torkelnd am Rock zu fassen suchte.

»Was fällt dir ein, du ungezogenes Gör!«, hörte sie jemanden rufen und versteckte sich hinter dem Rosenstrauch neben der Haustür.

Bauleitner humpelte an ihr vorbei, rieb sich das Knie. »Diese kleine …«, stammelte er.

Der Dicke stand neben ihm und fasste ihn an den Schultern. »Ja, bist du denn wahnsinnig, Fred!«, sagte er. »Du kannst doch nicht hier im Haus … Die Leut' da unten warten auf dich, und Inge hat dich auch schon gesucht!«

»Das wird sie mir büßen, die kleine Schlampe«, presste Bauleitner zwischen den Lippen hervor und hakte sich bei dem Dicken unter.

»Aber Temperament hat sie, die Kleine! Die würd ich auch gerne Mal aufzäumen, die kleine Stute!«

Bauleitner, nur einen Augenblick schien er verärgert über die Bemerkung, streifte ihn mit einem verschwörerischen Seitenblick. »Das lässt sich machen!«, sagte er und klopfte dem Dicken auf die Schulter.

»Gesucht hab ich dich. Natürlich war ich da. Schließlich hättest du längst zuhause sein sollen. Ich weiß immer noch nicht, wo ihr gesteckt habt. Keiner hat euch gesehen. Dass mir das bloß nicht einreißt. Verspätungen, Rumstreunen, Versteckspielerei. Und dann auch noch bei Bauleitners. Du weißt genau, was dein Vater davon hält.« Die Mutter steckte die aufgequollenen Hände in das heiße Wasser und spülte das Frühstücksgeschirr, das sie Marie zum Abtrocknen reichte.

»Aber er hat gesagt, dass du gar nicht da warst, obwohl ich euch doch gesehen habe«, versuchte Marie ein Geständnis zu provozieren.

»Gesehen! Gesehen! Euch! Ich weiß gar nicht, wovon du sprichst! Ich hab dich nicht gefunden. Jetzt lenk mal nicht ab und mach deine Arbeit! Hausaufgaben hast du auch noch zu erledigen! Habt ihr nicht eine Schularbeit morgen?«

Wie aufgeregt sie spricht, dachte Marie und betrachtete die Mutter prüfend.

»Hack schon mal die Zwiebeln!«

Marie legte das Geschirrtuch weg und ging zur Tür, eine Antwort durfte sie ohnehin nicht erwarten.

»Bleib!«, rief die Mutter. »Soll ich das alles hier alleine machen?«

Marie nahm wortlos das Holzbrett, das die Mutter ihr hinhielt, und begann Zwiebeln zu schneiden.

»Morgen haben wir Hausreinigung. Du wischst den Flur und ich kehre den Hof, zeitig, sonst beschweren sich wieder die Nachbarn.«

Marie nickte wie von selbst, dankbar über die belanglosen Worte, die die Stille füllten. Die Mutter log ganz offensichtlich, und doch wollte es Marie nicht glauben. Ihre Mutter. Nein, ganz sicher nicht! »Mama«, fragte sie, »fahren wir nächsten Winter mal wieder Schlitten?«

Die Mutter schüttelte den Kopf. »Marie, was denkst du jetzt an Schlittenfahren? Du bist doch kein Kind mehr.«

Marie neigte den Kopf, fragte sich, woher sie das wusste.

»Warum spülst du denn die Zwiebeln nicht kalt ab vor dem Schneiden? Lass mich das machen«, sagte sie mürbe und nahm Marie das Messer aus der Hand.

Er saß vor dem Eiscafé, wie immer am Tisch rechts neben dem Eingang. Mit einem Mal war Marie ganz bang zumute. Besser hier als heute Nachmittag allein bei ihm im Büro, sagte sie sich und war fast erleichtert, dass er sie sofort erspähte und an den Tisch rief. Er hatte bereits bezahlt, tauschte ein paar flapsige Worte mit dem Kellner aus. Marie beobachtete ihn, wie er sein Ritual vollzog.

Sie hatte neben ihm im Wagen Platz genommen. Eine Hand bewegte sich auf sie zu, sie zuckte zusammen, unmerklich, wie sie hoffte. Doch wider Erwarten streichelte er mit erstaunlicher Leichtigkeit ihren Arm, flüsterte ihr Worte zu, die fast zärtlich klangen. Mit keiner Silbe erwähnte er die Party. Es schien ihn nicht die geringste Mühe zu kosten, über Vergangenes hinwegzugehen. Ihr Herz hüpfte leicht und schnell, wurde sanft getrieben von seiner Zuwendung, seinem Wohlwollen.

»Weißt du, was wir heute machen?«, fragte er. Sie hob ganz leicht die Schultern, wagte kaum sich zu bewegen, den Arm noch immer unter seinem Arm. »Heute«, lang und gedehnt sprach er es aus und machte eine kleine Pause, »heute führe ich dich aus wie eine Prinzessin!« Er lachte frei heraus und tätschelte ihren Arm. »Ich zeige dir, wie man Fisch isst. Wir gehen heute Schleie essen.«

»Schleie?«, fragte sie, brav das unbekannte Wort wiederholend und zugleich neugierig.

»Karpfenartige«, sagte er, »das Fleisch ist fast so zart wie deins«, und kniff sie dabei in den Oberarm. »Eine Überlebenskünstlerin ist die Schleie. Sauerstoffarmes Wasser ist überhaupt kein Problem für sie. Sie verfällt dann einfach in eine Starre, bis sich die Bedingungen wieder verbessern.«

Er verblüffte sie, wenn er ihr so die Welt erklärte, weltläufig und geduldig sogar. Es bereitete ihm offenbar Vergnügen, ihr spanische Schinkensorten zu beschreiben, die ersten Erdbeeren auf die Zunge zu legen.

»Meine kleine Eliza«, nannte er sie und pfiff fröhlich vor sich hin. Und auf ihren fragenden Blick hin: »Doolittle, meine Kleine. My Fair Lady. Ach«, er seufzte, »es gibt noch viel zu lernen.« Und dann begann er die Geschichte vom Bildhauer Pygmalion zu erzählen, der sich in sein eigenes Werk verliebte.

»Als er Venus anflehte, ihn mit einer Frau von der Schönheit seiner Skulptur zu beschenken, verwandelte sich der leblose Stein in ein Wesen aus Fleisch und Blut.«

Marie hing an seinen Lippen und bat ihn um mehr, mehr Worte, mehr Geschichten. Er streichelte ihr über das Haar und berührte ihre vor Aufregung geröteten Wangen.

»Und wie es sich gehört, gibt es natürlich auch ein Happy End. Sie wurden Mann und Frau und hatten einen Sohn namens Paphos.«

Wie sich ihr Gesicht verdüsterte und Traurigkeit ihre Augen umflorte, bemerkte er nicht. Das Kind oder dieses Etwas, das beinahe ein Kind gewesen wäre, hatte er längst vergessen.

»My Fair Lady …«, hob er erneut an, schrie plötzlich: »Verdammt, du Idiot!«

Der Anhänger eines Traktors war genau in dem Moment zur Seite ausgeschert, als er zum Überholmanöver ansetzte.

»My Fair Lady also, da war es ein Blumenmädchen, ihr musste Dr. Doolittle erst einmal das Sprechen beibringen. Es war ein Kind, das er formen konnte, wie es ihm gefiel.«

Marie ließ seine Worte in sich hineinfallen, stellte sich vor, sie wäre dieses Mädchen. Sie spürte, wie die Angst von ihr glitt, ihre Wahrnehmung sich veränderte, loslöste von der Bedrückung, die sie in sich trug. Auf dem glänzenden Asphalt hüpften fröhliche Schatten. Am Himmel tanzten violette Wolken, die der Wind wie im Spiel vor sich hertrieb. Der Duft von frisch gemähten Sommerwiesen, Ackerveilchen, weich und süß, strich über sie hinweg, als sie die Hand ausstreckte, um ihn einzufangen, festzuhalten.

»Siehst du, deshalb fahren wir jetzt ins Fischrestaurant, damit du eine ganz feine Dame wirst, die man mit zum Sommerball führen kann, weil sie sich zu benehmen weiß.«

Sie sah sich schon, einen weißen Handschuh auf seinem Arm, elfengleich neben ihm wie im Traume wandelnd. Krieg und Frieden. Audrey Hepburn im seidenen Empire-Kleid. Wie im Film.

Schneller, als sie es wünschte, waren sie angekommen im Fischrestaurant und saßen da wie zwei, die irgendwie zusammengehörten. Sie nippte am Glas. Das Wasser perlte auf ihrer Zunge. Es dauerte nicht lange, und schon stand der mit geschmolzener Butter beträufelte und mit frisch gehackter Petersilie bestreute Fisch vor ihnen. Geduldig erklärte er ihr, wie man das Besteck richtig hielt, den Fisch filetierte und die Filets, ohne dass sie zerfielen, auf dem Teller anrichtete. Aufmerksam, gebannt von Geschick und Sorgfalt, schaute Marie ihm zu, versuchte ihm nachzueifern, freute sich über ein Lob und den flüchtigen Kuss, den er ihr auf den Scheitel drückte.

»Und jetzt das Beste«, sagte er und setzte vorsichtig das Fischmesser an, »die Backen!« Er legte ein glänzendes Stückchen auf einen Löffel und wies Marie an, die Augen zu schließen. Ein wenig ölig fühlte es sich an auf ihrer Zunge, der Geschmack wurde durch seine Worte übertüncht, die ihr süßen Samt in den Mund legten.

Als sie von der Toilette zurückkam, beschwingt und froh über den geglückten Ausflug, blieb sie wie festgewurzelt stehen. Am Tisch saß der Dicke von der Party. Mit einem Male hatte sie den miserablen Abend wieder im Gedächtnis. Am liebsten hätte sie sich umgewandt, auf der Toilette versteckt, bis er, so hoffte sie, wieder verschwunden wäre, doch Bauleitner hatte sie schon entdeckt.

»Wen haben wir denn da? Die kleine Marie!«, sagte der Dicke, die Stimme gedehnt und widerlich.

Verlegen gab sie ihm die Hand und setzte sich.

»Hat dich der Fred mal ausgeführt?«, fragte er und tätschelte ihr die Wange, als wäre es die natürlichste Sache der Welt. Wie Bauleitner darauf reagierte, war ihm offenbar egal. »Magst du vielleicht noch ein Eis? Vanilleeis mit heißen Himbeeren? Das schmeckt dir doch sicher!«

Bauleitner nickte. Also stimmte sie zu.

Das Eis war süß, die Himbeeren schmeckten fast wie aus dem Garten. Sie löffelte den Becher aus bis auf den Grund. Bauleitner und der Dicke sprachen über ein Bauprojekt, einen Kindergarten.

Einmal berührte eine Hand sie am Knie. Von rechts oder von links, das wusste sie nicht. Angespannt zog sie die Schultern hoch. Das Gesicht über dem Becher, lauschte sie auf das Kratzen des Löffels und konzentrierte sich auf die heißkalte Masse, die in ihrem Mund zu einem lauen Brei zusammenfloss.

»Warum trefft ihr euch nicht ohne mich? Kannst du mich nicht vorher nach Hause fahren?«, flehte sie ihn an.

Es war zu spät. Sie konnte ihn nicht umstimmen. Eine halbe Stunde später saßen sie zu dritt in Bauleitners Wochenendhaus.

»Willst du einen Whiskey?«, fragte Bauleitner.

»Schau dir das an!«, sagte der Dicke. »Der PLAYBOY! Die kenn ich ja gar nicht, die Ausgabe! Eine Schulmädchen-Geschichte!«

Er blätterte in dem Heft, den Zeigefinger bei jeder Seite mit Speichel befeuchtend, bis er auf den angekündigten

Artikel stieß. Marie lehnte sich ängstlich an die Tür und kaute an ihren Nägeln.

»Setz dich!«, forderte er Marie auf, die Hand auf seinem Hosenschlitz.

Bauleitner mied den Blickkontakt, so schien es ihr, und schubste Marie, nicht heftig, aber doch bestimmt, aufs Sofa. Die beiden Männer saßen neben ihr, dicht gedrängt an ihre Beine, die Marie instinktiv fest zusammenpresste. Der whiskeygeschwängerte Atem des Dicken vermengte sich mit Bauleitners Geruch, der, so vertraut er war, eine neue Bedrohung für sie darstellte. Bewegungslos wie eine Schleie. Nein, sie musste fortspringen. Weg von hier!

Bauleitner und der Dicke griffen sich ein Bein, zerrten sie zurück aufs Sofa. Sie schrie, wusste selbst nicht, wie der Schrei so unvorsichtig aus ihrer Kehle dringen konnte. Der Dicke, erschrocken, rückte ab von ihr, während Bauleitner Marie die Hand auf den Mund legte.

»Alles wird gut! Nichts wird dir passieren! Ich pass auf dich auf! Ich beschütze dich!«, raunte er ihr ins Ohr, und sie wusste, dass er sich selbst hohnsprach.

## 8

Sie spürte seinen Blick im Rücken, als sie den Marktplatz überquerte. Sicher verbarg er sich hinter dem Vorhang wie immer. Marie zwang sich seiner unerbittlichen Erwartung, seinem Lockruf zu widerstehen. Sie schlich sich um den Marktbrunnen herum, kaufte das Brot beim anderen Bäcker, der sich außerhalb seiner Sichtweite befand. Sie rebellierte, wagte es, sich ihm zu widersetzen, und doch schmerzte sie seine Abwesenheit, quälte sie der Entzug. Wenn sie es schaffte, ohne den Blick nach oben schweifen zu lassen, wieder zuhause anzukommen, fühlte sie eine diebische Freude. Ihr Herz klopfte freudig, erlöst von der Anspannung, sie empfand Genugtuung. Wie sehr er sich wohl nach ihr sehnte? Saß er nun da an seinem Schreibtisch und zerbrach vor Wut einen Stift, schleuderte Ordner auf den Boden oder brüllte seine Sekretärin wegen einer Belanglosigkeit an? Trieb ihre Verweigerung ihm vielleicht sogar Tränen, bittere, salzige Tränen, ins Auge? Der Gedanke an sein Leid, seine Trauer, sein Sich-Verzehren nach ihr, gefiel ihr. Sie leckte sich den Puderzucker des Krapfens von den Lippen und lehnte sich mit geschlossenen Augen im Wohnzimmersessel zurück.

Doch sobald sich Dunkelheit auf sie herabsenkte, tauchten sie erneut auf, Hände, Münder, Rauchschwaden, die sie gefangen nahmen, an der Flucht hinderten, bis sie, vornübergebeugt, einen Schwall Vanilleeis mit Schleie über das Hosenbein des Dicken ergoss. Oder hatte es sich anders zugetragen? Hatte er auf ihr gelegen, seinen massigen Leib auf ihren Bauch gewälzt, ihre Brust, die, zwischen Bauleitners Beine gezwängt, zur Bewegungsunfähigkeit verdammt war? Mit zusammengekniffenen Augen versuchte sich Marie zu erinnern, wie sich alles zugetragen hatte. Milchstraße. Universum. Sterne und Gedankenfetzen, die vorbeizogen in Lichtgeschwindigkeit, ungreifbar. Die Bilder verglommen, verblassten, als ob Ewigkeiten vergangen wären. »Kauf ihr doch mal ein kurzes Röckchen! In Japan ist das ganz normal! Zöpfe, Kniestrümpfe …« Der Dicke hatte das Gesicht abgewandt, ertrug er sein eigenes Spiel nicht? Die Augen verdreht, den Hals nach hinten gestreckt, als wollte sie hinauswachsen über ihre eigene Wirbelsäule, um nur einen Blick von Bauleitner zu erhaschen, so sah sie sich in der Erinnerung. Die Hände, seine Hände, kalt und regungslos auf ihrem klagenden Puls. Erbrochenes, der Mund still, gelähmt vor Enttäuschung und Angst, zitternd vor Wut. Rosa Fischeis.

Ein Schrei. Jetzt erinnerte sie sich genau, sie hatte es gewagt, zu schreien, oder brachen die Laute ohne ihren Willen aus ihr hervor? Kein Entschluss, nur Geschehen, reflexartig, Haselnüsse, die ihr die Zunge, die Lippen anschwellen ließen. Aufgebracht, erzürnt, mit flammendem Gesicht zurrte er den Gürtel fest. Bauleitners Finger noch fester auf ihrem Mund, aus dem das Blut entwich. »Bleib! Sie gewöhnt sich schon noch daran! Das gefällt dir doch! Ein bisschen Widerwillen macht Spaß! Schau's dir an, das Kätzchen!«, sagte er, erregt und bang zugleich. Doch der Dicke ging, die Tür hinter sich zuschlagend, ließ sie allein mit seinem Grimm. Vielleicht war aber auch sie es, die floh. Biss sie ihn nicht, spuckte sie ihm nicht ins Gesicht und rannte den Feldweg entlang hinein ins Dorf, Bauleitner mit dem Wagen ihr hinterher? Fuhren sie nicht schweigend und hielt er, obwohl erzürnt und auch enttäuscht, nicht ihre Hand für einen Augenblick? Gehörten sie nicht einander, forschten sie nicht beide nun nach dem Geschehenen, dem Ablauf der Dinge, die sie vielleicht sogar nur geträumt? Saß er nicht gerade jetzt auf seinem Stuhl, das Gesicht in den Händen verborgen vor Scham, dass er auch nur eine Sekunde lang daran gedacht hatte, sie zu verschachern wie ein Stück Vieh? Buße. Er musste Reue verspüren, wenn er dieses Wort, das ihr alles bedeutete, nur ein einziges Mal für Wahrheit gehalten hatte. Hineingestolpert war er in die Falle, die der Dicke ihm gestellt hatte. Wenn er es sich mit ihm verscherzte, würde er vielleicht in den Ruin steuern und auch der Vater verdiente dann kein Zubrot mehr. War sie nicht verpflichtet ihm zu helfen, wo er doch alles ihr zum Wohle tat? War es nicht tatsächlich so wie in diesen alten Filmen, wo sich erst am Ende alles zum Guten wandte und die Heldin anfangs unsägliche, qualvolle Prüfungen durchstehen musste, bevor sich alle der Zweifel zerstreute? Sie war seine Heldin, die tapfer seinen Kampf begleitete, für das Gute focht, auch wenn sie seinen Plan noch nicht, es war doch alles nur eine Frage der Zeit, durchschauen konnte. Marie schüttelte den Kopf, so heftig, dass die Lippen vibrierten. »Nein«, rief sie laut, erschrocken von der Vehemenz der eigenen Stimme, »so war es nicht! So ist es nicht«, knüllte die Papiertüte zusammen und warf sie in den Mülleimer. Sie klappte den Deckel zu, als gelänge es ihr dadurch, sich auch ihrer Bedenken zu entledigen.

Des Morgens, wenn sie zum Marktplatz ging und auf den Schulbus wartete, fühlte sie sich sicher. Er schlief noch, konnte ihr nicht auflauern, um sie an seiner unsichtbaren Leine hineinzuziehen in sein Gefängnis. Sie schüttelte die lähmende Bangigkeit, die sie in den ersten Tagen nach dem Vorfall mit dem Dicken befallen hatte, ab und fuhr zur Schule. Ihre Schritte wurden beschwingter, die Beine bewegten sich fast im Gleichklang mit denen der Freundinnen, die sie nachahmte in ihrem Lachen, ihrer Heiterkeit, und doch fühlte sie sich fremd in deren Mitte. Wenn sie zu lange zögerte, das Lachen nicht von selbst aus ihrem Mund perlte, zogen sich die Mädchen zurück, entfernten sich, als wäre sie ein fremdartiges Tier, dem man misstrauen musste. Ein erster Kuss? Verletzlichkeit und Zartheit. Kuss, Penis, Stoß, Tod. Händchenhalten? Es war, als sähe Marie einen Film, ein Bild, das unklar auf der Leinwand flackerte. Mehr und mehr begann sie sich von den Kameradinnen zu isolieren, richtete ihr ganzes Augenmerk auf die Schule.

Der Gedanke an Stillstand, an ein jähes Ende, übte eine eigenartige Faszination auf sie aus, wenn sein dunkler Schatten, so sehr sie ihm auch zu entkommen suchte, sich wieder über sie zu spannen drohte. Sie stellte sich vor, dass sie erstarrt, Lilienarme auf dem weißen Laken, im Schein der Kerzen läge. Tränen vergössen sie, die Mutter, der Vater und auch er. An ihrem Totenlager stünden sie, auf jeder Stirn prangte ein einziges Wort: »Schuld«.

Schuld und Sühne. Raskolnikoff. Gleich nach Anna Karenina hatte ihr der Vater das Buch in die Hand gedrückt. Wenigstens fand der Mörder Liebe und Glück nach verbüßter Strafe, Anna Karenina hingegen musste sterben. Liebe bezahlte man mit dem Tod, das hatte sie gelernt. Wie war es aber mit falscher Liebe, ihrem Trugbild? Ist der Tod dann auch nicht wahr? Vielleicht war überhaupt alles nur erfunden und sie spielte bloß eine Rolle in einem Film. Vielleicht war sie längst tot, saß jetzt, der Geist dem Körper schon entwichen, an diesem Bett, auf dem sie ihre Hülle zurückgelassen hatte. Wer aber hatte Schuld und wer hatte sie geliebt? Die Tränen auf seinem Gesicht glänzten übertrieben hell, Glyzerin, geträufelt auf die Wangen. Selbst das Schluchzen klang künstlich produziert wie in einem Hörspiel, Sturm und Wind, eine Hand, die in einer Schüssel mit Wasser plätschert. Anschließend gingen sie dann zum Leichenschmaus, äßen süße Krapfen und tränken Likör, lägen sich tröstend in den Armen. Er und ihre Mutter.

»Mann, diese blöde Fahrerei!«, hörte Marie eine Stimme. Den beruhigenden Todesfantasien entrissen, drehte sie sich um und beäugte das Mädchen misstrauisch. Das Gesicht, breit, mit slawischen Wangenknochen und eisblauen Augen, kam ihr bekannt vor.

»Weißt du eigentlich, dass ich heute in eure Klasse komme?«, fragte das Mädchen und drängte sich an Marie, die unwillkürlich den Schritt beschleunigte. »Ich hab gehört«, sagte die Blonde, sie hastig einholend, »eure Klasse ist stinklangweilig. Lauter Streber, Babys ... von nichts 'ne Ahnung!«

»Du kennst uns doch gar nicht«, empörte sich Marie, sie mit einem feindselig-neugierigen Seitenblick streifend, »und wir dich auch nicht!«

»Anna heiß ich. Du kennst mich doch vom Metzger ...«

Marie erinnerte sich nun an den Schlachter, wie er den gekachelten Raum mit einem Schlauch abspritzte, und an ein blondes Mädchen, das im Türrahmen stand.

»Willst du einen Kaugummi?«, fragte Anna und kramte in ihrer Jutetasche.

Marie schüttelte den Kopf.

Anna zuckte mit den Schultern und hakte sich bei ihr unter. »Vielleicht kannst du mir ja in Mathe helfen«, sagte sie. »Kannst ja mal vorbeikommen bei uns.«

Am Nachmittag saßen sie in Annas Zimmer, einem riesigen Raum unter dem Dach des Metzgerhauses.

»Na klar ist der jetzt mit meiner Mutter zusammen. Streitereien, Scheidung, alles, was dazu gehört. Dafür gibt's jetzt Rinderfilet und Steak Tartar«, sagte Anna und und rieb sich lachend den Bauch. Sie war anders als die anderen Mädchen in der Schule, schien vor niemandem Angst zu haben, machte sich lustig über ihren Stiefvater, die dummen Jungen in der Klasse. Eine selbst gefärbte Windel um den Hals drapiert, spielte sie auf der Gitarre *Blowin' in the wind*.

»Kennst du Bob Dylan?«, fragte Anna. Vorsichtig legte sie die Nadel auf die Rille der Schallplatte. Sie redete über ihre Lieblingssongs, Bob Marley und Bands, von denen Marie noch nie gehört hatte. »Weißt du, manchmal helfe ich ihm. Dann fahre ich mit dem Fahrrad Lieferungen aus oder putze die Schlachtbank. Dafür gibt er mir dann Geld und ich kann mir Schallplatten kaufen.« Sie stand auf und zeigte Marie ihre Sammlung, die sie in lila Plastikschubern im Schrank verstaut hatte.

Den ganzen Nachmittag in Annas Zimmer und hörten Musik. Erst als der Hunger sie packte, gingen sie hinunter in den Laden.

Der Metzger, blondes, strähniges Haar, ein massiger Hals, der dunkelrot in einen breiten Körper floss, griff nach zwei Würstchen und hielt sie ihnen hin. »Damit ihr ordentlich was auf die Rippen bekommt!«, sagte er und zwinkerte ihnen zu.

Sie schnappten sich die Würstchen und wollten hinaus in den Garten.

»Wartet mal«, rief der Metzger ihnen hinterher, »wollt ihr sehen, wie man die macht?«

Anna zog Marie am Ärmel. »Komm«, flüsterte sie, »ich kenn das schon.«

Marie jedoch nickte, bemüht, nicht unhöflich zu sein.

»Ich muss sowieso noch in den Schlachtraum und ein paar Steaks einschweißen.«

Anna grummelte, Marie nahm ihre Hand, und sie folgten gemeinsam dem Stiefvater.

„Saugdüse nach Venturi-Prinzip!«, erklärte er und packte mit seinen fleischigen Händen die Steaks unter die Plastikfolie. Zischend saugte er die Luft zwischen seine ausgetrockneten Lippen und schloss den Deckel eines silbernen Geräts. Er drückte einen Knopf und die Luft wurde aus dem Beutel gesogen. Große Wellen bildeten sich, gefolgt von feinen Erhebungen, bis sich sich die Plastikfolie nahezu ebenmäßig über das blutige Fleisch spannte. Er strich sich mit den fettglänzenden Fingern durch das Haar. Wieder begann er die Luft abzusaugen, um endlich ein dunkelrotes Fleischstück in seinen Händen zu halten.

Der Geruch nach Fett und Blut, so abstoßend er war, hielt Marie gefangen. Der Metzger mit seinem Bart erinnerte sie an Rübezahl. *In der Halle des Bergkönigs*, ein Lied auf der Märchenkassette, klang in ihr auf. Der Metzger legte das Fleisch auf die Edelstahlablage und rieb sich die Hände an der gummierten Schürze ab. Ein Junge spritzte mit einem Schlauch den gekachelten Boden ab. Darmfetzen, Innereien, Fleischbrocken trieb er mit der Wasserdüse in eine Ecke, bis nichts zurückblieb als ein blanker Wasserspiegel auf nacktem Grund.

Maries Blick, irritiert von der plötzlichen Reinheit, schweifte hinüber zu einer Bank aus Edelstahl. Auf dem Boden lag eine blaue Plastikschüssel. Im trüben Wasser, dem ein süßlicher Duft entströmte, schwammen Säckchen. Ballons? Neugierig, fragte sie, ob sie den träge dahintreibenden Inhalt anfassen dürfe. Der Metzger bejahte, blickte sie lauernd an. Sie bückte sich und tauchte, auf dem dampfenden Boden kniend, die Hände in die milchige Flüssigkeit.

»Was ist das?«, fragte sie, ein leichter Schauder lief ihr über den Rücken, und ließ die glitschigen Schläuche über ihre Hände gleiten.

»Das ist geschleimter Schweinedünndarm. Für Wiener.«

Erschrocken zog sie die Hände aus der Schüssel, die Sandalen vom Schleim bespritzt. Der Metzger, seine Hände wie Pranken, braune Streifen unter den verfärbten Nägeln, warf ihr ein Tuch zu. Lachend rührte er in einem Kessel mit brodelnder Metzelsuppe, geplatzten Blut- und Leberwürsten. Marie, von Übelkeit gepackt, rannte an Anna vorbei zur Tür hinaus.

»Wenn du wüsstest!«, seufzte Anna.

»Was meinst du?«, fragte Marie, als sie in Annas Zimmer saßen und sich mit Barclay James Harvest den lähmenden Schrecken aus den Gliedern trieben.

»Du musst mir versprechen, dass du es niemandem erzählst!«

»Hoch und heilig!«, flüsterte Marie und streckte ihr die Hand entgegen.

Anna nahm fast schüchtern ihre Hand, atmete tief durch und hob mit leiser Stimme an zu sprechen: »Er ist ein mieses Arschloch, weißt du! Gestern hat er einfach die

Badezimmertür aufgerissen und mich gefragt, ob er mir helfen kann, den Tampon einzuführen!«

Marie biss sich auf die Lippen.

»Was ist? Kann ich nicht darüber reden mit dir?«

Marie schüttelte den Kopf.

Anna, sichtlich irritiert von dieser Reaktion, sah einen Moment lang leer vor sich hin, folgte schließlich dem Bedürfnis, der Freundin alles zu erzählen.

Marie schwieg. Gedanken galoppierten über sie hinweg, wild und undiszipliniert. Was sollte sie der Freundin raten? Sprich mit deiner Mutter! Stoß ihn weg, wenn er es auch nur ein einziges Mal wagen sollte, dich anzufassen! Wie kann er nur! Empörung loderte in ihr auf, als müsste sie das Unsagbare, Unerhörte bekämpfen mit einem Gefühl, das sie für sich selbst und ihr Leben nicht zu spüren vermochte.

»Ich helfe dir!«, rief Marie mit fester Stimme, überzeugt von ihrer Kraft und ihrem unbedingten Tatwillen. »Wir machen ihn fertig!«

Anna blickte sie erstaunt an.

Warum reagierte sie sie so harsch? Vielleicht war gar nichts passiert. Vielleicht hatte er sie gar nicht berührt, und überhaupt: Wollte Anna sich einfach nur wichtigmachen, ein Geheimnis um sich weben? War es nicht aufregend, ein solches Erlebnis zu erzählen, ob es nun stimmte oder nicht? Marie bewunderte sie schließlich. Anna hörte Schallplatten, ging ins Kino und paffte Zigaretten mit den Jungs auf dem Bolzplatz. Marie stand da mit zitternden Lippen, das Herz schien ihr aus der Brust zu springen. Sie sprach unzusammenhängend, wirr. Gespenstisch musste sie wirken auf Anna.

Anna schwieg, wandte sich von ihr ab, kramte in ihrer Plattensammlung. Marie machte einen Schritt auf sie zu, stand hinter ihr, leicht über sie gebeugt. Als fühlte sie sich bedrängt, stand Anna auf, nahm ihre Gitarre. Den Kopf zur Seite geneigt stimmte sie die ersten Akkorde an. Ihr Summen war so beruhigend, dass auch Maries Anspannung nachzulassen begann.

»There is a house …«

Marie setzte sich neben sie, still, mit jedem Tone mehr besänftigt.

»… they call the Rising Sun. It's been the ruin of many a poor girl, And me, Oh God, I'm one.«

Mit geschlossenen Augen sangen sie und wiegten sich im Takt der Musik, unbeschwert, ganz dem Spiel ergeben. Beim letzten Ton ließ Anna den Kopf auf die Brust sinken und blickte sich Applaus heischend um. Mit einem Male war alles in Vergessenheit geraten. Der Metzger, Bauleitner, stinkende Wurstbrühe und Eingeweide auf verschmierten Kacheln waren wie weggewischt aus ihrem Gedächtnis. Marie applaudierte, um mit lautem Klatschen noch die letzten spukenden Gespenster zu verscheuchen. Anna riss den Arm der Freundin hoch und sang mit einer Heiterkeit, die ihr nicht schwerzufallen schien: »We are the Champions, no time for losers …« Marie, froh über den Sinneswandel, mitgerissen von Annas Begeisterung, stimmte ein, sang laut und befreit den Refrain, bis sie sich lachend in den Armen hielten.

»Weißt du eigentlich, was Rising Sun bedeutet?«, fragte Anna.

Marie schüttelte den Kopf, zog, erhitzt, den Pullover aus.

»Das ist ein Puff! Ein Bordell! Da verkaufen sich Frauen!«, Anna blickte Marie tief in die Augen und zog einen Karton unter ihrem Bett hervor. Wortlos, aber sichtlich erregt, zeigte sie Marie zwei vergilbte, zerknitterte Postkarten. Neugierig blickte Marie auf die Bilder. Eine Frau in Pumphosen mit Schleier und ins schwarze Haar gewundenen Tuch, die Brüste schneeweiß.

»Das ist eine Sklavin«, flüsterte Anna. »Sklavinnen müssen alles tun, was der Sultan wollte. Und ich sage dir: *Alles*.«

Die zweite Karte, eine japanische Zeichnung, auf der sich ein riesiger Tintenfisch an einer Frau festsaugte, löste eine unbestimmte Erregung in Marie aus. Die Glubschaugen des Kraken fixierten die Frau, lange, gewundene Arme umschlangen den Körper. Ein Schauer lief Marie über den Rücken. Sie stellte sich vor, wie sich die Saugknöpfe des Oktopusses an ihren Armen und Beinen festsaugten. Ein Krakenarm wickelte sich um den Hals und schnürte ihr die Luft ab. Tiefrote, bläulich geäderte Flecken bildeten sich auf ihren Gliedmaßen.

Annas Drängen, mit ihr ins Freie zu gehen, riss Marie aus den Gedanken. Hand in Hand rannten sie hinaus. Die ersten Tropfen fielen auf die Straße. Der Geruch von dampfendem Teer. Und ehe sie sich's versahen, hüpften sie barfuß im Sommerregen, drehten sich im Kreise, sangen, wälzten sich auf dem nassen, dampfenden Asphalt. Lauwarmes Regenwasser umspülte ihren Körper, die Tropfen im Takt von Annas Lied: »I don't need sunshine. I'm singin' in the rain …«

Der Schrei des Metzgers, die quietschenden Reifen hatten sie beide nicht gehört, schreckte sie auf. »Seid ihr närrisch?«, rief er erbost, stürzte auf die Straße und zerrte sie beide, nass bis auf die Haut von der Straße.

Wenn Marie die Augen schloss und sich zu erinnern versuchte, verebbte die Zeit zu einem dünnen Rinnsal.

Selbstquälerisch heftete sie Zahlen an Ereignisse, die verlöschten, ordnete Geschehnisse, die verblassten, als wären sie Teil eines anderen, längst gelebten Lebens. Die Erinnerung an Bauleitners Gesicht verblich, sein Körper wurde zu einem Schattenbild, unwirklich, vergangen. Dem Zwang, an seinem Büro vorbeizugehen, den Blick auf den Vorhang zu richten, widerstand sie immer öfter. Manchmal rief sie sogar selbst den Gedanken herbei, nur um sich daran zu ergötzen, wie unempfänglich sie für sein Sehnen war, seinem Mahnen trotzte, das sie spürte, weniger nun, aber doch gegenwärtig. Wie viel Zeit mochte wohl vergangen sein? Tage, Wochen, bereits ein Monat? »Rufst du Sabine und Nicole gar nicht mehr an?«, fragte der Vater. Die Mutter, auf dem Marktplatz habe sie ihn getroffen, richtete ihr eine Nachricht von ihm aus: »Geh doch mal vorbei, Briefe beschriften, Geld verdienen.« Marie begegnete ihr mit Schweigen. Den Vater lenkte sie mit neugierigen Fragen von Bauleitner ab. Bauleitner gab ihm immer weniger Aufträge. Nun saß er da, beschäftigt mit der Beratung von Asylbewerbern. Marie war erstaunt, dass er ihr keinen Vorwurf machte, die Schuld nicht bei ihr suchte. Manchmal hatte sie sogar das Gefühl, dass er froh darüber war, dass die Besprechungen ein Ende hatten.

»Welche Anträge füllst du eigentlich aus?«, fragte Marie. »Darf ich mal dabei sein? Woher kommen sie eigentlich?« Sie versuchte dem Vater ein Lächeln abzuringen, das Gefühl wiederzufinden, das sie als Kind miteinander verbunden hatte. Sie erinnerte sich schmerzhaft an den Ausflug in den Kuckuckswald, als er sie fotografierte, von den Assyrern, Echnaton und russischen Rebellen erzählte.

»Das sind Boatpeople, Vietnamesen«, sagte der Vater, »vor dem Vietcong sind sie geflohen, vor Umerziehungslagern, in denen ihre feindselige Gesinnung ausgerottet werden sollte.«

Marie lauschte aufmerksam, dachte an Solschenizyn und die sowjetischen Lager, von denen ihr der Vater erzählt hatte.

»Und dann landen sie hier«, sagte der Vater, verächtlich schnaubend, »in diesem verdammten Heddesheim, diesem fränkischen Dorf mit seinen Pfaffen und verlogenen Pharisäern!« Er nahm ein Formular vom Stapel und strich eine Zeile durch. »Aber wenn's um Geld geht«, sagte er, »dann sind sie da und reißen ihren gierigen Rachen auf! Schau sie doch an! Im Laden gibt's jetzt schon Glasnudeln und der Pfarrer kassiert sie auch schon ein, damit er ein paar Mark mehr in den Klingelbeutel bekommt!«

Marie saß mit aufgerissenen Augen da, erstaunt über die Rage, in die sich der Vater hineinsteigerte.

»Was schaust du so ungläubig, das heißt noch lange nicht, dass ich den Kommunismus verrate!«

Marie hoffte, dass er sich nicht abwandte, beleidigt in sein Zimmer zurückzog, weil sie ihn nicht, weil niemand ihn verstand. Sie schlug ihm vor, sie könne doch mit Anna den Asylbewerbern die Formulare bringen.

Der Vater, ein Lächeln auf den Lippen, drehte sich zu ihr: »Gute Idee! Macht das doch gleich heute!«

Am Nachmittag saß sie mit Anna im Wohnzimmer einer vietnamesischen Familie. Han und Hao, die beiden jüngeren Söhne, erzählten von ihrer Flucht wie von einem Film, einem Abenteuerroman. Marie kostete Nudeln mit Sojasauce und Rindfleisch und hörte ihnen gebannt zu. Hong, der älteste der Söhne, saß im Rollstuhl. Marie bemerkte ihn erst, als er eine Kassette in den Recorder legte.

»Bee-Gees«, sagte er und sang, »Oh, you're a holiday, such a holiday …«

Marie widerholte den Refrain und irgendwann fühlten sie sich wie im Lied, weit entfernt, entrückt von der dörflichen Enge.

»Er langweilt mich«, stöhnte Anna, »seine Küsse sind widerlich, nasse Schläge einer Hundezunge, und außerdem überwacht Hong jeden Schritt seiner Brüder! Pass bloß auf, Marie! Ich hab doch gesehen, wie Han dich anschaut! Wenn Hong das erfährt, ist die Geschichte ganz schnell vorbei!«

Marie schüttelte den Kopf. »Spinnst du! Ich hab doch gar nichts gemacht.«

»Tu mal nicht so unschuldig! Ich weiß genau, was los ist!« Anna lachte.

Marie versuchte sich zu erinnern. War es Flaschendrehen oder eine Wette? Anna hatte die ganze Geschichte befeuert. Sie hatte Hao in eine Kabine des Dorfschwimmbads gezogen, als alle bereits gegangen waren und nur noch Marie da war. »Ich küss ihn jetzt«, hatte sie gesagt, »mal schauen, wie das schmeckt!«, und war zurückgekommen mit geröteten Wangen und zerzaustem Haar. »Probier das doch auch mal!«, hatte sie Marie aufgefordert, »siehst du nicht, wie Han dich immer anschaut!«

Anna trug sich Lipgloss auf. Dachte sie jetzt an den Kuss, den Marie durch die Holzplanken der Umkleidekabinen hindurch heimlich beobachtet hatte? Marie hatte ihn gespürt, Annas heftigen Atem, Haos Hände im blonden Haar. Bauleitner hatte sie, abgesehen von dem ersten Kuss, nie geküsst. Hatte er ihr nicht einmal gesagt, Nutten küsse man nicht, als er ihr von seiner Nacht an der Nürnberger Mauer erzählt hatte? Was war sie dann für ihn? Und Anna? War es verboten, was sie tat? Es war doch nur ein Kuss.

»Komm, lass uns rübergehen zu Vang«, sagte Anna. Sie stand auf und zog Marie am Ärmel. »Vang kennst du noch gar nicht. Er kommt aus Laos. Das ist ein aufregender Typ, sag ich dir! Der hat sogar Opium probiert und die Pocken überlebt. Ein richtiger Spion ist der! Vor den Kommunisten ist er geflohen und hat sich dann bei den Amerikanern versteckt. Als er mir das gestern erzählt hat, ist mir ein eiskalter Schauer über den Rücken gelaufen! Gegen Vang sind die anderen«, sie schnaubte verächtlich, »Kinder!« Anna zögerte einen Moment. »Was hältst du davon, wenn wir Han mitnehmen?«

Marie strich sich die Haare aus der Stirn und rieb ihr Ohr. »Ich weiß nicht so recht«, antwortete sie.

»Ach, komm, hab dich nicht so!«, sagte Anna und klingelte an Hans Haustür.

Eine halbe Stunde später saßen sie zu viert in Vangs Zimmer. Marie kauerte auf einer auf dem Boden liegenden Matratze neben Han. Anna lag auf einer zweiten Matratze neben Vang. Durch den Batikvorhang, ein Stück Stoff, das Vang mit Reißnägeln am Fenster befestigt hatte, schien eine müde Abendsonne.

Marie Blick wanderte Annas Hüfte, das Bein entlang, auf dem Vangs Hand lag. Die rot verhängte Glühbirne, die von der Decke herabbaumelte, warf ein unwirkliches Licht auf Anna und Vang, die sich zu küssen begannen. Marie beobachtete jede Bewegung, lauschte jedem Atemzug, glaubte die wie Katzenpfoten über Annas Körper streichenden Finger Vangs auf ihrer eigenen Haut zu spüren. Ihre Ahnung trog nicht. Marie spürte ein Kribbeln im Bauch, als Hans Lippen ihren Hals berührten, die Härchen auf ihrem Rücken regten sich seinem Kuss entgegen. Hans Hand begann Maries Hüften entlangzustreichen, schlich zu ihren Brüsten, versuchte den Verschluss des Büstenhalters zu öffnen, während Vong, die Hüften ruckartig bewegend, Annas Beine an sich zog.

»Wehe, du sagst auch nur einen einzigen Ton!«, drohte Anna, »das darf kein Mensch erfahren! Hörst du?«

Nervös zog sie an ihrem Reißverschluss. Sie standen im Treppenhaus, den Rücken an die Tür gelehnt. Marie schüttelte stumm den Kopf, erschrocken über Annas Tonfall. Sie stürmten aus der Wohnung, vorbei an einem Schatten, der sie zu verfolgen schien.

»Du spinnst! Niemand hat uns gesehen!«, rief Anna und drängte Marie hinter die Hecke. »Verdammt! Hilf mir doch mal! Ich krieg den blöden Reißverschluss nicht zu!«

Marie bewegte den Reißverschluss nervös auf und ab, bis er sich wieder schließen ließ. »Hast du eigentlich keine Angst, dass Hao das erfährt? Han wird es seinem Bruder doch bestimmt erzählen.«

Anna, der Gedanke an Hao schien sie nicht im Geringsten zu beunruhigen, fegte die Bemerkung mit einer gelangweilten Handbewegung weg. »Mir doch egal! Wir sehen uns morgen! Tschüss, Marie«, sagte sie und lief, etwas schneller vielleicht als gewöhnlich, den Siedlungsberg hinab nach Hause.

Am nächsten Tag nach der Schule passte Hao Marie an der Bushaltestelle ab. In brüchigem Deutsch, die Augen gerötet, fragte er sie, ob es stimme, was Han ihm erzählt habe, Anna mit Vang, die Stimme stockte ihm. Marie, verlegen sich windend, strich ihm über das Haar. Es fühlte sich weich und glatt an. Haos Atem roch nach Maronen, frisch gerösteten, aus dem Feuer gezogenen Maronen.

»Es ist doch gar nichts passiert«, sagte sie, »ich bin doch selbst dabei gewesen. Anna würde nie und nimmer mit Vang …! Allein die Narben im Gesicht! Das ist doch eklig!«

Hao schniefte, atmete erleichtert durch. Er sah Marie an, berührte kurz ihre Schulter und lief davon.

Marie stocherte mit der Schuhspitze im Herbstlaub, versuchte das Gefühl abzuschütteln, das sich immer wieder unter ihre Haut schlich, über ihr schwebte, ihre Beine ergriff und festwurzelte. Sie fühlte sich beobachtet, als streifte ein dunkles Tier durch die Straßen, lauerte ihr auf, wenn sie, alle Vorsicht abgelegt, sich frei bewegte. So sehr sie ihn auch mied, einen weiten Bogen um das Gelbe Haus und sein Büro machte, konnte sie sich doch des Gefühls nicht erwehren, dass er sie jederzeit erwischen könnte und mit einem knackenden Biss in den Nacken erlegen. Wie in ihrem Traum.

Sie öffnet die Tür, stemmt sie mit schier übermenschlicher Kraft auf. Ein kalter Luftstrom treibt ihr entgegen, wie um sie zu warnen, als er plötzlich, schwarz und ungeheuer, hinter der Tür hervorspringt, das Maul weit aufgerissen, das Fell gesträubt. Seine Pranken graben sich in ihre nackten Schultern, die braunen Augen, sie erkennt sie, er ist es ganz gewiss, glühen.

Was, wenn er sie mit dem Jungen sähe? Würde er sie verraten, gar sie ihm entreißen? Sein Drängen hatte sich wieder verstärkt. Er hörte nicht auf, ihr über ihre Mutter Nachrichten zu übermitteln. Warum sie denn nicht mehr zum Telefonieren komme? Ob sie sich kein Taschengeld verdienen wolle? Marie verbannte den Gedanken an sein Fordern, seinen Zorn, zermarterte sich das Hirn nach einer Lösung. Der Dicke kam ihr in den Sinn. Hatte er sich vielleicht doch gescheut, die fremden Hände, den Leib des anderen auf ihr nicht ertragen? Sie war Bauleitners Beute, nicht die des anderen. Marie schubste ein dunkelrotes Ahornblatt auf die Straße. Plötzlich leuchtete sie auf, ganz klar und deutlich, die Idee, wie sie sich retten könnte vor der schwarzen Bestie. Sie würde sich besudeln vor ihm, beschmutzen, sodass er sie von selbst verstieß. Er musste es ertragen, zu sehen, wie ein anderer sie anfasste, das berührte, was er für sich beanspruchte, als sein alleiniges Eigentum ansah.

Nach der Schule ging sie, ohne Anna abzuholen, in den Wohnblock zu Hao, natürlich mit dem Vorwand, ihr Vater habe sie gebeten, Hong einen Artikel vorbeizubringen. Hong bat sie, zum Tee zu bleiben, spielte ihr gerade eine Kassette vor, als Hao den Raum betrat. »Marie«, begann er, »kannst du mir eine Aufgabe für den Deutschunterricht erklären?«

Kaum waren sie in seinem Zimmer, bestürmte er Marie mit Fragen, ob sie Anna gesehen habe, was er tun solle, er liebe sie doch sehr. Marie, nachdem sie sich versichert hatte, dass die Tür verschlossen und Han, er tat ihr doch ein wenig leid, nicht in der Nähe war, hauchte ihm beschwichtigende Worte zu. Haos Wortschwall ebbte ab, er begann zu weinen. Behutsam wischte Marie seine Tränen weg. Hao schien überrascht, wandte das Gesicht ab, streckte ihr aber die Hand entgegen, die sie nahm und zärtlich streichelte. Dann beugte er sich vor, nur einen Augenblick schien er zu zögern, und irrte mit seinen Lippen über ihr Gesicht, bis seine Zunge ihren Mund fand. Feucht, warm, Speichel triefend über das Kinn, mürbe, rissige Lippen, es war ihr egal. Hao war für das, was sie vorhatte, besser geeignet als Han, dessen Unschuld Bauleitner nur ein müdes Lächeln abränge.

Die Angst, Bauleitner darum bitten zu müssen, lähmte sie. Hundertmal spielte sie die Szene durch. Hao und sie in seinem Büro. »Fred, darf ich dich um einen Gefallen bitten? Ich möchte mit Hao allein sein. Überlässt du uns Yilmaz' Zimmer für eine Stunde?« Zweifelnd blickte sie sich selbst im Spiegel an. Wie würde er wohl reagieren, wenn sie das zu fragen wagte? Trotz ängstlicher Unsicherheit verspürte sie auch eine gewisse Genugtuung. Sie würde sich rächen.

Sie stand vor ihm, allein, wie früher, lächelte ihn an. Er musste glauben, dass sie sich freute, ihn zu sehen, bereute, sich abgewandt zu haben. Einen Moment lang ließ sie ihn machen, gab ihm nach. Er drückte sie auf das Sofa und schob die Finger unter ihr Höschen.

»Fred«, sagte sie, »ich muss dich um etwas bitten!« Er würde es nicht wagen, jetzt seinen Penis in sie hineinzustecken. »Darf ich morgen in Yilmaz' Zimmer?« Sie wusste nicht, ob er sie hörte, viel zu sehr waren seine Hände beschäftigt mit dem, was ihm gehörte. »Morgen. Eine Überraschung. Um vier. Gibst du mir den Schlüssel heute? Bitte!«

Er zögerte einen Moment.

Fast schon glaubte sie den Plan missglückt. Dann lachte er, wuschelte ihr durchs Haar. Sie hatte gewonnen. Die Neugier, der Kitzel des Unbekannten, das Spiel reizten ihn bestimmt so sehr, dass sein Misstrauen den einen entscheidenden Moment lang verschwand. Marie drückte ihm, sich selbst überwindend, einen Kuss auf die Wange und rannte aus dem Zimmer. Den Schlüssel fest umklammernd, stand sie auf der Straße, konnte es selbst nicht fassen, dass sie ihm entronnen war.

Hao lehnte an der Wand. Er war ganz offensichtlich verunsichert, ahnte nicht, wohin das führen sollte. Marie wusste, dass sie nur ein Ersatz war für Anna, die er endgültig an Vang verloren hatte. Für Marie hatte es keine Bedeutung, aus welchem Grunde er bei ihr sein wollte. Sie hatte ihm selbst nur eine Rolle zugedacht in ihrem Plan. Auch Anna war ihr egal, selbst ihre Missachtung. Sie hatte sie um den Genuss gebracht, dass Hao ihretwegen vergeblich schmachtete, ihretwegen litt. Anna warf Marie sogar vor, ein Auge auf Vang geworfen zu haben. Sie stichelte, deutete Gerüchte an, die sie in der Metzgerei aufgeschnappt hatte, über sie und Bauleitner. Marie versuchte jeden Verdacht abzuschütteln, wollte mit Anna doch alles, was vorher war, vergessen. Anna, ein ganz normales Mädchen, von dem sie sich abschauen konnte, wie man sich verliebte und küsste.

Hao stand vor ihr, wirkte hilflos, sah sich um in diesem Zimmer, das ihm fremd vorkommen musste, keine Bedeutung für ihn besaß. Marie setzte sich auf die Bettkante, auf dieses Bett, in dem Bauleitner sie zum ersten Mal genommen hatte. Sie betrachtete ihre Hände, biss einen angerissenen Fingernagel ab. Wieder dachte sie an Anna. Anna, die sie verraten hatte. Die zu einer Arbeitskollegin ihrer Mutter gelaufen war, ihr alles erzählt hatte, Maries sorgsam gehütetes, ihr innerstes Geheimnis. Es war unverzeihlich, dass sie sich Anna offenbart hatte. Wie hatte sie ihr Vertrauen brechen können, wo sie doch verstehen musste, wie Marie sich fühlte. Sie hatte doch selbst diesen anzüglichen Stiefvater. Und wem sonst hätte sie sich anvertrauen können? Nur mit Müh und Not war es Marie gelungen, die Freundin der Mutter davon zu überzeugen, dass Anna alles erstunken und erlogen hatte. Doch was hätte es ihr auch genutzt, wenn sie etwas unternommen hätte? Bauleitner hätte alles abgestritten, der Vater nie mehr einen Job bekommen und die Mutter täglich noch verbitterter dreingeschaut. Nein, Marie musste Bauleitner selbst aus ihrem Leben verbannen.

Sie blickte zu Hao, tätschelte mit der Hand das Laken und nickte ihm auffordernd zu. Er setzte sich zu ihr. Marie wusste, was sie zu tun hatte. Mit Hand und Zunge erregte sie Hao so sehr, dass er alles um sich herum zu vergessen zu schien. Mechanisch ihren Mund bewegend, sah sie hinüber zur Tür und spürte ihn, den Blick, der durch das Schlüsselloch drang, sie versengte, um sie endlich, ein Stück Dreck, sich selbst zu überlassen.

Als sie ging, das Hämmern gegen die verschlossene Tür war abgeklungen, Bauleitners Fluchen, seine Raserei nur noch ein Echo, wusste sie um ihren Sieg. Schlampe, ganz leise nur noch, klang es in ihr nach, Schlampe, bis auch dieses Wort verschwand.

# 9

Zwei Jahre waren vergangen. Bauleitner schälte sich von ihrem Körper wie Wundschorf. Frische Haut wuchs darunter, rein und unverletzt.

Auf den Polsterbänken des Tanzcafés saß Marie dicht gedrängt an ihre schnatternden Klassenkameradinnen. Ein Junge kam auf sie zu, die Hände über seine Tolle streichend, das Kinn herausfordernd ihr entgegengereckt.

»Ich bin Jimmy«, sagte er, »tanzt du mit mir?« Er lächelte siegesgewiss, wusste nicht, dass die Freundinnen Marie alles über ihn erzählt hatten. Dass Jimmy nur sein Spitzname war, sein richtiger Name Reinhard.

Sie stand auf, spürte die eifersüchtigen Blicke der anderen Mädchen im Rücken. Auf der Tanzfläche streute eine Discokugel Funken auf ihr Gesicht. Culture Club. Marie sang, die Hände ganz nah an Jimmys Schulter. »Do you really want to hurt me? Do you really want to make me cry?« Fast fühlte sie sich wie im wirklichen Leben, dann wie im Film. Eis am Stiel. Jimmy, wie Benny immer knapp bei Kasse, ein Mädchenschwarm wie Momo. Marie schielte zu den Mädchen hinüber. Unschuldslämmer! Sie hatten doch alle keine Ahnung, dachte sie. Jimmy beugte sich über sie. Seine Zunge schmeckte nach Pfefferminz und Chips.

Am nächsten Nachmittag fuhr sie auf Jimmys Moped durch die Stadt. Sie klammerte sich an ihn, roch an seiner Lederjacke, schaute in die Augen der Mädchen auf dem Gehsteig, die sie beneideten, das wusste sie, danach sehnten, an ihrer Stelle zu sein. Jimmy schlug vor, bei ihm zu Hause Musik zu hören. Marie war einverstanden.

Die Wände seines Zimmers waren mit Blues-Brothers-Postern beklebt. Plattenhüllen lagen verstreut auf dem Teppichboden.

»Kennst du Meat Loaf?«, fragte er Marie, die im Schneidersitz auf dem Sofa saß und sich neugierig umsah. Sie hatte den Namen der Band noch nie gehört, wollte sich ihre Unkenntnis aber auf keinen Fall anmerken lassen.

»Klar«, sagte sie, »leg auf!«

Jimmy lächelte sie an und setzte die Nadel auf die Platte, sichtlich froh darüber, dass sie seinen Musikgeschmack teilte.

Ein Motorrad heulte auf und eine Stimme, erstaunlich hell, fast weiblich, sang von Fledermäusen, Motorrädern, einer Welt, die Marie nicht interessierte. Der Klang jedoch, eigentümlich sehnsüchtig, berührte sie. Jimmy schloss die Vorhänge, prüfte, ob die Tür tatsächlich verschlossen war, und erzählte von Meat Loaf und der Rocky-Horror-Picture-Show.

»Marie«, sagte er, »du musst unbedingt einmal mit ins Jugendzentrum kommen, verkleidet natürlich. Ich spiele Eddy und du Magenta! Du kannst dir ja eine rote Perücke aufsetzen oder willst du doch lieber Janet sein?«

Eine Antwort schien ihn nicht zu interessieren. Er strich sich mit der Hand über die gegelten Haare, fixierte eine abstehende Strähne mit Spucke und versuchte sich an einer lässigen Pose, die Hände in die Hosentaschen gesteckt, den Kopf zur Seite geneigt. Den Kaugummi spuckte er in den Papierkorb. Offensichtlich wollte er knutschen. Wie in »Eis am Stiel« oder auch in »La Boum«, diesem französischen Film, in dem alles so normal ablief. Die Tochter verliebt sich. Liebeskummer. Mama versteht und tröstet. *Dreams are my reality* ... Kitsch, und trotzdem! Marie ließ sich hineinziehen in das Lied in ihrem Kopf, das sie schon so oft gerettet hatte vor der Wirklichkeit.

Jimmy saß neben ihr, berührte mit klebrigen Fingern ihre Stirn. »Would you offer your throat to the wolf with the red roses?« Seiner Haut entströmte ein süßlicher Geruch. Marie fragte sich, ob er sie jetzt küssen würde oder gleich zur Sache käme wie Bauleitner. Jimmys Augen blickten unter der niedrigen Stirn suchend umher. Er bewegte seine Lippen auf sie zu, lächelte. Sie durfte jetzt keinen Fehler machen, seine Erwartung erfüllen, jedoch nur, um sie gleich wieder zu enttäuschen. Verschämt wandte sie das Gesicht ab. Jimmy schien den Mut zu verlieren. Marie bemühte sich, den Fehler wieder auszugleichen, griff nach seiner Hand. Er schubste sie weg, ging zum Plattenspieler, kramte wortlos in seiner Sammlung. Sein Blick hatte sich verändert, Missbilligung und Abwehr lagen darin. Marie wurde unsicher, fürchtete sich vor seiner Gleichgültigkeit, vor dem Verlust des Spiels, das sie so lebensnotwendig brauchte.

Sie erhob sich, schmiegte sich an ihn, sanft seinen Rücken streichelnd. Einen Moment lang versteifte sich sein Körper, wehrte sie ab. Marie strich zärtlich, die Lippen an seinem Ohr, über Wangen, Mund, Oberkörper. Das wäre doch gelacht, wenn er mir jetzt einen Korb gäbe, dachte sie und drehte Jimmy, ganz leicht nur, aber bestimmt, zu sich. Sie schaute zu ihm hoch, flehend-schüchtern, sodass er nicht anders konnte, als seine Lippen auf die ihren zu pressen. Die Unsicherheit, die ihn gerade noch von ihr weggetrieben hatte, schien wie weggewischt. Marie ließ sich von ihm, den nötigen Widerstand spielte sie mit Leichtigkeit, einen Zungenkuss abringen. Fast gefiel er ihr, der Kuss, einen Moment lang wand sie auch ihre Zunge um die seine, klopfte gegen das Zungenbändchen, saugte an der Unterlippe, bis es für sie an der Zeit war, diese Etappe zu überspringen. Mit einem Mal war sein Atem lau, die Zähne rau, Speisereste entdeckte sie mit ihrer Zunge, die sich träge und des Experiments müde aus der fremden Mundhöhle zurückzog. Jimmy, erregt, das Haar nun feucht, die Tolle zusammengesunken, zog sie auf das Sofa, küsste flüchtig, orientierungslos Hals und Nacken, betastete sie, ohne dass sie Rhythmus oder Melodie erkennen konnte, legte sich auf sie, den Körper fest an sie gepresst, verharrte, auf ihren Atem horchend, bewegte sich weiter, als sie ihre Hüften gegen seine drückte.

»Die Platte, noch einmal das Lied«, stammelte er und erhob sich, sie konnte ihm seine Verlegenheit ansehen, eine unbestimmte Angst in seinem Blick.

Als er zurückkam, der Wolf raunte erneut, heulte nach der Kehle des Mädchens, zog Marie Jeans und Höschen aus. Schüchtern und ungeschickt, wie er war, hätte er ihr bestimmt die Haut eingezwickt beim Öffnen des Reißverschlusses. Wenn die Mädchen das wüssten, dass seine Zunge nach eingeweichten Brötchen schmeckte! Sie würden ihn nicht mehr so umschwirren und nach der Schule bei seinem Moped herumlungern.

Sein Lächeln gefror auf der Stelle, als er sie auf dem Sofa liegen sah, halbnackt, mit erwartungsvoll-auffordernem Blick. Er strich sich durch das Haar, räusperte sich, kam schließlich auf sie zu, bückte sich und warf ihr die abgelegten Kleidungsstücke zu. »Geh jetzt, bitte!«, haspelte er und die Kühle schien Verachtung zu weichen.

Marie war ratlos, das Spiel zu Ende gespielt. Warum strafte er sie mit Missachtung, verweigerte ihr Angebot? Sie wollte ihm doch bloß einen Gefallen tun! Herausfinden, ob er sie liebte! Vielleicht wollte sie auch wissen, ob er tatsächlich so erfahren war, wie er vorgab. Wer, wenn nicht sie, hätte das herausfinden können? Außerdem war es doch normal, was sie tat. Küssen, streicheln, dann der Penis. Männer erwarteten das. Marie wusste es. Bauleitner hatte es ihr beigebracht. Er war ein Mann. Er war alle. Marie hämmerte sich den Satz in ihren Kopf. Er war alle. Liebe gab es nicht umsonst. Sie trat auf Jimmy zu, gab sich nicht einmal die Mühe, ihre Scham zu schützen, sie verspürte keine Scham, berührte, ohne zu zögern, seinen Hosenschlitz. Nur das, so glaubte sie, konnte sie jetzt noch retten. Er griff nach ihrem Handgelenk, hielt sie zurück. Verzweifelt ignorierte sie seinen Widerstand, hantierte weiter an seinem Reißverschluss. Er schubste sie weg.

»Pack deine Sachen!«, schrie er.

Bestürzt, mit Mühe nur gewann sie wieder die Kontrolle über sich, griff Marie nach ihrer Kleidung, zog sich an, versuchte noch ein letztes Mal seine Aufmerksamkeit zu gewinnen. Doch er hatte sich schon abgewandt, ließ den Blick zum Fenster hinausschweifen. Der Raum war still, das Wolfsgeheul längst verklungen.

Marie verließ das Haus, lief über den Kiesweg, den staubigen Asphalt zur Bushaltestelle. Sie hasste ihn bereits. Morgen würde es die ganze Klasse wissen.

Sie schwiegen. Alle. Zogen sich von ihr zurück, als hätte sie eine ansteckende Krankheit. Wie ein Stein, den man ins Wasser schleuderte, der Wellen der Abneigung auslöste. Sie konnte ihnen nicht einmal einen Vorwurf machen, es war bloß ein physikalisches Phänomen. Tat und Ächtung. Jimmy hatte die ganze Geschichte sicher brühwarm seinen Freunden erzählt.

Wie sonst hätte sich die ganze Sache wie ein Lauffeuer verbreiten können? Der Weg ins Klassenzimmer über den Pausenhof wurde zum Spießrutenlauf für Marie. Wörter, die sie nicht verstand, die herausschnellten aus den Mündern wie bösartige Schlangen, drangen in ihre Ohren, pflanzten sich fort in ihren Eingeweiden. Kurz bevor sie das Klassenzimmer erreichte, rannte sie auf die Toilette und kotzte das vergiftete Wortgemenge aus. Nur noch Wut, kalte, blanke Wut blieb übrig.

Marie ging an ihren Platz, gelassen. Unruhe und Verzweiflung waren von ihr gewichen. Sie packte ihre Bücher aus, spitzte den Bleistift und meldete sich freiwillig zur Übersetzung des nächsten Kapitels von DE BELLO GALLICO. Ihr könnt mich alle mal, dachte sie und schickte ihnen ein sonderbar überlegenes Lächeln, das ihre Klassenkameraden die Köpfe wieder in die Schulbücher stecken ließ.

Michi schien das Gerede egal zu sein. Im Pausenhof ging er auf sie zu, fragte sie, ob sie nach der Schule zusammen Musik hören wollten. Bei ihm zuhause. Marie zögerte, dachte an den verunglückten Nachmittag. Michi war Jimmys Freund. Das hatte er ihr selbst erzählt. Sie lachte, versuchte vorzuspiegeln, dass ihr die Blicke der anderen, Jimmys Verrat nichts ausmachten. Am Nachmittag setzte sie sich auf Michis Moped und fuhr mit ihm nach Hause.

GRACELAND stand in weißen, geschwungenen Lettern auf dem Fußabstreifer und HOME OF BERND AND PAULA. Als sie die Wohnungstür öffneten, stand ein Mann im Flur. Pechschwarzes, nach hinten gegeltes Haar.

»Was meinst du, Michi?«, fragte er und blickte zu ihnen herüber. Marie sah er offenbar nicht. Sie lugte hinter Michis Schulter hervor.

»Marie«, sagte Michi, »das ist mein Vater.«

Marie trat vor, streckte die Hand aus.

»Hi«, sagte er nur und winkte ihr zu. Er stand vor dem Spiegel, betrachtete ein Döschen mit Pomade, und schien sie schon wieder vergessen zu haben.

Michi nahm Maries Hand und zog sie am Vater vorbei in sein Zimmer. »Setz dich«, sagte er.

Marie blickte sich um, überlegte, ob sie sich auf den Schreibtischstuhl oder aufs Bett setzen sollte, entschied sich für das Bett. Er legte Meat Loaf auf. Wollte er sie ärgern? Er lächelte, schien harmlos. Er nahm ihre Hand, zog sie auf seinen Schoß. Sie saß auf ihm, spürte seine Erregung. Seine Zunge leckte wie ein Hündchen an ihrem Hals, versuchte auf ihre Lippen zu kriechen. Marie wich unwillkürlich zurück, zog ihr T-Shirt hoch bis zum Hals. Er versuchte nicht einmal, sie auszuziehen, die Hose zu öffnen, umschloss sie nur sanft mit seinen Armen, bis sie sich irgendwie hineinfühlte in die Liedzeilen »You can't run away forever / But there's nothing wrong with / Getting a good head start«.

Ein paar Wochen lang genoss sie die Nachmittage bei Michi. Sie lag in seinen Armen, ruhig, außer Gefahr. Nicht ein einziges Mal versuchte er das von ihr zu bekommen, was Bauleitner sich einfach genommen hatte. Nie kam er ihr ungeduldig vor. Er ging nicht einen Schritt weiter, als sie es zuließ. Zum ersten Mal in ihrem Leben hatte Marie das Gefühl, dass sie selbst eine Entscheidung treffen durfte, ihr Kopf den Körper bestimmte, sich nicht loslösen musste von ihren Adern, ihrer Haut, den Organen in ihrem Bauch. Michi sprach von Liebe, nahm für sie Kassetten mit seinen Lieblingssongs auf.

»Hör dir den Song an«, sagte er, »genau so geht es mir. *Meat Loaf. Rock'n Roll Dreams Come Through*. For you«, sagte er mit glänzenden Augen, die von einem Gefühl sprachen, so tief, dass sie ihn dafür fast verachtete. War es Verliebtheit? Liebe? Verstanden sie das darunter, die anderen in der Schule? Plötzlich kam er ihr schwach vor, wenn er sich an sie schmiegte und »Ich liebe dich« flüsterte. Wahrscheinlich war er das auch, ein verzogenes Muttersöhnchen, dem nichts abgeschlagen wurde. Alles war heil, rosenrot in seiner Familie, wie in »Unsere kleine Farm«. Wie sie sich bemühten, die Eltern! Nach Graceland, nach Amerika wollten sie reisen, überhäuften den Sohn mit Geld für Platten und Kinobesuche. »Vielleicht kann ja Marie mitkommen?«, hatte er sie gefragt, und Marie malte sich aus, was ihr Vater wohl dazu sagen würde, wenn sie das verhasste Amerika, das Feindesland aller Kommunisten, besuchen würde. Marie dachte an das Buch mit den Zitronen, das auf dem Nachttisch der Mutter der Mutter lag. »Kennst du das Land, wo die Zitronen blüh'n?« Vielleicht sollte sie wirklich fortgehen? Nach Amerika oder auch nach Italien, in das Zitronenland. Bis dorthin würde er sie nicht verfolgen. Sie würde alle Spuren verwischen. Niemals würde er sie finden, auch nicht mehr in ihren Träumen.

Sie klammerte sich an Michi, schlang ihre Arme um seinen Hals, verzweifelt, als könnte sie den Gedanken, die Träume, Bauleitner erdrosseln. Michi löste sich aus ihrem Griff, sanft und doch erschrocken. Sie weinte. Wie lange hatte sie nicht mehr geweint? Michi wischte ihr die Tränen von den Wangen. Sie ertrug die Sanftheit nicht, kniff sich in den Oberarm. Der Druckschmerz genügte ihr nicht. Sie grub die Nägel tief ins Fleisch, bis Blutströpfchen hellrot hervorquollen. Sie blickte in Michis Augen und wusste im selben Moment, dass sich etwas verändert hatte, dass sie ihm nicht mehr genügen würde, dass er flöhe vor ihr, da sie ihm Angst einjagte.

Michis Eltern waren zum Baggersee gefahren. Marie saß mit Michi, Rolf und Jimmy auf dem Balkon. Die Hitze war unerträglich. Rolf wischte sich die schweißnassen Hände an seinem T-Shirt ab. Michi klebte Zigarettenpapierchen aneinander und bröselte Tabak hinein. Dann löste er Krümel von einem dunkelbraunen Klümpchen und verteilte sie auf dem Tabak.

»Hast du schon mal geraucht?«, fragte er Marie. Sie schüttelte den Kopf, versuchte lässig auszusehen. Er zündete den Joint an und sog den Rauch mit geschlossenen Augen tief ein. Nach einer Pause stieß ihn wieder aus und reichte die Zigarette an Marie weiter. Sie setzte den Joint an ihre Lippen, zögerte einen Moment und zog zuerst vorsichtig, dann etwas stärker daran. Der Rauch brannte in ihren Lungen, klopfte ihr ein Husten aus dem Hals. Die Jungen lachten.

»Hey, hey, nicht so gierig«, sagte Jimmy und schnappte sich die Zigarette. Michi rückte ein Kissen hinter seinem Rücken zurecht und faselte etwas von dreidimensionalem Hören.

»Hört doch mal«, sagte er und hielt die Hand vor seine Ohrmuschel, »die Töne! Die kann man anfassen, sag ich euch!« Er stand auf und drehte die Musik lauter. »Hippie-Musik! Roter Libanese und California Dreamin'. Das ist es! California dreaming on such a winter's day«, lallte er.

Der Joint war wieder bei Marie angelangt. Sie lachte, streckte die Hand aus nach Thomas und hielt plötzlich einen Stein in der Hand, blau und weich wie ein Ton. Michi nickte, lachte hinauf zum Himmel.

»Rück den Joint rüber!«, rief Rolf und nahm Marie die Zigarette aus der Hand. Glimmende Asche fiel auf den Boden.

»Mann, passt doch auf!«, schrie Michi und rieb die Asche mit der Hand von der Stoffdecke des Campingtisches.

Marie wunderte sich über seine Stimme, die Bewegungen, die ihr viel zu schnell vorbeikamen, sah immer noch die roten Funken der Asche in der Luft schweben. Ein Tunnel. Sie wurde hineingezogen, absorbiert, aufgesogen von diesem Tontunnel, aus dem ein Kanon erklang, hell und irgendwie auch bedrohlich. Die Rauchkringel wanden sich bläulich um Jimmys Zunge, die mit angestrengter Leichtigkeit akrobatische Figuren zu drehen versuchte. Maries Lachen versank im Tunnel, tauchte auf der anderen Seite wieder auf, die nur aus Moos, feuchtem, waldig duftendem Moos bestand. Sie versuchte danach zu greifen. Schlanke, beblätterte Stiele, an deren Ende Sporenkapseln saßen, die sich unerwartet öffneten und Töne spuckten, die sich sofort in ihren Ohren verfingen.

»You know the preacher likes the cold. He knows I'm gonna stay …«

Marie schüttelte den Kopf, der Ton war jedoch schon hineingekrochen in ihr Ohr, schlängelte sich durch das Gehirn, gefolgt von einer Horde, der sie sich nur ergeben konnte.

Das Bettlaken war kühl. Seide, Baumwolle, trocken oder nass? Marie lag auf dem Rücken. Blaue Augen, ganz einfaches hellblau, schienen auf sie hernieder. Sein Haar war rot, schillerte, der Ton irgendwo zwischen Kupferblech und Goldfischen. Seine Zunge öffnete sanft ihren Mund. Der Rhythmus, das Lied war langsam, tat den Lippen wohl, bestimmte seine Bewegungen. Auf dem Balkon draußen saßen sie, Rolf und Jimmy. Marie konnte sie nicht wirklich erkennen, versuchte den Kopf ein wenig in die Höhe zu recken, um zumindest einen Blick zu erhaschen. Sahen sie ihre Beine? Wo war das T-Shirt? Auf dem Balkon? Sie war fast nackt und spürte die Blicke durch die Scheibe. Sie zog Michi an sich wie einen Schild, gebrauchte ihn, um sich zu zeigen, zu schützen vor der Neugier, der Gier der anderen draußen auf dem Balkon. Er drehte sich um, schien das Spiel zu durchschauen.

»Was soll das?«, fragte er und stieß Marie von sich.

»Nichts«, schmeichelte sie und wand ein Bein um seine Hüften, »komm schon! Das macht doch Spaß!«

»Mann, die sehen doch alles!«, erwiderte er harsch und schob ihr Bein mit einer harten Bewegung von seinem Körper auf das Laken.

Marie, mit einem Male ernüchtert, schnaubte verächtlich. »Feigling!«, presste sie zwischen den Lippen hervor.

Michis Blick spiegelte Entsetzen. Offenbar verstand er nicht. Es reizte sie noch mehr. Es war, als hätte man ihr Gift in die Adern gejagt, ein den Schmerz betäubendes, Wut und Aggression aufpeitschendes Gift, das berauschte, ihr endlich den Mut gab, die ganze Geschichte zu beenden.

Dann war es vorbei. Jimmys Gesicht verschwand hinter dem Vorhang, von seiner Hand blieb nur ein milchiger Abdruck auf der Glasscheibe. An Marie aber klemmte sich Traurigkeit fest wie die acht Austern im Schweife der Prinzessin. »Das tut so weh!«, sagte die kleine Seejungfrau, so weh, dachte Marie und wusste, dass es nicht schlimmer sein konnte, als die tausend Nadelstiche, die noch folgen würden.

Die Zeit heilt alle Wunden, dachte Marie und ritzte sich Striche in ihr Gedächtnis, aus dem sie nicht auszubrechen vermochte. Anna hatte sie verraten, war aus ihrem Leben verschwunden. Sabine und Nicole sah sie nur manchmal in den Ferien im Schwimmbad oder auf dem Marktplatz, wenn sie zum Büro hinüberliefen, sobald sie aus dem Internat nach Hause kamen. Sie blickte sich um, ob sie Bauleitners Auto entdeckte, dann stieg sie mit Sabine und Nicole die Stufen zum Dachboden hoch. Der Geruch, seines Parfums lag auf den Dielen, eingezogen in das Holz, als wollte er Marie für immer daran erinnern, dass es ihn gab. Sie versuchte den Gedanken zu verscheuchen, wusste aber, dass sie es war, die fliehen musste vor ihm. Eine Gegenwelt musste sie erschaffen, einen Schutzwall, der sich auftürmte zwischen ihr und ihm. Sabine und Nicole waren ein Teil von ihm, erinnerten sie mit jedem Blick, jedem Schritt an seine Augen, die Zwingen, in die er ihren Körper spannte.

Als Lisa, ein Mädchen aus ihrer Klasse, im Pausenhof mit ihr Seilspringen wollte, nahm Marie das Angebot dankbar an. »Übernachte doch nächstes Wochenende bei uns!«, schlug Lisa vor. »Wir machen ein Lagerfeuer und eine Nachtwanderung. Was hältst du davon?«

Am Freitag nach der Schule fuhr Marie mit Lisa im Schulbus nach Wellenberg. Lisas Mutter stand vor der Garage und stapelte Zeitschriften.

»Hi, Mädels«, sagte sie. »Schön dich bei uns zu haben, Marie!« Sie wischte sich die Hände an einem Tuch ab und umarmte Marie, die zurückwich vor der unerwarteten Berührung.

Lisa lachte und zog Marie ins Haus. »Du wirst sehen, bei uns ist alles ganz locker! Sie warf den Schulranzen in eine

Ecke und schnitt zwei Stücke von einem Kuchen ab, der in der Küche auf einem Teller stand. »Eklig«, sagte sie und spuckte den ersten Bissen in die Spüle, »dieser entsetzliche Vollkornteig.«

Marie blickte sich in der Küche um. »Freiheit« war mit grünen Fingerfarben auf die Kühlschranktür gemalt. Lisa bemerkte ihren Blick.

»Ach, das«, sagte sie, »meine Mutter spinnt ein bisschen, Amnesty International und so. John Lennon, Working Class Hero.«

Marie zuckte mit den Schultern, wusste nicht, was Lisa meinte.

»Du wirst schon noch sehen. Politik, Politik, Politik! Blödes Gelaber!«

Sie setzten sich in Lisas Zimmer und blätterten Comics durch. Ein Trommeln gegen die Tür schreckte sie auf.

»Sophie, halt die Klappe«, rief Lisa und warf einen Ball an die Tür. »Meine Schwester«, sagte Lisa, »Summerhill.«

Marie blickte sie verständnislos an.

»Oh, Mann«, Lisa lachte, »du hast wirklich von nichts eine Ahnung! Antiautoritäre Erziehung! Bei uns ist das so! Jeder macht, was er will!«

Nach dem Abendessen saßen Marie und Lisa mit der Mutter auf der Couch. Marie und Lisa lagen auf dem Rücken, drückten die Fußsohlen aneinander und spielten Fahrradfahren.

Lisas Mutter blätterte in einer Zeitschrift.

»Kinder haben ein Recht auf Freiheit!«, sagte sie plötzlich.

Lisa rollte mit den Augen. »Oh, nee«, flüsterte sie Marie hinter vorgehaltener Hand zu, »jetzt fängt sie wieder damit an! Ich weiß schon, was jetzt kommt.«

Lisas Mutter griff in das Bücherregal und setzte sich im Schneidersitz wieder auf das Sofa. Sie klopfte mit der flachen Hand auf den Buchrücken und fragte: »Was sagt ihr zu dem Buch?«

Sie hielt das Buch hoch und zeigte ihnen das Cover. Das Sex-Buch stand in roten Lettern auf dem Umschlag. »Ihr braucht gar nicht verlegen zu sein«, sagte die Mutter und schlug, die Geste erstaunte Marie, mit der flachen Hand auf den Tisch, »ihr müsst euch befreien von dieser verkrusteten Gesellschaft! Diese Spießer müssen endlich mal begreifen, dass es ›pervers‹ gar nicht gibt! Jeder hat ein Recht auf Freiheit, ein Recht auf Sex mit jedem!«

Lisa kicherte. »Mama, hör auf mit dem Quatsch! Marie kennt das nicht! Komm, lass uns in Ruhe!« Sie stand auf und winkte Marie zu sich.

Marie zögerte. Einen Moment lang glaubte sie, sie könnte sich Lisas Mutter anvertrauen. Die Frau strahlte etwas aus, das ihr unbekannt war, das Schutz verhieß und Ausbruch zugleich. Sollte sie es tun?

»Marie, komm schon!«, drängte Lisa.

Die Mutter zupfte an ihrem Haarband und lächelte ihr aufmunternd zu. Marie schwieg weiter, wusste nicht, wo sie beginnen sollte. Die Gedanken krochen wie Ameisen durch ihr Gehirn, bildeten eine Spur, die Marie nicht begriff. Die Mutter räusperte sich. Sie legte das Buch beiseite und schlug eine Zeitschrift auf.

»Genau, den Artikel hab ich gesucht«, sagte sie und machte eine beschwichtigende Handbewegung in Lisas Richtung, »darüber solltet ihr mal einen Aufsatz schreiben!« Sie begann, jede Silbe betonend, zu lesen. »Ist es nicht besser, wenn ein total isolierter Junge oder ein isoliertes Mädchen, das emotional verarmt und verelendet und vom leiblichen Vater oder sogar von der Mutter (auch das gibt es) geprügelt wird, wenn ein solches Kind stattdessen einen Erwachsenen findet, der liebevoll zärtlich zu ihm ist, es fördert?« Sie nahm die Hand ihrer Tochter und zog sie zu sich auf die Lehne ihres Sessels. »Das steht in der EMMA, Kinder! Das lernt ihr nicht in der Schule!« Sie küsste die Tochter auf die Stirn und lächelte zu Marie herüber.

Marie stand auf und nahm das Heft in die Hand. »Toller Artikel«, sagte sie und war sich jetzt gewiss, dass niemand ihr helfen konnte.

Marie fühlte sich, als stünde sie mit der Kamera unter einer riesigen, gleißenden Sonne und sähe ihren eigenen Schatten, verzerrt, ins Unendliche vergrößert. Wie lange hatte sie ihn nicht getroffen?

»Marie«, rief Bauleitner und umarmte ihre Mutter, »lange nicht gesehen!« Sein Geruch sprang sie an wie ein wildes Tier, riss ihr die mühsam vertriebene Erinnerung aus dem Leib. Er labte sich sichtlich wie eine gierige Bestie an der Pein, die ihr ins Gesicht geschrieben stand. Schmeicheleien und Berührungen, flüchtig und doch drängend, warf er über Marie, die sich, das wusste sie, weder in den Schutz der Mutter flüchten noch ihrer eigenen Erstarrung entfliehen konnte. »Herrliches Wetter! Herrlicher Tag! Wohin des Weges?«, fragte er.

Wolf, Jäger, Beute, dachte Marie. Würde die Mutter ihm den Bauch aufschlitzen, wenn er noch einmal sein wahres Gesicht zeigte und sie mit Haut und Haar verschlänge? Da drüben neben der Kirche lag ein Haufen Steine, die sie ihm in seinen ausgeweideten Bauch stecken könnte.

»Ich wollte gerade zum Baggersee fahren«, sagte er. »Ein paar Klamotten wollte ich auch kaufen für Sabine und Nicole. Vielleicht will Marie ja mitkommen?«

Der Wolf und die sieben Geißlein. Kein Uhrkasten.

»Aber natürlich«, sagte die Mutter, »Marie würde sich freuen, nicht wahr, Marie?«

Und da saß sie schon in seinem Wagen. Es war wie damals. Sie wusste selbst nicht, wie ihr geschah. Der Wind wehte über ihr Gesicht, die Sonne war gelb und rund, der Himmel immer noch von einem Blau, wie es in der Wirklichkeit doch gar nicht existierte.

»Zuerst kaufen wir dir ein paar neue Sachen in Neuburg!« Sein Blick schweifte über ihren Körper. »Du hast es bitter nötig!«, sagte er freundlich lächelnd, in einem Ton, der den Blick auslöschte.

Sollte sie ihm trauen? Er hielt Distanz, lehnte sich gegen die Fahrertür, schien Sicherheitsabstand zu gewähren, ganz von selbst. Bedauerte er? War es Wiedergutmachung? Marie wagte kaum zu atmen, angestrengt darauf bedacht, nicht versehentlich einen Millimeter des zugestandenen Abstandes zwischen ihnen zu gefährden. Die Mutter hatte es erlaubt. Er hatte ihr Einverständnis erbeten. Sie hatte bejaht. Er würde es nicht wagen. Sünde. Reue. Verzeihen, schoss es ihr durch den Kopf.

In Neuburg parkte er in der Altstadt vor einem Brunnen. Er schlenderte neben ihr her, wirkte gelöst und harmlos, als hätte er sie nie berührt, als wollte er ein neues Kapitel aufschlagen, aus Bedauern, aus Mitleid vielleicht, ein neues Leben mit ihr und ohne sie beginnen. Die Glocke des Ladengeschäfts klang hell und glücklich. Er sah sich um, nahm ein hellblaues Kleid von einem Ständer, hängte es zurück. »Das hier«, sagte er, »probier mal, Marie!« Er hielt ihr eine rote Latzhose hin und blickte sie prüfend an. »Und das noch!« Er drückte ihr ein T-Shirt in die Hand.

Marie ging in die Umkleidekabine und zog sich aus. Pochenden Herzens stand sie hinter dem Vorhang. Sie kramte in ihrer Batiktasche. Den Bikini zuerst. Wie sollte sie sich umziehen? Plötzlich war es wieder da das Gefühl, das sie in sich verschüttet hatte. Sie zog sich um, stopfte ihre Unterwäsche in den Beutel und zog Hose und Shirt an, die er für sie ausgewählt hatte.

Er stand schon vor der Kabine, wollte gerade den Vorhang zurückziehen, als sie heraustrat. Seine Hände bewegten sich auf sie zu. Sie wich zurück. Er überlegte es sich anders, lächelte. »Wir nehmen beides! Die Hose und das Shirt!«, sagte er zur Verkäuferin gewandt.

Das Spiel begann, sein Spiel. Marie ahnte es. Ein Schritt noch und sie säße in der Falle.

Sie zog die Latzhose aus, ging in die Hocke und legte sorgfältig das T-Shirt zusammen. Sie spürte, dass er sie beobachtete. Als sie sich umdrehte, zurrte er den Bund seiner Badehose fest. Maries Augen irrten über das Ufer. Die Badebucht war leer. Büsche verdeckten den Einblick. Aus der Ferne drang, ganz schwach nur, Gelächter. Kein klarer Gedanke war ihr möglich. Die Wörter spritzten auf, verschwanden unter einem Satz, den sie nicht formte. Noch eine Armlänge. Zum Wasser, dachte sie. Ihre Rettung. Tauch unter! Da war er schon, zog sie heraus an ihren Zöpfen, die er sich um die Handgelenke herumwand.

»Ich schreie! Ich warne dich!«, flüsterte Marie und wusste, dass sie schweigen würde.

Er lachte. »Es hört dich sowieso niemand.« Sein Mund war jetzt dicht an ihrem Ohr, formte Begriffe, deren sie sich erinnerte. »Du willst es doch! Was suchst du denn sonst hier? Ich wusste doch, dass du es niemals aushalten würdest ohne mich.«

»Niemals«, dröhnte es in Maries Kopf, »niemals!«

Der Bikini klebte an ihrem nassen Körper, weigerte sich, sich loszulösen, seinem Zerren nachzugeben. Ein Zopf wie Affenschaukeln um die geballte Faust. Affenschaukeln, zwischen den Beinen der Bikini, die Naht geplatzt, die Hand auf ihrem Mund. Affenschaukeln. Der Traum. Die Erinnerung. Weg von ihm, dem Niemals.

Mit den feinen Zinken des Toupierkammes trennte die Mutter die glatten Haare in zwei Hälften. Sie zog den Scheitel mit dem metallenen Stiel auf dem Hinterkopf nach. Der Stiel hinterließ einen Strich auf der Epidermis. Sie spannte das geteilte Deckhaar und begann den ersten Zopf zu flechten. Die kastanienbraunen Haarstränge schlang sie fest ineinander. Der zweite Zopf fiel auf den Rücken. Mit kleinen roten Haargummis verschloss sie die Zöpfe und steckte die beiden Enden mit Haarnadeln am Zopfansatz auf der Höhe der Ohren fest. Zwei seidige Schlingen baumelten auf Maries Schultern. Sie stellte sich vor, wie zwei winzige Schimpansen auf den Schaukeln saßen und in ihr Ohr pusteten. Däumlings-Schimpansen, die, frech wie Judy aus Daktari, nur Unfug im Kopf hatten. Zwei Teufelchen, die sie zu Missetaten anstifteten. Die Mutter verzierte die Affenschaukeln mit glänzenden Schleifen. Sie betrachtete ihr Werk, strich Marie ein letztes widerspenstiges Haar aus dem Gesicht, nahm sie bei der Hand und führte sie zum Kirchweihplatz. Aus ihrem Portemonnaie zog sie Münzen und kaufte Karten für das Karussell. Marie klammerte sich an das Pferdchen mit dem rotem Sattel und gelockter Mähne. »Hüh, schneller, schneller!«, rief sie und ritt mit glühenden Wangen der Sonne entgegen.

Der Marktplatz lag still wie zuvor. Der Schatten der Kirchturmuhr war länger geworden, die Sonne rötlicher, fast schwach. Marie strich über das T-Shirt, hielt sich fest an der roten Latzhose, wie um sich zu vergewissern, dass es sie selbst noch gab. Der Blick nach oben zum Fenster, zu den Spitzenvorhängen, gaben ihr die letzte Gewissheit.

## 10

An der Wand entdeckte Marie einen dunklen Fleck. Ob er damals auch schon da war? Sie erinnerte sich nicht. Hatte sich überhaupt etwas verändert? Bauleitner lag neben ihr, die Hand noch auf ihrer Brust.

»Meine Beste«, sagte er, »meine Beste.« Marie bewegte sich leicht zur Seite. Sofort verstärkte er den Griff. »Jetzt bleibst du bei mir! Für immer.« Es klang wie eine Drohung in Maries Ohren. »Mimi wird bestimmt eifersüchtig«, sagte er, stützte sich auf dem Ellbogen auf und zog die Augenbrauen hoch.

»Mimi«, fragte Marie, mehr pflichtbewusst als neugierig.

»Na, du kennst sie doch! Die zierliche Blondine! Zwei Jahre älter als du. Aus Pahlfeld.«

Wollte er sie eifersüchtig machen?

»Sie ist ein bisschen dünner als du, hat so süße, buschige Augenbrauen und einen winzigen Mund. Grüne Augen wie eine Katze!« Er fauchte, krümmte die Finger zu Krallen. »Meine Mimi!«

Marie reagierte nicht auf seinen herausfordernden Blick. Mimi! Lächerlich, dachte sie. Er war das Raubtier, das seine Beute umlauerte, umgarnte, bis er sie mit einem Tatzenhieb erlegte. »Schlag doch zu«, flehte sie innerlich, »hör auf mit diesem quälenden Spiel und lösch mich aus!« Musste sie ewig durch seine Welt hasten, aus der sie sich von selbst nicht zu befreien vermochte? Immer neue Fallen stellte er. Zitternd und schmerzerfüllt wartete sie auf den nächsten Schlag.

Bauleitner kreiste mit dem Finger um ihren Bauchnabel. Marie war überrascht von der fast zärtlichen Berührung. Er küsste sie auf die Schulter.

»Niemand hat so schöne Schultern wie du«, sagte er, »und dieses Stupsnäschen«, er berührte mit der Fingerkuppe ihre Nase, »macht mich ganz verrückt.« Er legte sein Bein über ihr Knie.

Wieder, immer wieder, dachte Marie. Vielleicht ist es bald vorbei. Er hatte doch schon einmal … Sie lag regungslos, die Beine aneinandergepresst, konzentrierte sich auf den Eingang in die andere Welt, ihre Welt, die er nicht beherrschte. Ich bin nicht mehr da, dachte sie, ließ sich forttreiben aus dem abgedunkelten Raum. Er drang in sie ein, rieb sich an ihrer Klitoris. Ein unbekanntes Gefühl stieg in ihr hoch, ein Kribbeln, ein leichter Schauer. Eine seltsame Lust kroch aus ihrem Bauch heraus, schlängelte sich in den Kopf. Sie spürte, wie sich ihre Gesichtsmuskeln lösten, verlor für einen Moment den Blick auf sich selbst.

Bauleitner musste es bemerkt haben. Unter halbgeschlossenen Lidern blinzelte Marie hervor. Bauleitner grinste, zog seinen Penis ganz plötzlich aus ihr heraus. Dann ging er zum Kühlschrank, nahm sich ein Stück Schinken, Brot. Er blickte sie an, herablassend, lachte und spülte das Essen mit einem Schluck Wein hinunter. Marie bedeckte ihre Augen mit der Hand. Sie war nicht da. Er war nicht da. Erst die Strafe holte sie zurück, der Penis zwischen ihren Beinen, noch einmal. Er nahm ihre Beine, legte sie auf seine Schultern. Der Schmerz, stechend-heiß, kehrte er zurück.

Bauleitner stand auf, streifte sich sein Hemd über und ging ins Wohnzimmer. Sie hörte das Klicken seines Feuerzeugs, ein Räuspern.

Noch immer lag sie bewegungslos auf dem Bett. In ihrem Bauch zuckte der Schmerz, klammerte sich an ihre Gedanken, die sie ihm nur mit einem Traum, einer Erinnerung entreißen konnte. Mimi.

Grauweiß getigert, stupste die Nachbarskatze ein Wollknäuel mit ihrer Nase. Die Wolle verfing sich in den Blättern eines Gummibaums. Die Katze versuchte die Fäden zu erhaschen und verletzte dabei die Borke, aus der milchiger Saft zu fließen begann. Sie miaute und sprang mit dem aufgedröselten Knäuel auf ein Sofa.

Marie schloss die Augen, rief sich die Bilder ins Gedächtnis und reihte sie aneinander. Eine Maus, von Tatzenhieben benommen, vom Speichel der Katze verklebt, wand sich zwischen den Pfoten. Die Katze lockerte den Griff. Die Maus irrte durch das Gras. Die Katze leckte sich die Innenseite ihrer Pfoten. Plötzlich fuhr sie die Krallen aus und schlug sie in das Fell der Maus. Sie warf die Maus in die Luft, fing sie wieder auf, hielt inne. Die Maus starrte gebannt in eine grüne Iris. Ein letzter Biss und das Spiel war zu Ende.

Sollte sie ihn doch haben samt Schmerz! Mimi! Marie begriff nicht ihre Wut, die sich vermengte mit Verzweiflung, Rache, auch dem Gedanken an Rettung. Sollte sie das Mädchen warnen? Warum sollte sie? Vielleicht strafte er die andere nicht, war zärtlich zu ihr, tat ihr nichts an, ließ nur seinen Finger um ihren Nabel streifen. Aber warum sollte ausgerechnet ihr das vergönnt sein? Warum sollte Marie nicht belohnt werden? Die Pein, die Qualen mussten doch belohnt werden. Eines Tages würde er sie beschenken, mit Liebe, ganz viel Liebe, wenn sie nur gut genug wäre, besser als die andere. Er hatte es ihr doch gesagt, sie war einzigartig für ihn, etwas ganz Besonderes. Niemals würde die andere sie ersetzen können. Marie schnaubte verächtlich. Niemals würde sie ihn teilen mit einer anderen, die er vielleicht sogar mit Zärtlichkeit bedachte, nicht quälte und erniedrigte.

Rauch wehte zu ihr herüber, vermischt mit seinem Parfum. Er wollte gehen, sie spürte es. Sicher hatte er sich schon angezogen, Pomade ins Haar gerieben, eine letzte Zigarette im Aschenbecher ausgedrückt. Marie lehnte sich an das Kopfteil des Bettes. Mit der flachen Hand befühlte sie ihren Bauch. Der Schmerz ließ nach. Mimi. Sie war doch nur ein Spielzeug, mit dem er sich hinweggetröstet hatte über ihre Abwesenheit, ihre Flucht. Er litt an ihrem Ausbruch aus seinem Leben, das wusste sie. Er musste daran leiden. Sie war doch die Mutter seines toten Kindes. Und wenn er es nicht tat, dann musste er dafür bestraft werden.

Am nächsten Tag nach der Schule sah sie Bauleitner mit einem Mädchen vor dem Eiscafé. Es war Mimi. Daran war nicht zu zweifeln. Sein Arm lag auf ihren Schultern, sein Kopf war leicht zu ihr geneigt. Er öffnete ihr die Autotür. Sie setzte sich auf den Beifahrersitz. Ihr Blick traf Marie ins Mark, rasierklingenscharf, überlegen-triumphierend. So unschuldig, zerbrechlich sie auch tat, Feindseligkeit und Hinterlist pulsierten durch ihr Blut, davon war Marie überzeugt. Sie würde ihr schon zeigen, wer das Spiel besser beherrschte. War sie eifersüchtig? Eifersüchtig, weil man ihn ihr wegnahm, weil sie ihn für sich haben wollte, weil sie es nicht ertrug, ohne ihn zu sein? Marie schüttelte den Gedanken ab. Sie war sein Eigentum, das er benutzte, in eine Glasvitrine stellte, sich daran ergötzte und und zerbrach. War es nicht so in der Glasmenagerie?

Die Englischlehrerin hatte gesagt, eine Rose dürfe nicht verträumt und sehnsüchtig sein, nach Liebe lechzen. Rot müsse sie sein und mit Dornen bestückt, selbstbewusst und abwehrbereit. Das Einhorn. Beim Tanz zerbrochen. Jetzt war es wie all die anderen Pferdchen, dem Traumland entrissen, vertrieben in eine Welt der Katzen und Bestien. Bauleitners Hand lag auf dem Knie des Mädchens. Es blieb Marie nichts anderes übrig, als das Spiel selbst zu spielen.

Ein seltsam unwirkliches Licht fiel in den Flur, ein Schimmer durch die Dachluke, der bis hinunter zu ihnen drang. Wachsblüten schlangen sich um die Lichtpartikel, rosa, erstaunlich widerständig. Eine tropische Jakobsleiter zu einem Ziel, das nur Marie kannte.

»Verdammt, ich muss die Holzstufen reparieren lassen!«, stieß Bauleitner zornig hervor. »Nicht einmal darum kann sie sich kümmern!«

»Was gefällt dir eigentlich so gut an ihr?«, fragte Marie.

»An Inge? Was für eine Frage!«

»Nein, an Mimi.« Der Name kam ihr nur schwer über die Lippen. Dennoch gelang es ihr, einen leicht verächtlichen Ton in ihre Worte zu schmuggeln.

Den Kopf geneigt, ein Lächeln auf den Lippen, fasste er sie am Kinn. »Was haben wir denn da?«, fragte er und hielt sie mit beiden Händen ein wenig auf Distanz, nur so weit, dass er auch jeden noch so verhüllten Gedanken aus ihrem Gesicht abzulesen glaubte.

Marie bewegte sich ganz vorsichtig, wie um sich zu vergewissern, dass sie Luft und Raum hatte, nicht gefangen war in ihrem eigenen Spiel. Unschuldig lächeln, dachte sie, jetzt, und blickte ihn mit großen Augen an.

Einen Moment lang zögerte er. Entsann er sich eines Damals, einer Vergangenheit, die ihn beglückte in ihrer Reinheit? Er zog Marie an seine Brust, hob ihr Kinn an und küsste sie mit seiner gierigen Schlangenzunge.

Marie begann zu zählen. Noch fünf Sekunden, mehr nicht, dachte sie. Sie würde es überleben wie alles andere, Heddesheim, den Vater, die Mutter. Sie hatte es sich in die Epidermis graviert, eingeschrieben in ihre Synapsen, die unweigerlich dasselbe Muster, dieselben Phrasen zu reproduzieren versuchten.

»Wie süß du bist!«, sagte er mit verklärtem Blick.

»Wie süß du bist!«, echote es in ihr. Sie schaffte es gerade noch, das bittersüße Lächeln in ein träumerisches Antlitz zu verwandeln. Malefiz. Derjenige, der es schaffte, eine seiner Spielfiguren mit direktem Wurf ins Ziel zu bringen, gewann. Sie musste sich nur noch entscheiden. Die Western-Saloon-Dame oder das Mädchen mit der Schleife. Vielleicht aber auch der Revolverheld. Und Peng! Keine Blockiersteine mehr nötig. Das Spiel ist aus! Sie rangelte ein wenig mit ihm wie ein Kind. Sie wusste, dass es ihm gefiel, wenn sie sich sträubte mit geröteten Wangen. Sie musste es einkalkulieren in ihr Spiel, dass sie sich manchmal nicht bewegen durfte. Die Augenzahl stand nicht in ihrer Macht. Dafür war sie die Einzige, die die Spielregeln kannte. Ihr Atem beschlug den Spiegel, in dem sie ihn nur noch schwach zu erkennen glaubte. Schwarz und breit krümmte sich sein Rücken über ihrem.

»Du bist so süß!«

Honig tropfte in ihr Ohr. Ganz vorsichtig würde sie ihn sammeln, bis sie die Bestie fangen würde mit ihrem eigenen süßen Gift.

Marie war selbst erstaunt darüber, wie gut es ihr gelang, sich Spieleinsätze und Schachzüge auszudenken. Ihre Träume versickerten, verschwanden, je deutlicher sie das Spiel ihrer Rache ersann. Sie brauchte die Tagträume nicht mehr, zwang sich, ganz bei sich zu bleiben, wenn er auf ihr lag, verbot sich, durch das Tor in die andere Welt zu gehen. Ihre Mühe sah sie belohnt. Der erste Zug war bereits geglückt. Jetzt musste sie nur Ruhe bewahren, sich zurückziehen.

Vor dem Eiscafé ging sie gesenkten Blickes an Bauleitner und dem Mädchen vorbei. Bauleitner traf sie also immer noch. Mimi. In ihrem Café. Marie sah ihn an. Bauleitners Hand sich löste von Mimis Rücken, spielte nervös an seinem Feuerzeug. Marie ging weiter, beschleunigte ihren Schritt, rannte zum Bahnhof.

Im Bus drückte sie ihr Gesicht, erhitzt von gezähmter Freude, an die Scheibe und ließ Wälder, Wiesen, Wolken beglückt an sich vorbeiziehen. Ihr Spiegelbild verwunderte sie. Ein Lächeln sah Marie über ihr Gesicht fliegen, leicht und fremd, als hätte sie sich eine zweite Haut angezogen. Oder war sie hinabgetaucht in eine tiefere Schicht, die unverletzt und stark unter dem Sichtbaren hervorglomm? Sie begann ein Bild ihrer selbst zu zeichnen. Ein Bild, das sich veränderte mit den Schmerzen, der Wut, die zu erdulden war. Kein Bild von Hass und Bitternis, von Schandtaten wie in Dorian Gray, sondern ein Bildnis, dem sie ihr geheimes Selbst anvertraute, das sie schützend bewahren würde, bis alles überwunden war. In der Zwischenzeit musste sie lernen, sich in ihre Masken hineinzufühlen, als wären sie keine fremden Hüllen, die sie sich überstülpte, sondern ihr eigentliches, unverwundbares Wesen, an dem er sich erfreuen, erlösen, erbosen, das er zerstören konnte, wie es ihm beliebte, da sie immer wieder neue

Larven hervorzaubern würde. Sie würde spielen mit ihren Gesichtern und die Zeit genießen, in der er ihren Körper in Ruhe ließ, bis sie ihn wiederfand, nachdem sie ihn lange bereits abgelegt hatte, um ihn Schicht für Schicht für die letzten Spielzüge zu präparieren. Marie stellte sich vor, wie er auf der anderen lag, bis es vorbei war. Bewegte sie sich? Erlaubte er Mimi, die Beine geschlossen zu halten, bis dieser Schauder in ihr hochkroch, kribbelnd aus dem Bauch herauf? Vielleicht genoss sie es sogar, auf dem Rücken liegend, die Beine um seinen Hals geschlungen. Vielleicht küsste er sie. Wut erfasste Marie. Sie stieß den Kopf gegen die Scheibe des Schulbusses, die trübe Hoffnung hegend, Bilder, Gedankenfetzen, Gefühle abzutöten mit einem dumpfen Schlag. Die Blicke der anderen holten sie zurück, der Schmerz aber zuckte immer noch durch die Meningen, ohne die abgelagerten Erinnerungen ausgelöscht zu haben. Marie spürte eine Hand auf ihrem Arm. Sie drehte sich um.

»Was ist denn los mit dir?«

»Ach nichts, sagte Marie und zog die Schultern zusammen. »Ich hab mich nur über einen dummen Fehler in der Mathearbeit geärgert. Der versaut mir vermutlich die Eins im Zeugnis.«

Das Mädchen starrte sie an. Wer ärgerte sich schon über eine Zwei im Zeugnis in Mathematik? Wer, wenn nicht Marie? Marie, die Attrappe, Marie das Maskengesicht. Das Spiel funktionierte ganz wunderbar. Jetzt musste sie nur noch lernen, die Masken auch in seiner Gegenwart unbemerkt zu wechseln.

Er lag neben ihr auf dem Bauernbett, die Augen geschlossen. Einen Moment lang schien es Marie, als schliefe er ein.

Dann tastete er nach dem Präservativ auf dem Nachttisch. Marie schickte sich an aufzustehen, doch er legte ihr die Hand auf die Schulter und hielt sie zurück.

»Probier mal«, sagte er und löste den Knoten des Präservativs. Sie schaute ihn fragend an. »Trink«, forderte er sie auf und hielt ihr das Tütchen vor den Mund.

Marie schüttelte den Kopf. »Nein«, sagte sie, selbst erstaunt über ihren Widerstand.

»Du trinkst das jetzt!« Er betonte jede Silbe, langsam, bedrohlich.

»Ich will nicht.« Sie versuchte sich loszureißen.

»Du machst jetzt deinen verdammten Mund auf!« Er drehte sie zu sich, spreizte mit den Fingern ihre Lippen und kippte sein Sperma in ihren Mund. Marie streckte ihre Zunge heraus, versuchte die Flüssigkeit hinauszudrängen. Bauleitner klemmte ihre Lippen zwischen seine Finger und hielt ihr die Nase zu. »So ist's gut«, sagte er, »fein gemacht.«

Das Sperma floss die Kehle hinunter, in den Magen, sie spürte es jedoch nicht. Nicht einmal übel war ihr. Der Geschmack war bitter, verflüchtigte sich aber genauso wie der Druck auf ihren Armen, der Schmerz in ihrem Unterleib. Sie hatte ihn bestimmt nicht getrunken. Mimi. Was war schon dabei, dass sie mit ihm im Eiscafé saß? Sie war doch nur ein schäbiger Ersatz für Marie, die sich ihm entzogen hatte. Nur sie, davon war sie überzeugt, konnte ihm das geben, was er brauchte wie die Luft zum Atmen. Bestimmt war sie auch keine Jungfrau mehr, als er sie kennenlernte. Er benutzte sie nur. Einen Augenblick lang wehrte sich Marie, verweigerte sich dem Sog des Guten, dem Glauben an das Gute. Der Gedanke, dass er sie liebte, tatsächlich inniglich liebte, verlockte sie dann doch zu sehr. Hatte er ihr nicht verziehen, über die Entweihung ihrer selbst, ihre Besudelung hinweggesehen? Er hatte ihr Hao verziehen, die Jahre ihrer Abwesenheit, hatte sie wieder aufgenommen in sein Herz. Was dachte sie nur?

Bist du wahnsinnig, fragte sie sich plötzlich, mahnte sich: Vergiss nicht deinen Plan! Die Dinge sind nicht so, wie du sie baust! Hab keine Angst vor deinem Ziel! Was aber, wenn sie es schaffte, sich nur noch diese Momente in Erinnerung zu rufen, das Reine vorzustellen, dass doch auch in ihm existierte, ganz tief drinnen in seinem Herzen? Vielleicht ertrüge sie es dann, nicht mit einem Satz die Zielgerade zu erreichen. Sie kniff sich in den Arm, ritzte mit den Nägeln. Hautfetzen. Drei Tabletten und das Kind. Vater unser. Das Gute ist gestorben.

»Hazel O'Connor? Kenn ich nicht«, sagte Marie kopfschüttelnd.

Es war wie früher, das gleiche Gefühl. Marie versuchte Sabines herablassenden Blick zu ignorieren, es einfach nur zu genießen, dass sie wieder mit den Schwestern vereint war. Es war ja nicht Sabines Schuld, sie selbst hatte es zugelassen, dass sich eine Mauer zwischen ihnen aufgebaut hatte. Sie hatte sich zurückgezogen aus Scham, aus Angst davor, dass die schwache Spur ihrer Freundschaft sich gänzlich im Nebeldickicht der Befangenheit verlöre, sobald die Schwestern ahnten, was passiert war. Dann war Bauleitner mit einem Mal wieder da, stand in ihrem Leben, hatte die Zeit zurückgedreht. Mit ihm kamen auch Sabine und Nicole zurück, unverändert. Sabine war noch arroganter geworden, Nicole aber auf eine Art anhänglicher und zugewandter als vor zwei Jahren.

Marie lag auf dem Balkon des Gelben Hauses und blickte versonnen in den Himmel. Nicole kniete sich neben sie und klimperte mit den falschen Münzen, die an Maries Bikinihöschens baumelten.

»Was sind das eigentlich für Münzen? Sehen irgendwie römisch aus«, sagte Nicole, das Gesicht über die Metallstücke gebeugt, um die Gravuren besser entschlüsseln zu können. »Hat bestimmt etwas mit Nero zu tun, diesem verrückten Kaiser, der Rom abgefackelt hat.« Ihre Stimme plätscherte an Marie vorbei, vertraut und kraftlos. »Papa hat mir einen Hund versprochen, er passt auf ihn auf, wenn ich im Internat bin.«

Marie warf ihr einen skeptischen Blick zu.

»Nero nenn ich ihn. Einen schwarzen Dobermann.« Nicole knurrte. »Wegkläffen wird er diese Idioten!«

Einen Hund hatte er ihr versprochen! Glaubte sie das wirklich? Warum schaffte er es, dass jeder ihm Glauben schenkte, vertraute? Nicole kannte ihn offensichtlich nicht, wusste nicht, wer er war, ahnte nicht einmal, was er ihr, Marie, angetan hatte. Marie drehte sich auf die andere Seite, wandte sich Sabine zu. Die Münzen hatten einen Abdruck auf dem Ansatz ihres Oberschenkels hinterlassen.

»Hast du zugenommen?«, fragte Sabine schnippisch. »Die Grübchen auf dem Rücken hattest du letzten Sommer noch nicht.«

Marie setzte sich auf, zog geniert das Höschen hoch, konterte mechanisch, die Silben dehnend: »Doch! Die hatte ich schon immer. Das ist der Bikini.«

Sabine lächelte milde. »Sieht doch süß aus«, sagte sie mit offensichtlich gespieltem Wohlwollen und spulte die Kassette vor. »Broken glass, hab ich in London gesehen, als ich auf Klassenreise dort war.«

Nicole sah gelangweilt einer Ameise hinterher, die zwischen der Küchentür und dem Balkongeländer hin und her lief. Immer gleich, dachte Marie, ob sie wohl bemerkte, dass sie auf einem Kunstrasen hin und her kroch?

»Der Rock ist schwarz, mit Lederschnallen und einem Schlitz.« Sie prüfte den Abstand zwischen ihren Zeigefingern. »Sagt mal, interessiert euch das eigentlich? Ich quatsche und quatsche und ihr hört nicht einmal zu!«

»Mann, Sabine, lass uns doch einfach in Ruhe«, sagte Nicole missmutig, »hör deine blöde Musik an und sei ruhig!«

Marie versuchte Sabine versöhnlich zu stimmen, einen Streit zu verhindern, befand sich plötzlich wieder in ihrer alten Rolle als Vermittlerin. »Zeig doch mal den Rock«, sagte sie und lächelte Sabine ermutigend an.

»Nö, zu spät! Jetzt hab ich keine Lust mehr!« Sie drehte die Musik lauter und sang die ersten Takte: »I am the darkness, you are the light, I am the dirty, you are the clean«.

Marie konnte sich ein Lachen kaum verkneifen. Wahrscheinlich glaubte Sabine auch noch an ihre Worte. Sprach von London und ihren Klamotten! Sie wusste doch überhaupt nicht, was es hieß, kein Geld zu haben.

»I live in places you've never been, I eat the garbage you eat the cream.«

Nicole rollte mit den Augen, stand auf und ging in die Küche zum Kühlschrank. Endlich hörte sie mit ihrem Gegröle auf! Marie applaudierte. Hoffentlich fing sie nicht wieder von vorne an! »Ach komm, zeig mir doch den Rock, bitte!«, sagte Marie und zog eine Schnute. Sie wollte einfach nur alleine sein. Vielleicht war es doch ein Fehler, dass sie freiwillig in das Gelbe Haus zurückgekommen war.

»Also gut«, sagte Sabine, »du wirst sehen, er ist so toll.«

Als sie weg war, atmete Marie erleichtert durch. Am liebsten wäre sie gegangen. Der Bikini kniff an ihren Hüften. Sie fühlte sich albern, verkleidet. Warum hatte sie der Mutter nicht gesagt, dass sie ihn geschmacklos fand? Er erinnerte sie an die Zigeunerbilder, die sie im Kaufhaus gesehen hatte, als sie mit Lisa durch die Bettenabteilung streunten. Sie ließen sich auf die Polster plumpsen, spielten ein Liebespaar. An der Wand hingen Sonnenblumenbilder, Dürers betende Hände, eine Mona Lisa im goldfarbenen Rahmen. »Konsumschrott«, sagte sie lachend und zeigte auf ein Bild, auf dem eine schwarzhaarige Frau mit hochgetürmtem Haar, karmesinroten Lippen und Goldkreolen zu sehen war. »Zigeunerkitsch!« Sie stellte sich auf das Bett, schwang ihre Hüften und klatschte in die Hände. Und jetzt auf Bauleitners Balkon trug sie ausgerechnet diesen Zigeunerbikini, für den er sie wahrscheinlich verachtete. Sie zog den Bikini an der Brust zurecht. Vielleicht war sie wirklich zu dick. Was, wenn er sie zurückwies und ihr Plan niemals aufginge?

»Wusstest du schon«, fragte Maries Tante, »dass Bauleitner hier eine Freundin hat?«

Maries Mutter wirkte überrascht, der erstaunte Gesichtsausdruck war nicht gespielt. Das wusste Marie inzwischen zu beurteilen. Sie beobachtete seit Monaten die Mutter, den Vater, Bauleitner, versuchte herauszufinden, was sie dachten, fühlten hinter all den Worten und Gesten. Ihr Plan stand auf dem Spiel.

»Eine Freundin«, sagte die Mutter und machte eine wegwerfende Handbewegung, »ach, der Bauleitner betrügt seine Frau doch ständig!«

Marie heuchelte Desinteresse, ließ nur einen kurzen, verwunderten Blick über die Mutter schweifen. War es der Mutter wirklich egal, wie er sich verhielt, oder schwang in ihrer Stimme eine kaum merkliche Spur von Eifersucht mit?

»Ja, dieses Mal ist es aber anders«, bemerkte die Tante, sichtlich erfreut über einen möglichen Skandal. Sie legte eine kurze Spannungspause ein. »In der Disko hat er sie kennengelernt. Der Vater, der alte Obermüller, du erinnerst dich doch, er duzt ihn schon. Bauleitner hat versprochen, dass er sie heiraten wird, sobald sie volljährig ist.« Die Erregung über die eigene Geschichte stand ihr ins Gesicht geschrieben. »Sie ist siebzehn, er verheiratet, hat zwei Kinder. Wenn das bei der CSU erst die Runde macht, kann er sämtliche Aufträge vergessen.«

»Wenn du glaubst, dass er davor Angst hat, dann täuschst du dich. Das ist dem doch völlig egal«, sagte die Mutter, scharf und abwertend, »die sitzen doch alle in einem Boot.«

Die Tante redete weiter, scheinbar ungerührt von der geringschätzigen Bemerkung. Harmlose Fragen, bestätigendes Kopfnicken und ratloses Schulterzucken wechselten hin und her. Maries Interesse begann abzuflauen. Was sollte sich ändern an diesem Tag? Niemand hier im Dorf hatte ihn aufgehalten, alle hatten die Augen und Ohren geschlossen, obwohl sie doch Bescheid wissen mussten. Irgendetwas verband sie miteinander, das sie alle gleichmachte. Marie dachte an den Vater. Er würde den Kapitalismus für dieses dumpfe Schweigen verantwortlich machen, die stumpfen Bauernschädel. Der ewig gleiche Ablauf der Dinge! Wahrscheinlich wussten die Tante, die Mutter, alle im Dorf, dass sie vergeblich nach dem Unsagbaren fahnden würden. Ein

Geständnis würden sie sich nicht abringen, der Preis wäre zu hoch. Es war ihnen lieber, gemeinsam zu fürchten, als ihre kleine, spießige Welt zu gefährden. Vielleicht hatte ihr Vater recht. Marie fühlte sich ihm mit einem Male so nah wie schon lange nicht mehr.

Die Tante, ob sie nun die Ehrlichere, Furchtlosere oder Fantasievollere war, durchtrennte zuerst den Knoten: »Es ist unglaublich, dass das vor unseren Augen stattfindet. Eigentlich ist es wie im Film«, sagte sie und begann in der Fernsehzeitschrift zu blättern. »Wie in dieser Serie, als der Chefarzt seine Krankenschwester verführt und geheiratet hat. Und wer weiß, vielleicht hat der Vater des Mädchens ja recht? Womöglich ist Bauleitner eine gute Partie. Seine Frau soll übrigens unausstehlich sein und trinken, trinken soll sie auch. Kein Wunder, dass er …«

Nicht einmal Übelkeit empfand Marie. So oft hatte sie ihren Abscheu, ihren Hass, gepaart mit Überdruss, wiedergekaut, dass er tief in ihren Eingeweiden mittlerweile in einem Prozess der endgültigen Auflösung begriffen war. »Kein Wunder!«, sagte sie. »Wollt ihr auch noch ein Stück Kuchen?« Lächelnd legte sie der Mutter eine Scheibe Biskuitrolle auf den Teller.

»Nur zwanzig Kilometer bis zum See. Einfach nach Spellbach und dann Freiflug!« Nicole breitete die Arme aus und bewegte sich, den Kopf geneigt, die Hände flatternd, durch den Garten. »Wir müssen unbedingt das Surfbrett ausprobieren. Wir brauchen es bloß in der Surfschule abzuholen, hat Papa gesagt.«

»Na, endlich!«, sagte Sabine. »In Starnberg schauen sie uns sowieso schon von oben herab an, weil wir nicht einmal surfen können. Gott sei Dank hat Mama den Kurs gebucht!«

Hazel O'Connor! Ein Witz, dachte Marie, Sabine war eine verzogene Göre, der jeder Wunsch von den Augen abgelesen wurde. Sie zwang sich zu Gleichgültigkeit, putzte ihr Rad, ölte die Ketten und füllte die Trinkflasche.

»Los geht's! Zur Surfschule!«, rief Sabine, schwang sich auf ihr Rad und trat in die Pedale. Nicole und Marie hinterher, über die Dorfstraße hinaus. Als sie den Spellberg hinabfuhren, vorbei an der Burg, die Serpentinen entlang, die Lungen durchströmt von Frische, der Körper berstend vor Kraft und Abenteuerlust, fühlte sich Marie frei, unbeschwert. Ausgelöscht das Geschehene, nichtig die Zukunft. Ein Zwiebelturm leuchtete unten im Tal. Rastlos, ohne Pause, mit roten Wangen, flugs weiter in den nächsten Ort. Nur kein Zögern, kein Verweilen.

Und dann standen sie da, wie gebannt von dem märchenhaften Schloss. Ein Kiesweg schmiegte sich um ein graswachsenes, halb verwildertes Rondell. Rhododendren versteckten sich zwischen Buchsbaumhecken. Verwitterte Fensterläden hingen traurig an einer Fassade, von der die Farbe abblätterte. Marie malte sich aus, wie sie die Treppe hinaufstieg und am Schlossportal an der Glocke zog. Die Tür öffnete sich und ein Diener mit gescheiteltem Haar und silbrigem Lächeln geleitete sie zum Schlossherrn. Der Baron servierte ihr Tee und parlierte über seine Seidenteppiche. Der Duft des Gartens hüllte sie ein. Betört von der Farbenpracht fiel sie in einen hundertjährigen Schlaf.

»Hey, wach auf, Dornröschen!«, rief Sabine und weckte sie aus ihrem Tagtraum.

Marie warf einen letzten Blick nach den verschlossenen Fenstern, schwang sich auf das Rad und fuhr den Schwestern hinterher zum See. Sie warfen die Räder ins Glas, packten die Bastmatten aus, schlüpften aus ihren Kleidern. »Ihh, kalt!« Nicole schüttelte sich und bespritzte Marie. Sie rannten hinein in den See, schubsten sich lachend und legten sich rücklings in das weiche Wasser.

Marie blinzelte in den Himmel, den Kopf ganz frei und leicht. »Was meint ihr, was das wohl kostet, so ein Schloss? Im Winter müssen sie da doch frieren.« Sie drehte sich auf den Bauch und griff nach den Erdnussflip. »Die Heizung muss doch …«

»Komm, sei nicht albern! Die Heizung! Das Schloss gehört einem Baron! Du hast vielleicht blödsinnige Gedanken«, sagte Sabine kopfschüttelnd und streichelte über das Surfbrett mit ihren Initialen. »Hat er eigentlich einen Sohn?«

»Du bist doch bescheuert!«, entgegnete Nicole, und zu Marie gewandt: »Komm, probier es einfach mal aus! Surfen ist nicht schwer, ich erklär's dir schon.«

Es war leichter, als sie dachte! Marie kletterte auf das Brett, spannte die Muskeln an und zog das Segel an sich.

»Ja, genau so!«

Nicole gab ihr ein Zeichen. Marie hielt mit vor Anstrengung zitternden Armen das Segel fest. Zuerst langsam, dann immer schneller glitt sie über das Wasser. Das Glücksgefühl währte jedoch nicht lange. Windstille durchbrach den freien Flug. Marie versuchte die Schwestern mit aufgeregten Handbewegungen auf sich aufmerksam zu machen. Niemand bemerkte sie. Wie sollte sie zurückkommen? Was sollte sie mit dem Segel machen?

Plötzlich hörte sie jemanden an das Board tippen. »Dreh den Bügel in die andere Richtung!«, rief ein blonder Junge und wischte sich eine nasse Strähne aus dem Gesicht. »Spürst du's? Da kommt gerade eine Brise auf.« Marie blickte ihn überrascht an, ein wenig nervös, aus Angst, das Segel könnte ins Wasser fallen. »Keine Sorge, ich zieh dich schon an Land, wenn du's nicht schaffst«, sagte er und schwamm so lange neben ihr, bis sie das Brett wieder im Griff hatte und ans Ufer glitt.

Marie zog gerade das Brett an Land, erschöpft und glücklich, da sah sie ihn. Sollte er nicht erst nächste Woche zurückkommen? Bauleitner saß im Gras, sie spiegelte sich in seiner Sonnenbrille.

»Na, das ist ja gerade noch mal gut gegangen! Beinahe hätten wir dich retten müssen vor all den hungrigen Jungs, die da im Wasser lauern!«, sagte er und schlug die Beine übereinander.

»Papa«, warf Nicole ein, »du machst Marie doch ganz verlegen!«

»Ist doch egal. Denkt lieber mal darüber nach, wie wir jetzt zurückkommen. Es ist schon fast sieben. Mit den Fahrräderm schaffen wir das nie«, jammerte Sabine.

Bauleitner lachte, schob sich die Brille ins Haar und rieb sich eine Wimper aus dem Auge. »Wisst ihr, was wir machen?«, fragte er, ein Lächeln kräuselte sich um seine Lippen. Marie tat es den Schwestern gleich, blickte ihn an mit erwartungsvollen Augen. »Wir stecken das Surfbrett einfach ins Auto, hinter die Vordersitze und knüpfen ein Seil dran. Zwei von euch hängen sich mit den Fahrrädern dran. Das dritte Rad kommt in den Kofferraum, und du«, er machte eine kurze Pause, deutete mit dem Finger auf Sabine, »du setzt dich auf den Beifahrersitz.«

Mit blutenden Wunden lagen sie auf dem Asphalt. Sand, Schmutz, körniger Teer sammelten sich in den nässenden Wunden. Maries Schulter brannte, das Knie durchzuckte ein stechender Schmerz, Hautfetzen lösten sich von der linken Hand. Die Räder ihres Fahrrads drehten in der Luft. Eine Speiche war gebrochen. Das Surfbrett ragte spitz aus dem Cabriolet. Bremsspuren zeichneten sich auf der Fahrbahn ab. Nicole saß am Straßenrand, Tränen auf den Wangen, verschreckt und hilflos wirkte sie. Marie drückte die rechte Hand auf das Knie und presste die Finger der anderen Hand auf ihre Schulter. Bauleitner stürmte aus dem Wagen, kniete vor ihr nieder, einen Flakon Rasierwasser in der Hand. Der Deckel fiel klirrend auf den Asphalt. Flüssigkeit, kalt und brennend, verspritzte auf der aufgeschürften Haut. Marie schrie. Die Miene unbewegt, zog Bauleitner Marie in den Wagen und drückte sie in die Ledersitze. »Kein Wort«, zischte er, »zu niemandem, okay? Morgen fahren wir nach Italien! Als Belohnung!«

## 11

Die Beine übereinandergeschlagen, mit leicht geöffnetem Mund saß der Vater auf dem Sofa. Er wirkte wie in Trance, Absencen gehörten zu ihm wie sein Kamm aus Hornimitat, mit dem er sich zwanghaft durch das schwarze, an den Schläfen bereits ergraute Haar strich. Marie war der Anblick altgewohnt.

»Juwelenarie«, sagte er, einen Augenblick lang schien er hingerissen, dann wieder zeigte sich die übliche Verbitterung auf seinem Gesicht. Marie stand im Türrahmen, den verletzten Arm hinter dem Rücken verbergend. »Gounod. Faust.«

Bestimmt hatten sie sich wieder gestritten, dachte Marie, weil er sich eine Schallplatte gekauft hat. Hatte er überhaupt gehört, was sie gesagt hatte? »Papa«, begann sie von Neuem, »mein Fahrrad …«

»Lest ihr doch in der Schule«, sagte er und betrachtete das Plattencover.

»Papa«, sagte Marie und setzte sich neben ihn, »hör doch mal zu!«

»Faust müsst ihr lesen«, er seufzte, »nur der Pakt mit dem Teufel kann das Glück in dieser verdammten Welt garantieren.« Er redete wie zu sich selbst. »Faust, ach was, ist ja auch nur bürgerlich-kapitalistisches Gewäsch. Der Teufel? Wer ist das schon? Ein gefallener Engel. Ein bisschen Schmuck, und schon bekommt er, was er will. Nur Korruption in diesem beschissenen Westen.«

»Papa«, Marie versuchte noch einmal ihn abzuhalten von der Litanei, die sie schon in- und auswendig kannte.

Er sah sie nicht einmal an, zeigte mit dem Finger auf das Bücherregal.

»Hier! Dritte Reihe von unten links. Der Tragödie erster Teil.« Aufmunternd nickte er ihr zu. »Lies! Das sollte jeder kennen.«

Marie zögerte einen Moment, ging zum Bücherschrank und entnahm das Buch. Ein brüchiger Lederrücken, in goldenen Buchstaben Titel und Autor. GOETHE. Marie erinnerte sich, wie sie beim Schulfest in einem Fernseher aus Pappe saß und eine Nachrichtensprecherin spielte. Danach tanzten sie im Katzenkostüm zu *Big Spender*. Am Schluss rezitierte sie mit der ganzen Klasse den Zauberlehrling.

»Papa«, hob sie erneut an. Sein Blick war nun auf sie gerichtet. »Mein Fahrrad ist kaputt.« Sie befürchtete Vorwürfe, Strafandrohungen. Er reagierte anders, als sie es erwartet hatte.

»Was ist denn passiert?«, fragte er, gänzlich ohne Tadel.

Marie zögerte, es war ihr selbst nicht bewusst, ob es Teil des Spiels oder ehrliche Verlegenheit war. Ihr Plan durfte nicht daran scheitern, dass der Vater sie nicht mitfahren ließe. Sie musste weg von hier, Mimi Bauleitner entreißen, in die Blase zurückkehren mit ihm. Dann würde sie ihn allein lassen, damit er zugrunde ginge, weil er ohne sie nicht sein konnte. Sie musste den Vater überzeugen! »Mit Nicole und Sabine«, stammelte sie, »am See. Die Fahrräder haben sich ineinander verhakt.«

»Verhakt?«, wiederholte er zweifelnd.

Sie radebrach ein paar Worte, Wettrennen, den Berg hinab, Zusammenstoß, atemlos, bis er sie unterbrach.

»Mach dir keine Sorgen«, sagte er und legte seine Hand auf ihre Schulter, »wir kriegen das schon hin!«

Maries Schultern bebten, Tränen standen ihr in den Augen. Ihre Gedanken schweiften zurück in die Kindheit, als sie einmal über die Felder in das Nachbardorf spaziert waren. Sie hatte ihre Handschuhe verloren, und der Vater stapfte neben ihr her, suchte den ganzen Weg mit ihr ab. Wie lange war das her? Sein Lächeln, erfüllt von Zärtlichkeit. Dachte auch er gerade an den Moment, in dem Marie überglücklich die steifgefrorenen Handschuhe über ihre Finger streifte?

»Wir reparieren das Fahrrad!«, sagte er und streichelte Maries Arm.

Von der Berührung, seiner Sanftheit, war sie befremdet, doch durfte sie sich nicht täuschen lassen. Die plötzliche Nähe würde den Schmerz nicht auslöschen, ihre Einkerkerung in Bauleitner nicht verhindern.

»Bauleitner kauft neue Räder. Für alle drei«, sagte sie.

Der Vater zog die Augenbrauen hoch. Einen Moment lang schien er nicht recht zu wissen, ob er weitere Fragen stellen sollte. Die Musik, ein wilder Tanz jetzt, übertünchte seine Gedanken. Oder war es die Stimme der Mutter?

»Lass ihn doch. Soll er ihr doch auch eins mitkaufen«, rief sie aus dem Flur herüber. Sie erschien Marie weit entfernt, eingekapselt in Fegen, Putzen, Kochen. Kommentarlos hatte sie Marie einen Verband in die Hand gedrückt. »Hat er euch verarztet, Jod auf die Wunden gegeben?« »Rasierwasser.« Mit zusammengekniffenen Lippen hatte die Mutter Desinfektionsmittel aus dem Badezimmerschrank geholt.

»Und in den Urlaub nehmen sie mich auch mit«, fügte Marie schnell, kaum vernehmbar hinzu.

»Urlaub?«, fragte der Vater verständnislos.

»Nach Italien, hat er gesagt.«

»Wer, er?«

»Bauleitner, als Trostpflaster. Für den Unfall.«

Den Bruchteil einer Sekunde hoffte Marie, er würde sie beschützen, doch noch davon abhalten, ihren Plan zu verwirklichen, wenn sie nur spräche, sich offenbarte. Sie konnte es nicht, schaffte es kaum, seinen Namen auszusprechen in der Gegenwart des Vaters, fühlte sich dressiert wie ein Hündchen. Er hatte ihr Befehle beigebracht, die sie ausübte, mechanisch, willenlos, bis zu dem Moment, in dem sie ihren Plan ersonnen hatte. Einen Plan, den sie selbst oft nicht durchschaute, den sie vergaß, bis er wieder klar und deutlich zu sehen war, leuchtend rot aufzuckte, sie daran erinnerte, dass sie es tun musste. Es. War es Rache? War es Liebe? War es Hass? Es verwandelte sich, entschlüpfte ihr, versank im Moor, im Treibsand, schwer und ungreifbar, bis es wieder auftauchte, ein anderes Gesicht aufsetzte.

»Lass sie doch!« Die Mutter stand jetzt im Türrahmen. »Er zahlt doch«, fügte sie hinzu, mehr bestätigend als fragend. Ein leichtes Zucken um Maries Mundwinkel genügte ihr offenbar als Bejahung.

»Was meint denn Frau Bauleitner dazu?«, fragte der Vater.

»Was soll sie schon sagen?«, gab die Mutter zur Antwort.

»Morgen geht es los. Morgen früh«, erklärte Marie und packte den Koffer.

Am nächsten Morgen, die Nacht war unruhig, traumerfüllt, hörte Marie das Hupen seines Wagens. Sie zog den Vorhang zur Seite und sah ihn vor dem Auto stehen, im schwarzen Leinenhemd und mit Cordmütze. Er verstaute das Cabriodach. Sabine saß auf dem Beifahrersitz und las. Nicole rannte zur Tür und klingelte. Marie nahm ihre Tasche und verabschiedete sich von den Eltern. Über den zweifelnden Blick des Vaters ging sie mit einem Lächeln hinweg. Die Mutter steckte ihr noch einen Apfel zu. »Iss, Kind!« Mehr würde sie wohl auch nicht sagen, wenn sie Bescheid wüsste, dachte Marie. »Bis dann«, rief sie den Eltern zu und rannte die Treppe hinunter, hinaus aus diesem Haus, damit sie nicht doch noch jemand abhielte.

Nicole umarmte Marie überschwänglich, flüsterte ihr ins Ohr: »Das ist so toll! Italien! Hat sich gelohnt unser kleiner Unfall!« Sie zwinkerte und stieß Marie mit dem Ellbogen neckisch in die Seite. Marie zog verständnislos die Oberlippe hoch. »Oder hast du noch Schmerzen?«, fragte sie, nun scheinbar ernsthaft besorgt, mit einem Blick auf Maries Pflaster an Schulter und Armen.

»Ein bisschen«, sagte Marie, »vergeht schon wieder. Komm.« Sie zog Nicole zum Wagen. Maries Vater stand am geöffneten Fenster und winkte herunter.

Bauleitner hob die Hand, schrie über den aufheulenden Motor hinweg: »Wir rufen an, sobald wir in Italien sind. Macht euch keine Sorgen!«

Er duzte sie, genoss sichtlich seinen Auftritt, wusste wohl, dass er schnell wieder von der Bühne fliehen, ein anderes Stück, eine andere Rolle wählen konnte, dachte Marie. Sie ließ sich mitreißen, zwängte die Reisetasche in den Kofferraum zu dem Rest des Gepäcks und sprang mit Nicole auf den Rücksitz. Bauleitner drehte das Radio auf. »Could you be loved?«, dröhnte es aus den Lautsprechern. Endlich weg aus diesem Dorf! Marie fühlte sich glücklich. So musste man sich fühlen, wenn man glücklich war! Auf dem Schlitten, auf dem See! Im Fluge, die Gedanken weggeschwemmt, sogar die Träume. Das Buch lag in der Reisetasche,

Mephisto verborgen im Kofferraum. Sie fuhren die Landstraße entlang. Er sagte nichts, rauchte eine Zigarette, die Hände am Lenkrad. Marie war müde. Die Lider senkten sich auf ihre Augen herab. Müdigkeit, sanft und milde, floss in sie hinein. Irgendwo lag ein Kind. Ist ein Kind in den Brunn gefallen? »Ist ein Mann in'n Brunnen g'fallen, hab' ihn hören plumpsen; wär' er nicht hineingefallen, wär' er nicht ertrunken.« Ein Kind. Ein Mann. Ein Kind. Irgendwo musste es sein. Gretchen suchte es. Mephisto mit der Teufelsmaske zog an ihrem Hemd. Unter ihr die brennende Hölle. Faust streichelte ihre Hand.

»Marie! Marie!« Nicoles Stimme klang matt und wolkig an ihr Ohr. »Was ist denn los? Hast du geträumt?«

Marie rieb sich die Augen, spürte noch den Druck der Finger auf den Linien ihrer Hand, die sich verzweigten, verflüchtigten in seinen Augen. Bauleitner beobachtete sie im Rückspiegel. Sie fühlte, wie der Blick durch sie hindurchdrang, durch die Maske, eine fratzenhafte Larve.

»Papa, halt an!«, sagte Nicole. »Ich muss zur Toilette und Durst hab ich auch.«

Marie stand vor dem Spiegel der Raststättentoilette und erschrak vor ihrem eigenen Gesicht, das sie nicht mehr wiederzuerkennen glaubte. Sie war kreidebleich, hatte keinen Appetit. Was hatte sein Schweigen zu bedeuten? Was führte er im Schilde? War sie wirklich sicher vor ihm? Konnte sie ihn abhalten von Mimi, sich rächen, ohne Krämpfe, ohne Schmerzen?

Er war nicht berechenbar. Sie würde ihn nicht besiegen. Es machte ihm Spaß, die Würfel immer wieder neu zu werfen. »Nach links oder rechts?«, hatte er an der österreichischen

Grenze gefragt. Links, rechts? Sie waren ratlos. »Na, Italien oder Jugoslawien?« Links, hatte Sabine geantwortet, einfach so vermutlich, nicht wissend, wo sie landeten, und schon waren sie in Laibach. Nicht einmal den Ort ihrer Ankuft kannten die Eltern, dachte Marie. Keiner würde sie hier finden. Keiner sie vermissen.

»Bin gespannt, wie mir mein neuer Bikini steht!«, sagte Sabine. »Frottee. Triangel-Oberteil, Höschen an der Seite gebunden.«

Nicole sah sie genervt an: »Oh, Mann, hast du nichts anderes im Kopf?« Und zu Marie gewandt: »Kennst du Roald Dahl? Ich hab ein Buch dabei. Charlie und die Schokoladenfabrik. Leih ich dir, wenn du willst.«

»Danke, gern«, sagte Marie, »mein Vater hat mir auch ein Buch mitgegeben. Sobald ich es fertiggelesen habe …«

Sabine betrachtete sich im Spiegel, rieb an einer Sommersprosse. »Tiroler Nussöl«, sagte sie, »das nimmt Papa immer, »da wird jeder braun davon.«

»Kommt ihr jetzt endlich?«, Nicole drängte sie zum Ausgang.

Bauleitner saß auf der Terrasse. Drei Teller mit gebratenem Fisch und Kartoffeln standen auf dem Tisch. Sabine und Nicole fingen sofort an zu essen. Marie nippte nur an ihrem Wasserglas.

»Was ist los?«, fragte er. »Keinen Hunger?« Es schien ihn nicht wirklich zu interessieren, ob sie Appetit hatte. Er aß selbst kaum etwas, zündete sich eine Zigarette an und blickte auf den Berg gegenüber. Was dachte er? Hatte er Mimi schon vergessen? Spürte er ihren Blick? Er sah sie an. Sie wusste es, sein Sehnen galt ihr, Marie, einzig und allein.

Der Wirt kam an den Tisch, wischte sich die fettigen Finger an seiner Schürze ab. »Deine Töchter?«, fragte er und Bauleitner nickte. »Alle drei«, sagte er, »gehören alle mir.«

Nach dem Essen kaufte Sabine Gummibärchen und Marie ging mit Nicole zum Kaugummiautomaten. Bauleitner saß bereits ihm Auto. Marie sah, wie sein Blick hinüberschweifte zu einer Gruppe Mädchen, die gerade aus einem Bus stiegen. Sie blickten zu ihm herüber, kicherten. Mit den Fingern strich er sich durch die Locken. Maries Augen funkelten zu den Mädchen hinüber. Verschämt, so schien es ihr, sah die Dunkelhaarige zu Boden. Die Blonde mit dem roten Flatterrock erwiderte forsch Maries Blick. Erhobenen Kinns, sie überwand sich sogar, Bauleitners Arm zu streifen, setzte sich Marie in den Wagen. Es war ihr Platz, neben seinen Töchtern in seinem Wagen.

Er grinste. Sicher glaubte er, dass sie eifersüchtig war. Wie konnte er es wagen, auch noch andere Mädchen anzusehen, wo er ihr doch alles genommen hatte?

Bauleitner fuhr weiter, pfiff eine Weile vor sich hin und wechselte mehrfach die Kassetten. ABBA, 10 CC, die Beatles. »Dein Vater fährt immer so weit rechts«, sagte er unvermittelt, »fast auf dem Bankett. Kommt mir manchmal so vor, als wäre er gar nicht richtig da.«

Nicole, als hätte sie Maries Befangenheit gespürt, flüsterte ihm zu: »Papa, lass doch … Marie …«

Er reagierte nicht auf ihren Einwand. »Nimmt er Tabletten?«

Marie, spontan gedrängt, den Vater zu verteidigen, besann sich eines Besseren und schwieg. Warum sollte sie den Vater schützen? Warum? Er hatte sie ziehen lassen mit ihm, wusste nicht einmal, wo sie jetzt war. Was sollte sich ändern? Die

Wolken, weiß und sanft wie anschmiegsame Kätzchen, zogen vorüber am Himmel, der sich heiligenbildchenblau über ihnen wölbte bis in alle Ewigkeit. Sie lehnte sich zurück, ließ den Wind seinen Blick vertreiben, über die Berge hinweg, an Kornfeldern vorbei.

»Noch zwei Stunden, dann sind wir am Meer«, sagte er. Sabine klatschte in die Hände und holte eine Landkarte aus dem Handschuhfach. Sie fuhr mit dem Finger eine Linie nach. Bauleitner zeigte auf einen Punkt auf der Karte. Nicole döste.

»Und wenn er ihm auch einen Trank verabreicht hatte?«, schoss es Marie durch den Kopf. Sie schlug eine Seite ihres Buches auf. Vielleicht tat er alles wider Willen, war Opfer eines Zaubertranks, den Mephisto ihm eingeflößt hatte. Und wenn er selbst der Andere ist? Sie alle sich verloren in seinen Winkelzügen? Leuchteten sie nicht rot nun, seine Augen? Ein Feuerball im Westen, kein Sternenschweif wies ihnen den Weg. Je näher sie dem Ziel kamen, die Sonne röter leuchtete am Horizont, desto schwerer wurde Marie zumute. Was, wenn ihr das Spiel nicht aufging? Mimi war verschwunden, er würde es nicht dulden, wenn Marie sich ihm entzöge. Marie spürte, dass sie keine Wahl hatte. Immer und immer wieder musste sie die Rolle spielen, das Stück war ihr eingeschrieben wie ein Code, der sie bestimmte. Nein, sie scheuchte den Gedanken fort. Sie würde es schaffen, das Maskenspiel zu Ende zu spielen. Im Staub kröche er vor ihr, sich nach ihrer Liebe verzehrend. Liebe.

Hier stand es, hier in diesem Buch: »Wenn ich empfinde / Für das Gefühl, für das Gewühl / Nach Namen suche, keinen finde«.

Für diesen einen Moment lebte sie, atmete auf diesen einen Moment hin, in dem sie erlöst würde von dem schwellenden Druck, der ihr die Brust fast bersten ließ.

»Drei Zimmer«, sagte er zum Rezeptionisten des Strandhotels, und zu den Mädchen gewandt: »Zu dritt könnt ihr ja schlecht in einem Zimmer übernachten.«

Nicole, sichtlich froh, die Schwester ein paar Stunden außerhalb ihrer Reichweite zu wissen, rief sogleich: »Marie schläft bei mir!«

Eine Sekunde lang zögerte er, wem er nun welchen Schlüssel übergeben sollte, beäugte Nicole, ließ ein launiges Lächeln über sein Gesicht streifen. Es gefiel ihm wohl, sich vom Zufall immer wieder eine neue Fährte zeigen, die eigenen Pläne durchkreuzen zu lassen, um dann um so gieriger, angefeuert von der Gegenkraft, für die Erfüllung seiner Begierden zu kämpfen. Marie schmiegte sich an Nicole, lächelte zu ihm hoch, und streckte die Hand aus. Er ließ den Schlüssel auf ihre Handfläche fallen, nahm ihn wieder an sich, schien zu prüfen, ob er sie auch nicht verwechselt hätte. Das Metall glühte in Maries zur Faust gekrümmter Hand. Zeichnete sich nicht schon ein Schatten ab auf ihrer Haut?

Sie wandelten einen schmalen Gang entlang. Der Geruch nach Desinfektionsmitteln, scharf, zugleich etwas muffig, reizte ihre Nasen. Sabine entdeckte ihr Zimmer zuerst, verschloss sogleich die Tür hinter sich.

»Vier!« Nicole schaute auf das Türschild. »Das ist unseres!« Sie öffnete die Tür und ließ sich auf das Bett fallen. »Mann, ist das schäbig«, sagte sie, »und das soll das beste Hotel in Poreč sein?«

Marie stellte ihre Tasche auf eine Kommode und ging zum Fenster. Sie hörte das Meeresrauschen, fremde Stimmen, fröhlich und zu grell für die fleckigen Wände, das knarzende Bett aus Holz. Zwei Bilder, die nicht zueinander passten, die jemand aneinandergeklebt hatte, dachte Marie. Wie wohl sein Zimmer war? Glaubte er, dass sie Angst hätten allein in diesem trüben Raum? Sollten sie sich in seine Arme flüchten? Sie hatten ihm sicher einen Strich durch die Rechnung gemacht. Marie allein in diesem Zimmer. Es war ein Spiel, dachte Marie, ein Spiel, das ihn kitzelte. Seine Ungeduld aber wüchse, würde sich versenken in einem einzigen Augenblick, dessen war Marie sich gewiss.

»Komm doch, Marie!«, drängte Nicole. In Shorts und Sandalen trippelte sie ungeduldig im Flur. »Papa hat gesagt, wir sollen runterkommen ins Restaurant! Sabine ist auch schon unten!«

»Ich komm ja schon.« Marie griff nach ihrer Jacke und rannte mit Nicole die Treppe hinunter in das Hotelrestaurant.

»Ihr müsst zuerst den Panzer von den Scampis lösen. So!«, erklärte er und öffnete die Unterseite des Krustentiers. Die Schale legte er auf einen Porzellanteller in der Mitte des Tisches. Das zarte Fleisch beträufelte er mit einer Sauce aus Olivenöl, Tomaten und geröstetem Knoblauch. »Kostet!« Er legte Marie, dann den Töchtern, das Scampifleisch zwischen die Lippen.

»Schmeckt das lecker«, sagte Nicole und leckte sich über die Lippen. Der Wirt reichte ein Schälchen mit Wasser und Zitronenscheiben. Sabine fing an, den ersten Panzer zu knacken. Bauleitner hielt Marie einen Scampi hin.

»Versuch's mal«, sagte er. Marie öffnete mit den Fingernägeln den Bauch des Tieres. Orange glänzende Bläschen klebten daran. Marie zuckte. Sie schwankte zwischen Neugier und Ekel. Bauleitner lachte. »Das sind doch bloß Fischeier!« Er spreizte den Bauch des Krustentiers mit seiner Gabel. Zwischen den Zacken klebte ein schmales Rogenband. Er schob es sich in den Mund und zerdrückte die Bläschen mit der Zunge. »Köstlich!«, sagte er und blickte Marie in die Augen. Meeresgetier, zerplatzte Eier, Angst vor der Nacht. Sie wusste, er würde sie nicht verschonen.

Nicole schlief tief und fest. Marie wälzte sich unruhig auf dem Bett hin und her. Goethes FAUST lag aufgeschlagen auf dem Nachttisch, sie hatte kaum darin gelesen, konnte sich nicht konzentrieren, fürchtete, er könnte plötzlich im Zimmer stehen, sie unbemerkt im Schlaf überraschen. Bauleitner wusste ihn auf seiner Seite, war vielleicht selbst der Andere. Die Tür würde sich öffnen für ihn. Warum musste es sterben, ihr Kind? Warum verwandelte er alles, was er anfasste, in Schmutz und Asche? Marie grub ihr Gesicht in das Kissen. Niemals ließe er sie los. Niemals trüge sie ein weißes Kleid. Mit der Hand umklammerte sie die Nachttischlampe.

Blaue und rote Blüten. Herzen, ineinander verschlungen, gestickt auf ein Brautjungfernkleid. Ein dunkelrotes Band, auf dem Rücken zur Schleife gebunden. Kniestrümpfe und schwarze Lackschuhe mit breiten Spangen. Die Bilder tauchten auf, flatterten in Maries Erinnerung. Die Haare, geflochten zu einem Zopf. Ein Weidenkörbchen, gefüllt mit Löwenmäulchen und Vergissmeinnicht in der Hand. Ein Hochzeitsmarsch. Blumen streute sie auf den knirschenden Kies. Brautentführung. Marie und die Cousinen stimmten das Lied an. »Treulich geführt, ziehet dahin, wo euch der Segen der Liebe bewahr'!« Marie kletterte auf den Tisch, versuchte einen Blick zu erhaschen auf das küssende Brautpaar. Ein Junge zog sie an den Puffärmeln. Der Tisch wackelte, Marie schlug mit dem Kopf auf der Kante des Buffets auf. Die Großmutter schrie: »A Bluadhochzeid! Des Kind! Des Kind verbluad!« Nasse, verklebte Haare auf dem Hinterkopf. Kein Schmerz, nur ihre Finger blutbesudelt.

»Aufstehen!«, rief Nicole und riss die Vorhänge auf. »Los! Ich hab Hunger! Ich will an den Strand!«

Marie schälte sich aus dem Schlaf, blinzelte in das Licht, das in großen gelben Wellen zum Fenster hereinschwappte. Sie betastete ihr Haar. Eine Narbe schlängelte sich den Hinterkopf entlang.

»Hier! Fang«, sagte Nicole und warf ihr den Bikini zu. Marie angelte nach ihren Sandalen.

Dann waren sie am Strand, malten sich auf Postkartenbilder. Drei Kinder, eingerahmt von blauen Fluten. Bauleitner stand mit der Kamera vor ihnen, lachte, jagte sie hinein ins Wasser. Kichernd spritzten sie sich nass, tauchten sich gegenseitig unter.

Marie vergaß die Nacht, die Angst, den Schatten, der sich durch die Türritzen geschlichen und ihre Lider bleiern auf die Augen niedergedrückt hatte. Sie betrachtete, auf den Wellen treibend, das glitzernde Meer, ließ salzige Funken von ihren Wimpern sprühen. Ihre Zunge fing sie auf wie Tautropfen im Morgengrauen. Ein schimmerndes Netz breitete sich über die Iris, als er schwarz und bedrohlich wie eine Spinne auf dem Felsen auftauchte. Er löste eine Muschel vom steinigen Untergrund und öffnete sie gewaltsam mit seinen behaarten Händen. Sie bebte und wehrte sich, doch seine spitzen Zähne bohrten sich unerbittlich in ihr Fleisch. Er ließ den salzigen Geschmack auf seiner Zunge zergehen und warf die Schale ins Meer.

»Komm, probier eine! Das ist köstlich!«, rief er über brandende Wogen hinweg.

Marie biss die Lippen fest zusammen und schüttelte den Kopf.

»Stell dich nicht so an! Du wirst es genießen!«, raunte er ihr zu, packte sie am Arm und schob seine Hand in ihren Mund. Er klemmte die Finger zwischen ihre Kiefer und legte ihr mit der anderen Hand das Muschelfleisch, das er mit seinen Zähnen der schützenden Schale entrissen hatte, auf die Zunge. »Los, iss!«, forderte er und presste ihre Lippen zusammen.

Das zähe Fleisch lag schwer auf ihrer Zunge. Sie kniff die Augen zusammen, wandte ihr Gesicht von ihm ab. Es gelang ihm, mit Daumen und Zeigefinger ihre Nasenflügel zuzudrücken. Die andere Hand würgte ihren Hals, hielt das Gesicht über der Wasseroberfläche. Marie konnte den Schluckreflex nicht länger unterdrücken und ließ die rohe Muschel die Speiseröhre hinuntergleiten. Den Blick in ihre weit aufgerissenen Augen versenkt, streichelte er ihr sanft über das Haar.

Lautlos wie ein toter Fisch trieb sie auf dem Rücken über das Meer, bis die Flut sie an den Strand schwemmte.

Sein Arm lag unter ihren Schultern. »Mach die Augen auf! Verdammt nochmal!«

Sie drehte den Kopf weg. Meerwasser lief ihr in die Nase. Prustend setzte sie sich in den Sand, hielt sich die Hand auf das wild pochende Herz.

»Warum machst du das?«, presste er zwischen den Zähnen hervor und fasste sie am Handgelenk.

Sie rang um Fassung, blickte ihm starr in die Augen »Warum ich das mache?«, fragte sie zurück, entwand sich seinem Griff und stolperte über den Strand zu ihrem Platz.

Nicole und Sabine dösten auf der Bastmatte, als ob nichts geschehen wäre, ein Handtuch über die Köpfe gebreitet. Marie ließ sich auf den Bauch fallen, klopfte mit der Faust auf den Sand, krallte schluchzend die Finger in die Kopfhaut. Nicole schreckte hoch.

»Marie, was ist denn los?« Sie legte ihr beruhigend die Hand auf die Schulter.

»Nichts«, sagte Marie, »nichts. Nur meine Augen …« Sie biss sich auf die Lippen und setzte sich ihre Sonnenbrille auf.

Bauleitner stand im Wasser, winkte zu ihr herüber. »Komm«, flüsterte er, es hallte in ihr wieder, »komm, halt still! Sei brav!«

Das Fleisch der rohen Muschel zersetzte sich in ihrem Magen. Der Sand zeichnete glühende Ringe auf ihre Haut, gab ihr mit seinen Körnern zu verstehen, dass ihr Fleisch noch lebte. Sie rieb die Wange an der Matte, bis sie das Blut in ihr Gesicht zurückfließen fühlte, den Schmerz, um nicht zu vergessen, was zu tun war.

Er hielt die Hand über die Augen, sah hinüber zur Brücke, die das Festland mit der Insel verband. Ein schmales Band. Auf seiner Brille spiegelte sich eine Kettenbrücke hoch über dem tosenden Fluss. Marie sah, dass er ihn suchte, den Kitzel, spürte sein aufgepeitschtes Blut.

»Marie, du sitzt am Steuer«, sagte er, »auf der Rückfahrt Sabine. Das wird nicht einfach! An den Wachposten vorbeifahren nach Krk! Vielleicht verhaften sie euch ja.« Er kreuzte die Hände und ballte die Fäuste. »Falls ihr euch das traut, gehen wir morgen in die Disko nach Pula.«

Er streckte die Hand aus, um den Kontrakt zu besiegeln. Sabine schlug zuerst ein. Marie, sie saß schon auf dem Fahrersitz, hob an zum Widerspruch, den er mit einem Lächeln und dem ins Schloss gesteckten Zündschlüssel wegfegte.

Kuppeln, schalten, steuern. Alles, was sie tat, war losgelöst von ihrem Innern, das er längst abgetötet hatte, ersetzt durch das Automatenmädchen. Der Fluchtreflex ausgeschaltet, Körper und Geist gefroren. Nein, dieses Mal würde er nicht obsiegen. Sie hatte einen Plan. Sie ertrüge die Zeit mit ihm, seine Hände auf ihr, den Schmerz ihres Unterleibs, und dann, wenn er die andere vergessen hätte, ließe sie ihn zurück. Blutend wie ein verendendes Tier.

Ihr Fuß trat auf das Gaspedal. Seine Hand lag auf ihrem Knie, wachsam, bereit zum Eingriff bei der leisesten falschen Bewegung. Sabine und Nicole klammerten sich an den Vordersitzen fest, reckten die Köpfe nach vorn.

Zwei Polizisten am Straßenrand, Verkehrskontrolle. Und wenn sie ihren Ausweis sehen wollten? Bauleitner blieb ganz ruhig, genoss sichtlich die Spannung, als die Polizisten den Wagen anhielten und Marie einen unendlich langen Augenblick, so schien es ihr, musterten. Setz die Maske auf, mahnte sie sich selbst. Er wird dich fallen lassen. Selbst schuld. Weshalb? Er hat dich gezwungen. Hat er das? Er ist erwachsen. Geld. Hat er ihnen tatsächlich Geld in die

Hand gedrückt? Die Polizisten tippten zum Gruß an die Mützen, winkten sie durch.

»Lasst uns wieder fahren!«, sagte er, kaum hatten sie den Strand gesichtet. »Die Sonne geht schon unter.« Er fuhr selbst zurück, getrieben von einer Ungeduld, die Marie unter die Haut kroch.

Im Hotelfoyer verteilte er die Schlüssel. Ein Schatten schlich sich auf sein Gesicht. Marie versuchte ihn zu erfassen, mit ihrem Blick zu durchdringen. Er verzog sich, tauchte wieder auf an unerwarteter Stelle.

»Marie! Du schläfst allein heute«, bestimmte er.

Sie alle wussten, dass jeder Widerspruch zwecklos wäre. Marie umarmte die Freundinnen, drückte sie, hielt sie fest, als könnten sie ihr Schutz bieten.

»Schlaft jetzt«, sagte er, »genug für heute«, und zog Marie an der Schulter.

Mit dem Rücken lehnte sie an der Tür. Die Augen schweiften über die Wände, das Fenster, die Möbel hinweg. Der Stuhl!, dachte sie und verwarf sogleich die Idee. Mit beiden Händen stemmte sie sich gegen die Kommode und rückte sie vor die Tür. Sie lief im Zimmer hin und her, gefangen. Das Ohr an die Tür gedrückt, lauschte sie nach seinen Schritten, dem Klacken seines Feuerzeugs. Als sie endlich im Bett lag, das Buch wie einen Schild vor ihre Angst gespannt, hatte sie den Plan bereits verworfen. Der Schlaf würde ihre Rettung, ihre Zuflucht sein. Hatte *er* ihm den Weg geebnet? Marie hatte ihm den Riegel vorgeschoben. Doch warum hatte sie damals das Goldkettchen angenommen? Warum hatte der Vater ihn nicht auf seinen Platz verwiesen, sie beschützt? Zu spät! Und auch die Schmerzensreiche verblasste vor ihrer Not. Kein Gebet mehr, kein Gehör, kein Zuspruch, kein Vergessen. Welch irrsinniger Gedanke hatte sie angetrieben? Wie konnte sie nur hoffen, dass es Liebe war, er sich ändern würde, dass hinter all den Masken ein edler Ritter zum Vorschein käme? Wie konnte sie nur glauben, dass sie ihm die Karten aus der Hand nehmen, ihn besiegen könnte? Ihr Plan war zum Scheitern verurteilt. Er würde sich jederzeit von ihr lösen können, da er sie nicht liebte. Er würde sie austauschen gegen Mimi, eine andere, wegwerfen, in den Staub treten. Nicht einmal das Automatenmädchen taugte noch für ihren Plan. Eingeteufelt. Vielleicht war er es selbst, niemand sonst. Gretchen stürbe. Unausweichlich. Die Schatten an der Decke tanzten einen grausamen Tanz. Die Leiber verschlangen sich ineinander und irgendwo unter diesem teuflischen Himmelszelt lag sie.

Ein Windhauch wehte über sie hinweg. Kühl und salzig warnte er sie vergebens. Die Hand auf ihrem Mund, die Beine waren schon gespreizt. Das Fenster klaffte weit. Die weißen Vorhänge wie Nebelschwaden durch den Raum schwebend. Es war so still. Umnebelnde Himmelsglut. Drei Tropfen und es wäre vorbei! Vergebens, das Ringen, der unterdrückte Schrei!

Drei Tropfen.

Unter halb geschlossenen Lidern sah sie sich um. Der Spuk war vorbei. Die Truhe stand an ihrem Platz. Der Schlüssel steckte fest im Schloss. Durch die geschlossenen Vorhänge schien eine warme, weiche Sonne. Der Schattentanz nur mehr ein Zauberbild. Ein Idol. Marie besah ihren Körper, suchte verzweifelt nach einer Spur. Der linke Arm schmerzte. Blut befleckte das Laken.

Beim Frühstück plauderte er über das Gebäck, die Sonne, den Wind. Die Worte plätscherten an Marie vorbei. Sie versuchte sich zu erinnern, vergeblich. Sie kettete Zahlen aneinander, betete das Vater unser, versuchte seinen Duft zu übertönen durch die Tat. Er war dort gewesen. In diesem Raum. »Es gefällt dir, du kleine Schlampe!« Ein Satz, der sie in seiner Grausamkeit versöhnte mit ihrem Gedächtnis. »Wenn ich dir den Mund zuhalte.« Wortfetzen, erbrochen aus ihren Meningen. »Die Unschuldige spielt sie.« Ein Flüstern in die toten Augen des Automatenmädchens. Schhh! Schhhh! Sie war doch schon gegangen.

»Ich hab's euch doch versprochen«, sagte er. Die dunklen Locken mit Pomade zurückgestrichen, das weiße Hemd auf der gebräunten Haut, weit geöffnet auf der Brust, stand er vor ihnen und klimperte mit dem Schlüssel.

Sabine warf sich in seine Arme. »Papa, du bist klasse! In die Disco! Ich freu mich so!«

Er streichelte ihr über den Kopf, ging ein Stück zurück und sah sie schmunzelnd an. »Du siehst toll aus«, sagte er.

Sabine strich über ihre neongrünen Shorts, und warf noch einen letzten prüfenden Blick in den Spiegel. »Hab ich in München gekauft«, sagte sie und tupfte sich Glitzerpuder auf die Lider.

Nicole zog eine Kette aus ihrer Tasche und legte sie sich um. Gelangweilt setzte sie sich auf das Bett neben Marie.

»Was ist los, Marie?«, fragte er. »Keine Lust auf Tanzen?« Er bewegte die Hüften und rotierte seine Unterarme. An seinem Hals blinkten Goldnuggets.

Sabine klatschte in die Hände. »Bravo, Papa! Wie John Travolta!«

Marie verzog keine Miene, zog ihre Strickjacke über, ging zur Tür und wartete. Bauleitner hakte sich bei den Töchtern unter und ging voraus.

Die Disco, ein flacher Betonbau, war nur ein paar Meter vom Strand entfernt. Über der kreisrunden Tanzfläche, geschmückt mit Lichtgirlanden und Ballons, blinkte eine Diskokugel. Wie in einem Amphitheater stiegen in mehreren Rängen Stufen um das Rondell herum auf. Marie setzte sich auf die unterste Stufe. Aus den Lautsprechern dröhnten Lieder, wie sie auch in der Heddesheimer Dorfdisco zu hören waren, *Carbonara e una Coca Cola*. Sabine alberte mit Nicole herum. »Scusi, Signorina? Willst du auch 'n Spliff?«, sang sie und zog die Schwester auf die Tanzfläche. Bauleitner stand an der Bar, ein Whiskeyglas in der Hand. Misstrauisch äugte er zu Marie herüber. Marie knipste mit ihren Fingernägeln, sah zu Boden.

»Willst du tanzen?«, eine Stimme holte sie zurück in den Raum. Er war groß, schlaksig, vielleicht achtzehn Jahre alt. Sie nickte. Er sprach kein Wort, nahm einfach ihre Hand und zog sie auf die Tanzfläche. *Dreams are my reality.* Was für ein Kitsch, dachte Marie, und jetzt legt er bestimmt seine Hand auf meinen Rücken.

Unter halb geschlossenen Lidern ließ sie den Blick zu Bauleitner hinüberschweifen. Ihren Kopf legte sie an die Schulter des Jungen. Der nächste Zug, sie musste sich daran erinnern. Mimi hatte er vergessen, das spürte sie, und auch, dass er sie niemals lieben würde. Er konnte es nicht. Er berührte und zerstörte. Der einzige Ausweg, den es für sie gab, war Hass. Er musste sie hassen, damit er sie gehen ließe.

Das Lied war zu Ende. Dario oder Darko, sie vermochte sich an seinen Namen nicht zu erinnern, zog zwei

Zigaretten aus seiner Hemdtasche und hob auffordernd das Kinn. Dann ging er zur Tür. Marie folgte ihm. Im Rücken Bauleitners teuflischer Schatten, der sich an ihr festkrallte und seine Klauen in ihren Körper trieb. Marie schüttelte sich, rannte dem Jungen hinterher zu einem Felsen. Wo war er? Suchend blickte sie sich um.

»Hier bin ich«, sagte er und hielt ihr die Augen zu. Er küsste sie. Funken sprühten auf im goldenen Sand.

»Marie! Marie!«

Die Stimmen entrissen sie seiner Umarmung. Sie schüttelte sich den Sand von den Kleidern und stand gehetzt auf. Der Junge griff nach ihrer Hand. Sie entzog sie ihm, rannte zurück zur Disco.

Bauleitner stand neben den Töchtern, keine Regung war in seinem Gesicht zu erkennen. Sie spürte seine Anspannung, sah, wie er die Hand hob, zu einer Ohrfeige öffnete, sie wieder schloss.

»Wo warst du?«, fragte Sabine.

Marie reagierte nicht auf sie, blickte stattdessen Bauleitner kerzengerade in die Augen. »Auf der Toilette«, antwortete sie kühl und strich sich eine feuchte Strähne aus der Stirn.

»Die Toiletten sind doch da drüben«, sagte Nicole, offensichtlich irritiert, und deutete auf die andere Seite der Tanzfläche.

Bauleitners Blick taxierte Marie, als wäre er auf der Suche nach einer Beschädigung, einem neuen, soeben erzeugten Makel. »Das reicht für heute«, beschloss er mit hochrotem Kopf.

»Aber, Papa, wir haben doch ...«, versuchte Sabine zu widersprechen.

Er erhob den Zeigefinger, funkelte sie warnend an. Sabine schwieg, kickte einen Stein vor sich her und warf Marie einen bösen Blick zu.

Im Flur des Hotels holte er die Schlüssel aus der Hosentasche, schloss eines der Zimmer auf. »Rein mit euch«, sagte er, »ich will heut nichts mehr von euch hören!« Er drängte sie, sichtlich von Groll erfüllt, in den Raum und zog die Tür hinter sich zu.

»Gute Nacht, Papa!«, rief ihm Nicole hinterher. Seine Schritte hallten nur noch schwach im Flur.

Zu dritt lagen sie im Doppelbett. Hatte er vor Wut sein eigenes System vergessen, fragte sich Marie. Warum ließ er sie in einem Zimmer mit den Töchtern? Marie hatte die Arme hinter dem Nacken gekreuzt und starrte an die Decke. Die Schwestern neben ihr atmeten ruhig und gleichmäßig. Sie konnte sich in Sicherheit wiegen und doch wälzte sie sich unruhig hin und her. Wie würde er reagieren? Wann würde er sie bestrafen für das, was sie getan hatte? Oder würde er sogar versuchen, sie zurückzugewinnen, sie anflehen, nicht zu gehen? Kein Zurück, sagte sie zu sich selbst, es gibt kein Zurück! Sie hasste sich für ihren warmen Atem, das Blut, das ihr Herz immer weiter antrieb zu diesem rücksichtslosen Pochen. Sie krümmte die Faust über der Brust, sah hinüber zu dem Buch, das sie warnte und vernichtete zugleich.

Die Schwestern schliefen, tief, als hätten sie nur die Körper hier im Raum zurückgelassen, wären längst entflohen in ein Reich, das er nicht kannte. Vater unser im Himmel. Drei Tropfen. Warum atmeten sie nicht? Marie horchte angestrengt auf jeden Laut. Nicole gab ein schnarchendes

Geräusch von sich. Erleichtert ließ Marie das Kinn auf die Brust sinken. Wie betäubt, dachte sie.

»Steh auf«, zischte er.

Sie schloss die Augen. Er war nicht da.

»Komm jetzt«, erneut die Stimme, ungeduldig-drängend. Erstarrung. Beweg dich nicht! Sei still! Hör auf zu atmen, bis das Blut dem Kopf entweicht. Betäubung. Seine Hand zog schon an ihrem Schopfe. Aufwachen, helft mir, ein stummer Schrei. Kein Laut kam über ihre Lippen. An den Haaren zog er sie über die Holzdielen zur Tür hinaus in sein Zimmer. Die Hand auf ihrem Mund, warf er sie auf das Bett. Der Körper tot. Alles Trug. Längst war es geschehen.

»Verdammt! Beweg dich! Was ist los?«, rief er. »Dreh dich um!« Erschrocken zog er seine Hand von ihrem Körper. Bemerkte er die Kühle, das Eis, das schon auf ihrem Körper glitzerte? Der Mund weit offen, die Augen starr. Er hob sie hoch, versuchte sie aufzurichten. Die Hand, ihre Hand, wanderte wie von selbst zwischen die Beine. Verwundert blickte sie es an, das Klümpchen Schleim und Blut. Sie war doch längst gegangen und es mit ihr. Er rieb ihr die Wangen, die Arme, die Beine. Sein Mund auf ihrem Mund. Leben. Einhauchen. Siehst du dort ein blasses Kind alleine stehen?

Er zerrte sie zum Strand, schlug sie ins Gesicht. Ein Schritt, zwei, drei, vier, fünf. Zurück. Eins, zwei, drei, vier, fünf. Zurück. Wieder. Immer wieder. Kein Gefühl. Schlaf ein! Wach auf aus diesem Traum! Wieder. Immer wieder.

Sie lag auf dem Bett, betastete mit geschlossenen Augen das Laken, befühlte ihre Beine, den Bauch.

»Wir fahren nach Hause!«, hörte sie Nicoles Stimme.

Sabine stand vor dem Bett und blickte Marie vorwurfsvoll an. »Das haben wir dir zu verdanken«, sagte sie und drehte sich um. »Nicole, pack die Sachen! Papa kommt gleich.«

Marie begriff nicht, was sie meinte. Warum sollten sie fahren? Was war passiert?

Plötzlich waren sie wieder da, die Schrecksekunden. Er im Zimmer, die Hand erhoben zur Strafe für ihren Frevel mit dem Jungen. Sie musste handeln. Die Betäubung, die Erstarrung fielen von ihr ab. Die Sinne, mit einem Male waren sie geschärft, als wüssten sie, was auf dem Spiel stand. Wenn sie jetzt nichts unternähme, würde sie ihn für immer verlieren, das spürte sie. Nicht einmal sein Hass würde ihr gehören. Er würde einfach zurückkehren zur anderen und immer, wenn es ihn danach gelüstete, seine Klauen ausstrecken nach ihr, Marie. Es gab kein Ende. Verdammt war sie zum unablässigen Schmerz, zur ewigwährenden Kälte. Ihr Plan, die Zahlen wie weggewischt. Ein Blick, eine einzige Berührung löschten die Gedanken in ihr aus, zerstörten die erdachten Schritte. Die Masken brachen, zersplitterten, bis nichts zurückbliebe als ihre Seele, entblößt, verlassen von der Mutter Gottes und der Welt. Der Gedanke tröstete sie. Sie war nun frei. Frei zu handeln. Frei für ihn. Sie musste ihn retten, es stand ihr nun ganz klar vor Augen, vor seinen Verfehlungen, aus seinen Klauen. Er musste bleiben, durfte jetzt nicht gehen!

Sie stand auf, mit nackten Füßen, noch im Schlafgewand ging sie zu seiner Tür. Sie klopfte, zuerst zaghaft, dann stürmisch. »Öffne, bitte öffne doch!«, flehte sie.

Er riss die Tür auf, der Blick wutentbrannt. Sie warf sich nieder auf den Boden, umklammerte seine Beine. Er versuchte sie abzuschütteln. Sie hing an ihm, fest mit ihm verwachsen, wie sie es doch war, weinte.

»Verzeih mir, bitte, verzeih mir«, stammelte sie.

Er riss ihre Haare nach hinten. »Hündin!«, sagte er und spuckte ihr ins Gesicht.

Sie wischte sich den Speichel an seinem Bein ab, aus Furcht, die Hand von ihm zu lösen. »Ich bitte dich um Verzeihung«, sagte sie in langgedehnten Silben und glaubte sich kein Wort. »Bitte, lass uns alles vergessen! Bleiben, du und ich! Für immer.«

Einen kurzen Augenblick schien er zu zögern, hielt sie fern und zog sie doch, nichts hatte sie sehnlicher erhofft, an seine Brust. Er hob ihr Kinn an, sah ihr in die Augen und sie wusste, dass sie lange genug gefleht hatte. Zum letzten Mal, sprach sie in sich hinein, zum letzten Mal. Er presste ihre Brust an die Wand, umfasste ihre Taille und stieß zu. »Noch einen Tag«, sagte er, »einen einzigen Tag!«

»Dort drüben«, sagte er, »siehst du das Ende schon?«

Marie ließ den Blick zu ihm hinüberschweifen. Kein Zweifel bedeckte sein Gesicht. Ganz ruhig schien er, die Hand auf ihrem Knie. Die Brücke schwebte über dem Meer. Der Himmel wölbte sich unwirklich blau. Ein Himmel, wie es ihn nicht gab. Blau. Heiligenbildchenblau. Maries Fuß senkte sich, das Steuer wand sich wie von selbst. Sein Lachen in den Himmel hinein. Dort unten rief er sie vergebens. Heilige Maria, Mutter Gottes, Mater Dolorosa. Ganz klar und hell. Kein Schatten mehr.

**www.septime-verlag.at**